insel taschenbuch 5122

Rachael Lucas

Weihnachten in Applemore

Harry Robertson, charmant und gutaussehend, ist fest entschlossen, sein kleines Hotel in Applemore zu einem Erfolg zu machen, und will groß umbauen. Wenn die Hauptsaison zu Ende geht, soll es losgehen, das Hotel wird über den Winter geschlossen bleiben.

Dann reist die kapriziöse, erfolgreiche Influencerin Ivy mit ihrem Verlobten Ben an und wünscht sich nichts sehnlicher, als in dem Hotel zu heiraten, das ihre Großeltern so geliebt haben. Harry ist hocherfreut, aber es gibt ein kleines Problem, denn Ivy hat sich eine Hochzeit an Weihnachten in den Kopf gesetzt – und was Ivy will, bekommt sie auch. Und natürlich wäre es eine grandiose Werbung für das Hotel.

Polly Fraser ist nicht nur Harrys beste Freundin, aber auch heimlich verliebt. Sie versichert ihm, dass sie es schaffen können, ein unvergessliches Fest zu bereiten, wenn alle an einem Strang ziehen – der Hofladen, die Gärtnerei, die Bäckerei für die Hochzeitstorte. Doch dann kommt es zu einer Katastrophe, und auf einmal steht nicht nur die Hochzeit infrage …

Rachael Lucas wuchs in den schottischen Highlands auf. Nach ihrem Studium verdiente sie ihren Lebensunterhalt mit verschiedenen Jobs, bis sie sich ganz dem Schreiben zuwandte. Sie lebt heute mit ihrer Familie in Southport.

Sabine Schulte studierte Anglistik und Germanistik. Sie übersetzt aus dem Englischen, u. a. Doris Lessing, Susanna Kaysen und Alan Carter.

Rachael Lucas

Weihnachten in Applemore

DAS ERBE VON APPLEMORE

Aus dem Englischen von Sabine Schulte

Insel Verlag

Die Originalausgabe erschien 2022 unter dem Titel *Christmas at Applemore*.

Erste Auflage 2025
insel taschenbuch 5122
Deutsche Erstausgabe

Umschlaggestaltung: zero-media.net, München
Umschlagabbildungen: FinePic®, München
Satz: Satz-Offizin Hümmer GmbH, Waldbüttelbrunn
Druck: CPI books GmbH, Leck
Printed in Germany
ISBN 978-3-458-68422-0

Insel Verlag Anton Kippenberg GmbH & Co. KG
Torstraße 44, 10119 Berlin
info@insel-verlag.de
www.insel-verlag.de

Weihnachten in Applemore

Für Alice, Hayley und Keris

Erstes Kapitel

»Ach, guck doch mal ...«

Polly Fraser seufzte träumerisch.

Da landete mit einem sanften Plumps eine große Schachtel auf ihrer Illustrierten und verdeckte die Fotos, die sie gerade so hingerissen betrachtete. Pollys Freundin Anna, die Konditorin, hatte ihre Gebäcklieferung gebracht, und nun stand sie im Hofladen von Gut Applemore auf der anderen Seite der Ladentheke, hatte die Hände in die Hüften gestemmt und grinste über das ganze sommersprossige Gesicht.

»Keine Ahnung, warum du diesen Quatsch liest«, sagte Anna und deutete dann triumphierend auf die Schachtel. »Zimt-Rosinen-Cookies und Schokobrownies – mit Goldflitter, damit sie weihnachtlich glitzern.« Anna hob den Deckel ab, und der süße Duft von winterlichen Gewürzen und Schokolade schwebte durch den Raum.

»Lecker.« Polly war immer noch abgelenkt. Sie blickte nur kurz auf und lächelte zum Dank. »Sofort«, sagte sie. Sie schob die Schachtel achtlos zur Seite, um die glamourösen Fotos von einer Filmpremiere in London besser betrachten zu können.

»Polly! Fast hättest du die Figuren hier runtergestoßen!« Anna rettete einige zerbrechliche, handbemalte Holzfiguren, die nun gefährlich nah am Rand der Ladentheke balancierten. »Wenn du nicht gleich dein Klatschmagazin da zuschlägst, zerdepperst du den halben Christbaumschmuck, schon bevor du ihn überhaupt ins Regal gestellt hast.«

»Ja, ja«, sagte Polly und drehte die Zeitschrift um, sodass Anna, die gerade die Holzfiguren vom Tresenrand wegstellte, die Fotos sehen konnte. »Aber wärst du da nicht auch wahnsinnig gern dabei?«

Anna schüttelte den Kopf. Sie legte eine Hand schützend über die Schachtel, so als wolle sie ihr Backwerk vor dem Schicksal der Weihnachtsbaumfiguren bewahren.

»Nein, auf keinen Fall, das kann ich definitiv sagen. Keine Ahnung, warum du so was liest.« Anna schob sich eine ungebärdige Locke hinters Ohr und warf einen Blick auf die Fotos. Auf einem roten Premierenteppich standen einige mondäne Frauen mit extravaganten Frisuren und edlem Make-up. Mit ihren Kleidern aus bunter Seide und schimmerndem Satin wirkten sie wie eine Sammlung von Juwelen, fand Polly, oder wie eine Dose mit Weihnachtsschokolade in buntem Stanniolpapier.

»Weil das alles tausend Meilen von einem gewissen winzigen Kaff in den Highlands entfernt ist«, erwiderte Polly, »und weil solche Reportagen die einzige spannende Abwechslung sind, die ich in meinem Leben habe.«

Polly hob das oberste Papier in der Schachtel ab und enthüllte die Leckereien. Sie nahm einen der Zimt-Rosinen-Cookies – Annas neueste Kreation – heraus, betrachtete ihn einen Moment lang andächtig und knabberte ihn dann mit wonnevollem Stöhnen an.

»Einfach köstlich«, sagte sie, als der Keks ihr auf der Zunge zerging. Anna war ein Genie.

»Danke. Und warum willst du plötzlich hier weg? Ich dachte, du liebst unser Dorf.« Anna zog die Brauen ein wenig zusammen und sah Polly besorgt an. »Du hast doch nicht etwa vor, deine Zelte hier abzubrechen und Applemore gegen die hellen Lichter Hollywoods einzutauschen?«

»Klar, ich liebe unser Dorf.« Polly brach ein Stück von dem Keks ab und steckte es in den Mund. Sie ließ den Blick durch den Laden schweifen, über die weiß gestrichenen Wände des ehemaligen Wirtschaftsgebäudes von Gut Applemore und über die mit Tannengrün geschmückten Regale, an denen Lichterketten funkelten. Ein Torbogen führte in das gemütliche, gut besuchte Café im Nebenraum. Neben der Kasse auf dem Tresen des Hofladens flimmerten an einem winzigen Weihnachtsbäumchen bunte Lichter. Das ganze Ambiente war festlich, so wie in jedem Jahr, doch unausgesprochen hing ein Aber in der Luft. Polly fragte sich, ob Anna es wahrnahm, und sie war kurz davor, der Freundin ihre Gefühle anzuvertrauen. Doch da bimmelte die Türglocke, und eine grauhaarige Frau betrat den Hofladen. Der Augenblick war vorüber. Die Kundin griff nach einem der Flechtkörbe an der Tür und lächelte Polly und Anna grüßend zu.

»Sagen Sie Bescheid, wenn Sie Hilfe brauchen«, sagte Polly. Sie wischte sich Krümel aus dem Mundwinkel, schlug die Zeitschrift zu und schob sie wieder unter die Ladentheke. Rote Teppiche hin oder her, sie musste ihren Laden führen und die Weihnachtsvorbereitungen organisieren.

Anna warf einen Blick auf die Wanduhr über Pollys Kopf.

»Ich gehe mal wieder. Im Kindergarten gibt's heute eine Weihnachtsvorstellung, und ich hab versprochen zu kommen, damit ein paar mehr Zuschauer da sind. Ich könnte schwören, dass Weihnachten jedes Jahr früher ist.«

Polly hatte im Hofladen schon seit einer ganzen Weile Weihnachtslieder abgespielt, und jetzt blickte sie auf den Christbaumschmuck, den sie verkaufte, und lächelte schuldbewusst. »Ich bekenne, dass ich schon immer so war – sobald Halloween vorbei ist, freue ich mich auf Weihnachten. Heiße Schokolade mit Zuckerstangen und Kekse und Kuchen mit Zimt und überall Lichterketten und …«

Anna hob belustigt die Augenbrauen. »In deinem Laden hängen doch immer überall Lichterketten.«

»Na gut, ich hab sie das ganze Jahr über. Ist doch kein Verbrechen, oder?« Polly zuckte lachend die Schultern. Auch in ihrem kleinen Cottage funkelten winzige Lichter, sie umrahmten die Haustür und zierten zu allen Jahreszeiten das Kaminsims. In der Vorweihnachtszeit jedoch schöpfte Polly aus dem Vollen. In diesem Jahr hatte sie noch einmal vier große Kartons mit Lichterketten für außen gekauft, und ihr Bruder Lachlan hatte versprochen, ihr noch in dieser Woche einen frisch geschlagenen Weihnachtsbaum aus dem eigenen Wald zu bringen. Schon als kleines Mädchen hatte Polly sich immer bemüht, ihre Umgebung möglichst heimelig und gemütlich zu gestalten, was allerdings in dem riesigen, kalten Gutshaus, in dem sie aufgewachsen war, nicht so einfach gewesen war.

»Jetzt muss ich aber wirklich los«, sagte Anna und gab Polly einen Klaps auf die Finger. »Und dass du mir nicht deine ganze Ware selbst auffutterst.«

Polly riss in gespieltem Entsetzen die Augen auf. »Für wen hältst du mich denn?!«

So war das eben in Applemore, dachte sie, während sie kurz darauf eine Kundin bediente – obwohl Anna selbst genug zu tun hatte, half sie ihrer Freundin. Hier im Dorf kümmerte man sich umeinander. Was natürlich auch hieß, dass man keine Geheimnisse haben konnte und dass alle Dorfbewohner alles voneinander wussten. Man brauchte nur einmal zu niesen, schon ging eine halbe Stunde später das Gerücht um, man sei fürchterlich erkältet und gehöre ins Bett. Wenn man andererseits wirklich einmal krank war, taten die Dorfbewohner sich zusammen und halfen. So war es in Applemore üblich.

Nachdem Polly in einem der Gebäude am ehemaligen Wirtschaftshof von Gut Applemore den Hofladen eröffnet hatte, war er bald zu einem Zentrum für Neuigkeiten und Klatsch geworden, daher wusste sie immer, was unten im Dorf vor sich ging. Im Sommer wimmelte es im Ort von Touristen, während gleichzeitig die Schülerzahlen in der Dorfschule zurückgingen, weil immer mehr Häuser als Zweitwohnsitze verkauft wurden. Wenn die Dorfbewohner nicht aufpassten, würden bald Menschen von außerhalb Applemore übernehmen, die nicht die gleiche Bindung an den Ort hatten wie die Alteingesessenen. Im Hofladen wurde zurzeit deutlich weniger verkauft als in der Sommersaison, doch die neuen Backkurse waren der Hit. Matt, der sie leitete, war gelernter Bäcker und hatte ebenfalls eins der alten Wirtschaftsgebäude übernommen. In einem weiteren Gebäude befand sich jetzt eine Galerie, in der Künstler aus der Umgebung ihre Werke ausstellten. Das Atelier daneben, von dem aus man den Blick über die Felder hatte, nutzten die Künstler abwechselnd, sodass immer jemand anwesend war, wenn Besucher ein Bild oder einen anderen Kunstgegenstand als Andenken an ihren Aufenthalt in den Highlands mit nach Hause nehmen wollten.

Wieder seufzte Polly. Obwohl es um sie herum funkelte und glitzerte, fühlte sie sich matt und trübsinnig. Sie musste diesen Durchhänger überwinden – schließlich wusste sie ja eigentlich, was ihr fehlte, aber es fiel ihr schwer, sich das einzugestehen. Sie liebte ihr Leben in Applemore, den Laden, in dem sie sämtlichen Dorfklatsch brühwarm mitbekam, und die eng verbundene kleine Dorfgemeinschaft, zu der sie gehörte. Sie hatte nur ein einziges Problem, und das konnte sie nicht lösen.

»Na, was geht in dir vor?« Gavin, der das Café neben dem Hofladen betrieb, kam durch den Torbogen zu ihr herüber. Er war schlank und sportlich und mit seinem schwarzen Polohemd und den schwarzen Jeans wie immer tadellos angezogen. »Was soll dieses grimmige Gesicht?«

»Ach nichts.« Polly schüttelte sich, um ihre trüben Gedanken zu vertreiben. »Ich hab einfach einen blöden Tag.«

»Das kennen wir alle, Herzchen«, sagte Gavin mit seinem warmen walisischen Akzent. »Überlass Jenny die Kasse und komm mit nach drüben, dann kannst du Onkel Gavin erzählen, was dich bedrückt.«

Jenny arbeitete in Teilzeit für Polly, und gerade hockte sie vor einem Regal und ordnete die Kerzen mit Weihnachtsduft neu. Sie blickte auf, sah von Polly zu Gavin hinüber und nickte. »Klar, kann losgehen.« Sie stellte noch eine einzelne Kerze vor die anderen und erhob sich.

»Also komm.« Gavin nahm Polly an der Hand und zog sie hinter sich her durch den Laden ins Café, sodass sie lachen musste. »Setz dich. Ich versorge dich mit Kaffee, und du erzählst mir, warum meine kleine Polly Sunshine so betrübt ist. Das geht doch jetzt schon seit Tagen so.«

Polly setzte sich gehorsam an einen kleinen runden Tisch und sah zu, wie Gavin sich an seinem Ehemann Tom vorbei hinter die Theke des Cafés drängte, um den Kaffee zuzubereiten.

Tom kochte gerade Tee für eine Gruppe durchnässter Wanderer und verteilte Kuchenscheiben auf Teller.

»Abrakadabra«, sagte Gavin, als er kurz darauf zwei Kaffeetassen mit jeweils einem Keks auf der Untertasse an ihr Tischchen brachte. »Das ist eine neue Röstung. Sag mal, was du davon hältst.« Er lehnte sich erwartungsvoll zurück, während Polly den ersten Schluck trank.

»Köstlich«, sagte sie, obwohl sie den Unterschied zwischen den verschiedenen Kaffeesorten und den Röstungen eigentlich gar nicht schmeckte. Sie packte den Keks aus und knabberte daran.

»Lügnerin.« Gavin grinste. »Für dich schmecken sie alle gleich, stimmt doch, oder?«

»Erwischt!« Polly lachte. »Aber sie schmecken mir alle richtig gut.«

Jetzt trank Gavin einen Schluck, wobei er in seligem Genuss die Augen schloss. »Keinen Sinn für die feinen Unterschiede, das ist dein Problem«, sagte er dann. »Du kommst zwar aus einem herrschaftlichen Schloss, aber deine Geschmacksknospen sind auf Heinz-Dosenbohnen auf Toast und Instantnudeln geprägt.«

»Instantnudeln sind gar nicht so verkehrt.« Pollys Bruder und ihre beiden Schwestern witzelten immer, dass sie die schlechteste Köchin unter den Geschwistern war.

»Na gut, du hast immerhin Harry, der dir Gourmetgerichte zaubern kann. Ihr zwei seid ja ein Herz und eine Seele.«

»Spinnst du?« Polly blickte in ihre Tasse und hoffte, dass ihr Gesicht sie nicht verriet. Harry Robertson führte das Applemore Hotel, er hatte es von seinen Eltern übernommen, als sie sich zur Ruhe gesetzt hatten. Obwohl einige Dorfbewohner mit Veränderungen grundsätzlich nicht einverstanden waren, war Harry gerade dabei, das Haus auf den neuesten Stand zu bringen. Finanzielle Unterstützung bekam er dabei von Rob Jones. Rob war erst kürzlich ins Dorf gezogen, er war der Partner von Charlotte, Pollys ältester Schwester, und als ehemaligem Börsenmakler und Sohn reicher Eltern fiel es ihm leicht, sich an Harrys Vorhaben als Investor zu beteiligen.

Als Polly aus London zurückgekehrt war, wo sie erst studiert und dann einige Jahre als Kindermädchen gearbeitet hatte, war auch Harry nach fast zehn Jahren in Sydney gerade wieder in seinen Heimatort zurückgekommen. Ihre Beziehung war von Anfang an entspannt und unbefangen, und sie waren sich rasch nähergekommen – dabei aber immer Freunde geblieben, nicht mehr. Harry betrachtete Polly als Kumpel, er konnte Ideen mit ihr austauschen und mit ihr besprechen, wie schwierig es war, einen Betrieb zu modernisieren, in dem sich seit Ewigkeiten nichts verändert hatte. Das Problem war jedoch, dass Polly neuerdings Herzklopfen bekam und von einer nie gekannten Erregung ergriffen wurde, sobald sie mit Harry zusammen war. Das war der Grund für ihre Niedergeschlagenheit – aber vor Anna oder Gavin hätte sie das niemals zugeben können und vor ihren Geschwistern schon gar nicht. Warum bloß sah Harry in ihr nur die kleine Schwester seines Freundes Lachlan? Und auch ihre Geschwister behandelten sie, obwohl sie fast dreißig war, immer noch als das Baby der Familie. Polly seufzte. Vielleicht war es Zeit für etwas Neues – auch wenn es eher unwahrscheinlich war, dass sie nach Hollywood flüchten würde, um in hautengen Satinroben bei Filmpremieren zu posieren.

»Was für ein tiefer Seufzer«, riss Gavin sie aus ihren Gedanken. »Also, was gibt's Neues? Wie läuft es mit der Hotelrenovierung?«

Pollys Gesicht hellte sich auf, und sie griff quer über den Tisch nach Gavins Keks. Er stimmte mit kurzem Nicken zu, aber sie hatte ohnehin gewusst, dass er nichts dagegen haben würde, denn er achtete penibel auf seine Figur und mied raffinierten Zucker.

»Ich denke, der Startschuss fällt, sobald die letzten Gäste verschwunden sind, das müsste … ungefähr Ende der Woche sein.«

»Und was passiert dann?«

»Dann kommt der Bauunternehmer, Kenny, der hat eine Menge Arbeit vor sich, und Harry hat eine wunderbare Innenarchitektin, sie hat schon ganz viele Skizzen gemacht. Neuer Teppichboden – dieser scheußliche alte mit dem Tartanmuster kommt endlich weg –, und überhaupt wird alles ganz hell und topmodern.«

»Das wurde aber auch Zeit«, sagte Gavin. »Mit Conor hat Harry einen spitzenmäßigen Küchenchef, und das Hotel hat so viel Potenzial. Stell dir mal vor, was für eine Goldgrube das wird, wenn es nicht mehr so aussieht, als wäre da vor fünfzig Jahren die Zeit stehengeblieben.«

»Ich weiß.« Polly war plötzlich sehr stolz auf Harry. Er hatte sich so angestrengt, um das alles hinzukriegen. »Und sie sind auf der Suche nach einem Airstream-Caravan, einem Oldtimer, den wollen sie dann zu einem Seafood-Imbiss umbauen. Der kommende Sommer wird richtig spannend.«

»Da ist ja das Lächeln, das ich vermisst habe«, sagte Gavin und griff ihr unters Kinn, als wäre sie ein widerspenstiges Kind. »Schon viel besser.«

Polly verzog das Gesicht. »Jetzt behandle mich bitte nicht wie ein Baby. Die anderen machen mir damit schon oft genug das Leben schwer.«

»Das tun sie bloß, weil du so bezaubernd und schnuckelig bist.«

»Hiermit lasse ich dich wissen, dass ich eine knallharte Geschäftsfrau bin«, protestierte Polly.

»Oh, da widerspreche ich dir ja gar nicht. Du hast ein altes Stallgebäude in einen blühenden Laden verwandelt, und dann hast du auch noch Räume für eine Bäckerei und eine Galerie geschaffen.«

»Im nächsten Sommer wollen wir außerdem auch Kunstworkshops anbieten. Und in den Wochen vor Weihnachten wird Beth in der Galerie Abendkurse im Weihnachtskranzbinden geben.« Dabei fiel Polly ein, dass sie die Flyer, die Beth ausgedruckt hatte, noch verteilen und ein paar davon neben ihre Kasse legen musste.

»Du bist einfach genial. Aber was bedrückt dich denn so sehr, Polly? In den vergangenen Wochen hast du dich verändert.«

Polly zuckte die Achseln. »Vielleicht hab ich so was wie Fernweh? Ich habe die Sache hier ins Laufen gebracht, und jetzt kann ich nicht mehr viel tun, außer vielleicht neue Räume anbauen oder die große Scheune hinten umbauen, und beides wäre eine Menge Arbeit.«

»Du brauchst mal was Neues, Aufregendes. Mir scheint, du bist ein bisschen festgefahren.« Gavin rieb sich nachdenklich das Kinn.

»In welcher Richtung aufregend?«

Er sah sie eindringlich an. »Du weißt schon, welche Art von

Aufregung ich meine, Polly Fraser. Du bist hinreißend, witzig, clever und immer noch single. Du musst mal raus und jemanden kennenlernen. Deine Geschwister haben alle Partner. Worauf wartest du noch?«

Auf Harry Robertson, dachte Polly, aber das kann niemals was werden.

Sie zog eine Grimasse und hob resigniert die Hände. »Ach komm, Gavin, ich weiß ja, dass ihr beide, dein Tom und du, verliebt und glücklich seid. Aber es ist doch kein Geheimnis, dass es in Applemore so gut wie keine Dating-Szene gibt.«

»Wer weiß? Tom hat einen Vetter, der erst kürzlich wieder hier hochgezogen ist. Wenn ich mal ein Wörtchen mit ihm rede – vielleicht kann ich ein heißes Date für dich einfädeln?«

Tom blickte von der Theke aus zu ihnen herüber und winkte, so als spüre er, dass über ihn gesprochen wurde.

»Kommt überhaupt nicht infrage.« Polly wollte aufspringen und stieß ihren Stuhl zurück, so heftig und so laut, dass einige Wanderer sich überrascht nach ihr umdrehten, sich dann aber auf die höfliche britische Art rasch wieder ihrem Tee zuwandten. »Solche organisierten Dates hab ich schon genug mitgemacht, die waren immer eine Katastrophe.«

»Dieses wird vielleicht anders. Man muss schließlich ein paar Frösche küssen und so weiter. Und was für eine Alternative hättest du denn?« Gavin setzte klappernd seine Kaffeetasse ab und rieb sich die Nase. Polly blickte sich in dem kleinen Café um. Etwa eine Hälfte der Tische war mit Leuten aus der Umgebung besetzt, die sie kannte, und die andere Hälfte mit Touristen, die sich in der Nebensaison im Dorf eingemietet hatten und dem Wetter entsprechend angezogen waren. Wenn sie nicht aufpasste, würde sie auch in fünfzehn Jahren noch hier sitzen, vor der gleichen Szenerie, ohne dass sich in ihrem Leben etwas geändert hätte.

»Also schön.« Sie verschränkte die Arme und seufzte ergeben. »Wenn ich dich auf diese Weise loswerde – dann bin ich zu einem Blind Date mit Toms komischem Vetter bereit.«

Zweites Kapitel

»Nur noch eine Woche«, sang Harry Robertson leise vor sich hin. Er stand draußen vor dem Applemore Hotel, unterschrieb einen Lieferschein und winkte dann dem abfahrenden Bierlaster nach. Der Himmel war grau, und eisiger Regen rann ihm in den Nacken. Auf der anderen Straßenseite, auf dem Geländer an dem kleinen Hafen, hockte eine Möwe und beäugte ihn.

Es war Ebbe, und in der Ferne arbeiteten ein paar Fischer an ihren Hummerreusen, die jetzt, nach dem Ende der Saison, an Land aufgestapelt waren. Der Sommer war lang und anstrengend gewesen, und Harry freute sich sehr, dass er für eine Weile weder lächelnd Hotelgäste begrüßen noch hinter der Theke stehen und dem alten Jimmy zuhören musste, während der sich in allen Einzelheiten über die gegenwärtigen Probleme der Landwirtschaft ausließ und dabei anderthalb Stunden an einem einzigen Pint Bier nippte. Normalerweise hielt Harry den Hotel- und Restaurantbetrieb auch im Winter aufrecht, so wie seine Eltern es gemacht hatten – auch wenn im Winter kaum mehr hereinkam als die Kosten –, aber in diesem Jahr war das anders.

Als er Zettel an der Bar ausgehängt und im Applemore Newsletter angekündigt hatte, dass er wegen Renovierung schließen und dann im Januar das umgebaute, modernisierte Applemore Hotel eröffnen würde, war das im Dorf ein kleiner Skandal gewesen.

»Ich sehe nicht, was an dem Hotel, so wie's jetzt ist, verkehrt sein soll«, hatte Old Jimmy gebrummt und seine Zeitung aufgeschlagen.

»Seit über zwanzig Jahren ist hier nichts gemacht worden«, hatte Harry zum hundertsten Mal erklärt, während er Gläser polierte und ins Regal stellte.

»Genau, und so, wie es ist, ist es schön.« Jimmy hatte sich geräuspert.

»Das wird noch viel schöner werden.«

Der alte Jimmy hatte sorgenvoll den Kopf geschüttelt und sich wieder den Rinderpreisen im *Scottish Farmer* zugewandt.

Auch andere Dorfbewohner hatten gemeckert und gemurrt, sich aber schließlich damit abgefunden, dass Harry für einige Wochen zumachen würde. Geholfen hatte, dass er als Kompromiss an den Wochenenden einen Abholservice für Bier versprochen hatte. Freitags und samstags würde er für durstige Dorfbewohner öffnen, damit sie sich Growler mit ihrem Lieblingsbier abholen konnten, das waren verschließbare Krüge, die er extra zu diesem Zweck bestellt hatte. Das würde sich zwar – wenn er ehrlich war – nicht lohnen, aber immerhin doch ein bisschen Geld einbringen und, was wichtiger war, ihm das Wohlwollen der Dorfbevölkerung erhalten. Dabei gab es, wie sein Geldgeber und neuer Freund Rob betont hatte, im näheren Umkreis kein Lokal, in das seine Stammgäste zwischenzeitlich hätten abwandern können. Harrys Pub war der einzige in Applemore, er hatte keine Konkurrenz. Harry setzte das Fass im Keller ab und ging wieder nach oben.

»Da kam eben einen Anruf, ein Paar will ganz kurzfristig buchen«, sagte Phoebe hinter der Theke. Sie warf ihr regenbogenbuntes Haar zurück und sah ihn zweifelnd an.

»Ich hab gesagt, keine Gäste mehr«, erwiderte Harry.

»Ich weiß, ich weiß …«, sagte Phoebe. »Aber wir schließen erst nächste Woche. Denk doch an das Geld.« Während Phoebe sprach, flatterte eine der langen Lamettagirlanden, die sie über die Theke gehängt hatte, auf den Boden. Die Weihnachtsdeko war offenbar genauso müde wie er selbst. Von Weihnachten hatte er die Nase jetzt schon gestrichen voll, obwohl es noch ein paar Wochen hin war.

»Ich denke daran, wie teuer die Bauarbeiten werden. Und überhaupt die ganze Renovierung. Und die neue Einrichtung und das alles.«

Harry hatte gehofft, die Unterstützung durch einen Investor würde ihm die ganze Geschichte erleichtern, aber auch wenn Rob die großen Ausgaben ganz locker nahm, hatte er selbst festgestellt, dass er jeden Penny dreimal umdrehte. Er wollte nicht, dass es so aussah, als würde er den Reichtum seines Freundes ausnutzen.

»Dann soll ich den Gästen also absagen?«

Harry blickte aus dem Fenster. Ein Fischerboot tuckerte dem Horizont entgegen. Der Himmel war immer noch bleigrau, und wegen der tiefhängenden Wolken konnte man die violetten Berge auf den Inseln in der Ferne nur erahnen.

Es war ein merkwürdiges Gefühl, dass ihm endlich genügend Geld zur Verfügung stand, um die Veränderungen vorzunehmen, von denen er schon lange träumte. Er hatte immer geglaubt, wenn jemand ihm einen Blankoscheck überreichen und ihm sagen würde, er könne das Geld ganz nach eigenem Gutdünken verwenden, würde er vor Freude ausrasten – aber die Realität sah anders aus. Er spürte eine große Verantwortung, so als müsse er das Hotel perfekt herrichten, um Robs Investition zu rechtfertigen. Er war zwar überzeugt, dass das frisch renovierte Applemore Hotel viele neue Gäste anlocken würde, doch nervös war er trotzdem.

»Ich hatte gehofft, wir könnten schon anfangen, das Haus auszuräumen, damit die Arbeiten dann gleich losgehen können.« Zerstreut griff er nach einem Tuch und wischte über die tadellos saubere Theke. Phoebe beobachtete ihn scharf.

»Der Mann hat am Telefon gesagt, sie hätten schon lange vorgehabt, nach Applemore zu kommen. Irgendwie soll es eine Überraschung sein, hat er gesagt, und irgendwas von einem familiären Bezug erzählt – ach, ich weiß es nicht mehr genau, aber er war wild entschlossen. Er meinte, er würde auch mehr als üblich zahlen, wenn das hilft.«

»Merkwürdig.« Ins Applemore Hotel kamen viele Gäste, die schon vor Jahren mit ihren Familien hier Urlaub gemacht hatten, aber keiner von ihnen hatte die Angewohnheit, mit Geldscheinen zu wedeln, um seinen Willen durchzusetzen. »Also gut«, sagte Harry schließlich, »schaden kann es vermutlich nicht. Aber damit ist dann endgültig Schluss, okay? Keine Überraschungsbuchungen mehr. Am kommenden Montag schließt das Hotel, und es wird seine Türen erst im neuen Jahr wieder öffnen.«

»Aye, aye, Käpt'n.« Phoebe salutierte mit schiefem Lächeln und schlug die Hacken zusammen.

»Sehr witzig.« Harry schüttelte den Kopf. An einem Tisch am Kamin saßen zwei Männer bei ihren Pints. Sie spielten Schach und schienen den Frieden der Nachmittagsflaute zu genießen. »Gut, jetzt ist es gerade ruhig, da will ich mal im Keller aufräumen. Ruf mich, falls plötzlich ganze Scharen von Gästen einfallen.«

Phoebe sah ihn skeptisch an. »Mach ich.«

Harry kümmerte sich um die Eismaschine, die selbst an ihren guten Tagen launisch war. Er räumte alle Fruchtsäfte und Sirups in die Regale, fegte und wischte den Boden, und während er Kartons und Packpapier sortierte, überlegte er nicht zum ersten Mal, dass diese Verpackungen sich in den Ecken zu stapeln schienen, sobald er dem Keller den Rücken zukehrte. Phoebe war im Umgang mit den Gästen super, aber für das Chaos im Keller schien sie keinen Blick zu haben. Kopfschüttelnd stopfte er die Pappe draußen in die Papiertonne.

»Hallo, Harry.« Er hörte einen vertrauten walisischen Akzent hinter sich. Als er sich umdrehte, stand Gavin vor dem schmalen Durchgang, der das Hotel von der Reihe der benachbarten Cottages trennte.

»Wie geht's?« Während Harry auf Gavin zuging, bestaunte er dessen Regenbekleidung. »Schöner ... Regenmantel.«

»Findest du?« Strahlend drehte Gavin sich einmal um sich selbst.

»Jedenfalls bist du für Autofahrer unübersehbar.«

Gavin zupfte den leuchtend gelben Kragen seines Mantels zurecht. »Ich bin nun mal der Meinung, dass ein bisschen Farbe nicht verkehrt ist. Ihr Highlander seht immer aus, als wolltet ihr farblich mit der Landschaft verschmelzen.«

»Dann hast du dich also entschlossen, ein bisschen was Knalliges in unseren grauen Alltag zu bringen?«

»Genau. Aber was läuft denn gerade so bei dir? Hab dich ja seit Ewigkeiten nicht gesehen – seit du dich mit Charlottes knackigem Lover rumtreibst und ihr plant, die Weltherrschaft zu übernehmen.«

Harry musste lachen. Gavin war wie ein frischer Windstoß. Vor einigen Jahren war er zusammen mit seinem Partner Tom, der aus Applemore stammte, ins Dorf gekommen, und er hatte sich gut eingelebt. Die beiden betrieben mit großem Erfolg das Café in Pollys Hofladen, und der ganze Ort hatte das Paar ins Herz geschlossen. Es war eine Freude, das mitzuerleben.

»Ich treibe mich keineswegs mit ›Charlottes knackigem Lover‹ herum, ich treffe mich mit Rob, und wir überlegen, wie wir aus dem alten Kasten da ein erstklassiges Hotel machen können.«

»Aber du musst doch zugeben, dass Rob verdammt gut aussieht.« Gavin schmunzelte.

»Muss ich nicht.« Harry schüttelte den Kopf. »Er ist nicht mein Typ.«

»Wo wir gerade dabei sind«, sagte Gavin mit listigem Lächeln, »ich hab eben mit Polly über den erbärmlichen Zustand ihres Liebeslebens gesprochen. Jetzt versuche ich, ein Date mit Toms attraktivem Vetter für sie zu organisieren. Oder jedenfalls vermute ich, dass er attraktiv ist, weil er ja mit Tom verwandt ist. Von wegen der Gene und so. Er ist erst kürzlich wieder hier in die Highlands gezogen.«

Harry machte eine nervöse Bewegung, trat einen Schritt zurück und schob eine Hand in die Gesäßtasche, dabei bemühte er sich, ganz lässig zu wirken. »Klingt gut. Polly ist eine tolle Frau.«

»Das stimmt«, sagte Gavin, »aber sie ist schon ewig single. Mal ehrlich, in Applemore wimmelt es nicht gerade von passenden Männern.«

»Ich muss zugeben, dass ich auf dem Gebiet nicht so bewandert bin.«

Gavin lachte.

»Dieser Vetter von Tom«, platzte Harry zu seiner eigenen Überraschung heraus, »das ist doch ein anständiger Typ, oder?« Irgendwie war ihm bei der Vorstellung, dass Polly zu einem Date mit irgendeinem hergelaufenen Kerl losziehen könnte, nicht ganz wohl.

»Selbstverständlich. Ich meine, ich kenne ihn zwar nicht, aber Tom sagt, er ist ein guter Mann. Tom würde Polly doch wohl kaum mit einem Serienmörder verkuppeln wollen, oder?«

»Na gut.« Harry bemühte sich, sein Unbehagen loszuwerden. »Ich hatte keine Ahnung, dass Männer hier so rar sind.«

»Also, immer wenn ein alleinstehender Mann im Dorf auftaucht, schnappt eine von den Fraser-Frauen ihn weg. Guck dir Beths Jack an – der ist doch ganz in Ordnung, oder? Und jetzt sind Charlotte und Rob ein Paar. Die anderen Frauen im Dorf haben gar keine Chance.« Gavin lachte über seinen eigenen Scherz.

Ein Landrover fuhr vorbei. Hinter dem Steuer saß Charlotte, sie hupte kurz, und Harry und Gavin hoben beide die Hand zum Gruß.

»Wahrscheinlich fährt sie zum Midsummer House und guckt, wie die Arbeiten da vorangehen«, sagte Gavin.

»Ich hoffe, ihr ist klar, dass Kenny im nächsten Monat nur für mich arbeitet.« Harry beobachtete, wie der Wagen rechts blinkte, an der Kreuzung hielt und dann in die Straße aus dem Dorf heraus abbog. »Du weißt ja, wie Charlotte ist, wenn sie richtig loslegt. Aber vielleicht hat sich das geändert, seit sie mit Rob zusammen ist.«

Gavin sah ihn zweifelnd an. »Du glaubst doch nicht etwa,

dass die arbeitswütigste Frau, die wir kennen, sich von einem millionenschweren Geschäftsmann bremsen lässt?«

»Okay«, Harry rieb sich das Kinn, »da hast du recht.«

»Ich bin sicher, dass sie deinen Umbau auf der Reihe hat. Und abgesehen davon könnte Rob es sich auch leisten, jederzeit einen großen Bauunternehmer aus Inverness zu holen, wenn die Sache vorangehen soll.«

»Stimmt.« Harry fuhr sich mit der Hand durch das vom Seenebel feuchte Haar. Ein Stück die Straße hinunter sah er, wie ein Mitarbeiter des Highland Council neben einer Straßenlaterne parkte, die schon ewig lange nicht mehr funktionierte. Das wird aber auch Zeit, dachte er.

Nicht mehr lange, und die Straßen wären von weihnachtlichen Lichterketten beleuchtet, denn die Dorfbewohner würden die Fenster ihrer Häuser und Geschäfte schmücken, um dem Ort ein festliches Aussehen zu verleihen. Schon jetzt erschienen in manchen Fenstern Weihnachtsbäume, und abends hatte die Atmosphäre im Dorf etwas Erwartungsvolles. Am schwarzen Brett gab es Hinweise auf Weihnachtskonzerte in der Schule und das Anleuchten des Weihnachtsbaums, und ein Minibus war organisiert worden, um die Dorfbewohner zu Weihnachtseinkäufen nach Inverness zu bringen. Zum Glück brauchte er selbst über diesen ganzen Kram nicht nachzudenken, dachte Harry. Ihm war klar, dass er eine recht gute Nachahmung des griesgrämigen grünen Grinch abgab, aber er fand es erleichternd, sich ausnahmsweise mal aus dem ganzen Weihnachtsspektakel ausklinken zu können.

Folglich würde er auch keinen Weihnachtsbaum besorgen, sondern sich einfach zu Hause einen faulen Tag machen und vielleicht eine Runde mit seinem Mountainbike fahren. Sein Freund Lachlan hatte ihn zwar eingeladen, den ersten Weihnachtstag mit ihm und dem ganzen Fraser-Clan im Gutshaus Applemore zu verbringen, aber Harry wollte versuchen, ein bisschen Abstand zu Polly zu gewinnen. Er hoffte, die Sache vielleicht auf diese Weise in den Griff zu bekommen. Sie hatten in den vergangenen Monaten mehr und mehr Zeit miteinander verbracht, aber vor einer Weile hatte Lachlan einmal etwas geäußert, woraus Harry schloss, dass Pollys großer Bruder eindeutig etwas dagegen haben würde, wenn er weitere Schritte auf sie zu machen würde. Vorausgesetzt natürlich, Polly sah etwas anderes in ihm als einen guten Freund – und Harry war sich ziemlich sicher, dass das nicht der Fall war.

»Ich zieh mal lieber wieder los«, unterbrach Gavin ihn in seinen Gedanken.

Mit einem Schütteln holte Harry sich in die Realität zurück.

»Alles klar –«, er bemühte sich um einen beiläufigen Tonfall. »Falls du ins Café zurückfährst, grüß Polly von mir. Ich hab sie ewig nicht gesehen.«

Gavin warf ihm einen prüfenden Blick zu. Harry fühlte sich beobachtet und bückte sich umständlich nach einem Stück Papier, das der Wind vor sich hertrieb.

»Ich richte ihr aus, dass du dich nach ihr erkundigt hast. Lass dich mal wieder blicken.«

Und damit setzte Gavin die Kapuze seines hässlichen gelben Regenmantels auf und entfernte sich.

Harry blieb noch einen Moment stehen und sah ihm nach, einem Farbfleck an diesem ansonsten grauen Tag. Doch dann lenkte ein Blitz aus rotem Fell ihn ab. Pickle sauste an ihm vorbei, die halbwilde Katze, die in einem Schuppen neben dem Hotel hauste und sich zwar gnädigerweise täglich einmal füttern ließ, aber jeglichen weiteren Kontakt mit Menschen ablehnte. Wenn ich nicht aufpasse, geht es mir bald genauso, dachte Harry und kehrte ins Haus zurück.

»Alles klar? Du siehst aus, als würde die Welt gleich untergehen.« Phoebe hatte mittlerweile alle Flaschen aus dem Spiegelregal hinter dem Tresen geräumt und wischte sie sauber. »Hab gedacht, ich mache das schon mal, dann verklebt der Staub auf den Flaschen nicht so, wenn wir sie vor dem Renovieren wegpacken. Dieser Schlehenlikör klebt ja wie nichts Gutes.«

»Das ist der ganze Zucker«, sagte Harry zerstreut. »Und ja, alles in Ordnung. Ich hab einfach viel zu bedenken.«

Während sie gemeinsam weiterarbeiteten, ließ er sich von Phoebes fröhlichem Geplapper ablenken. Gelegentlich wurden sie von einem Gast unterbrochen, hörten sich die neuesten Geschichten aus dem Dorf an, und ab und zu bedienten sie auch Touristen, die sich über das warme Kaminfeuer freuten, etwas tranken und einen der Snacks bestellten, die Conor, der Küchenchef, zubereitete. Wenn nicht viel los war, probierte Conor gern neue Gerichte aus, und durch die Schwingtür zur Küche drangen köstliche Düfte.

»Ich hab einen Wahnsinnshunger«, sagte Phoebe, als sie die letzten Flaschen ins Regal zurückstellten. Gerade kam Conor aus der Küche, um sich eine Cola zu holen. Er hob den Zeigefinger.

»Wartet mal kurz.«

Gleich darauf kehrte er mit einem Teller voller Mini-Burger in weichen Hamburgerbrötchen zurück. Der geschmolzene

Käse, der an den Rändern herunterlief, ließ Harrys Magen knurren.

»Hab gar nicht gewusst, dass ich Hunger habe.«

»Greift zu«, sagte Conor. Er lehnte sich gegen die Theke und schlug ein Bein über das andere. »Und sagt mir bitte, welche Kombination euch am besten schmeckt.«

»Die sind unterschiedlich?«

»Klar.« Conor deutete auf einen der Burger. »Dieser ist mit Rindfleisch aus Brust und Nacken, dazu doppelt Käse, in Ahornsirup marinierter Bacon, in Bratenfett geschmorte rote Zwiebeln und selbst eingelegte Gurken.« Dann zeigte Conor auf einen anderen Burger, der ganz ähnlich aussah. »Und der hier hat oben drauf Cheddar-Schmelzkäse, dazu dann geräucherten Bauchspeck, in Kirschmarinade eingelegtes und mit Kirschholz geräuchertes Pulled Pork, mariniertes Rotkraut und eine Cherry-Cola-Barbecuesoße.«

»Ich nehme schon mal einen mit Kirschen«, sagte Phoebe. »Du kannst ja einen mit ... na, was auch immer probieren.«

Conor schüttelte betrübt den Kopf. Dann hielt er ihnen den Teller hin und beobachtete gespannt, wie sie in ihre Mini-Burger bissen.

»Wow, das ist der Wahnsinn«, sagte Harry mit vollem Mund.

»Mmm«, Phoebe nickte und wischte sich das Kinn ab.

»Außerdem habe ich eine Idee.« Connor wirkte sehr zufrieden mit sich selbst. »Wir könnten im Sommer doch auch eine Speisekarte mit Streetfood machen. Was hältst du davon?«

Harry wischte sich mit dem Handrücken den Mund ab. »Ja klar, unbedingt.« Diese Geschmackskombinationen waren umwerfend. »Ich mache alles mit, was du vorhast.«

»Und was vermutlich einigermaßen im Rahmen bleibt.« Conor grinste. »Wie wär's denn mit Wagyu-Steak-Burgern?«

»Ich fürchte, auf dem Wagyu-Steak-Level sind wir noch nicht ganz angekommen.« Harry nahm sich einen weiteren Mini-Burger.

»Warte mal ab«, sagte Conor, »in ein paar Jahren können wir uns vor Preisen nicht mehr retten.«

Harry runzelte die Stirn. Er wusste, wie ehrgeizig Conor war und wie viel er für das Restaurant bedeutete. Es würde nicht leicht sein, einen Koch mit seinem Talent zu halten. Aber wenn der Neustart des Hotels gelang und der Betrieb hoffentlich bald gutes Geld abwarf, dann würde er Conors Gehalt ordentlich erhöhen, damit es sich für ihn lohnte, in Applemore zu bleiben. Bis dahin jedoch bestand das Geheimnis, Conor bei der Stange zu halten, darin, dass er ihm in der Küche freie Hand ließ – abgesehen natürlich von Wagyu-Steaks. Wichtig war einfach, dass sie nach der Neueröffnung gute Publicity bekamen, dann war alles möglich. Doch dafür musste ein kleines Wunder geschehen. Sein neuer Freund und Investor Rob war allerdings zuversichtlich, dass es klappen würde – aber Rob besaß das Selbstvertrauen eines Mannes, der mit Geld aufgewachsen war, mit einem Reichtum, von dem Harry nur träumen konnte. Er selbst hatte als Jugendlicher mitangesehen, wie seine Eltern kämpften, um Hotel und Restaurant am Laufen zu halten. Er hatte begriffen, dass die wirtschaftliche Lage in den Highlands unsicher war und dass der Betrieb nur überleben konnte, wenn Gäste aus Inverness bereit waren, eine Fahrt über Land auf sich zu nehmen – mit dem Auto waren es gut anderthalb Stunden –, um das Restaurant in Applemore zu besuchen.

»Für diese Burger werden die Leute vermutlich bis auf die Straße Schlange stehen«, sagte er.

»Das ist der Plan«, meinte Conor befriedigt. Er wischte sich die Hände an der Schürze ab und ging in die Küche zurück, während Harry und Phoebe in seligem Schweigen die übrigen Burger verzehrten.

»Wenn du hier klarkommst, kann ich dann ein bisschen früher abzischen? Ich bin nachher verabredet«, sagte Phoebe, als sie den letzten Bissen aufgegessen hatte. Sie traf sich jetzt schon eine ganze Weile mit Danny, dem stellvertretenden Leiter des Abenteuerzentrums außerhalb des Dorfes, und Harry war aufgefallen, dass ihr Gesicht jedes Mal leuchtete, wenn sie von ihm sprach.

»Zwischen euch beiden bahnt sich was Ernsthaftes an, oder?«

Phoebe senkte den Kopf und bekam rote Wangen. »Könnte gut sein.«

»Demnächst hören wir hier Hochzeitsglocken läuten.«

»Halt den Mund, du.« Phoebe kicherte. »Gut, wenn das okay ist, verschwinde ich jetzt. Ich nehme den Teller mit in die Küche.«

Harry sah ihr nach, als sie in die Küche hüpfte, ganz erfüllt von ihrer jungen Liebe. Ihm war merkwürdig zumute, so als stünde er irgendwie neben sich. Vielleicht war der Burger schuld, dachte er, als er sich für den Abendbetrieb hinter die Theke begab. Oder vielleicht – im Spiegel hinter den Ginflaschen zog er sich selbst eine Fratze – war es die Vorstellung, dass Polly mit irgendeinem Kerl ein Date hatte. Wenn das so weiterging, waren alle im Dorf bald verpartnert, nur er blieb allein. Doch irgendwie machte ihm diese Aussicht nicht so sehr zu schaffen wie der

Gedanke, dass Polly sich mit einem anderen Mann zusammentun könnte.

»Hallo, Murdo«, sagte er, als ein Stammgast aus dem Dorf eintrat.

»Ich dachte, ich nutze lieber noch die Gelegenheit, bevor du hier schließt und ich jeden Abend mit meiner Frau zusammenhocken muss«, sagte der alte Herr mit grimmigem Lächeln. »Du solltest dich glücklich schätzen, dass du der Ehe entronnen bist, mein Junge.«

Harry machte sich daran, ein Bier für Murdo zu zapfen. Im Kopf hörte er dabei erneut Lachlans Worte – in einem dieser scheinbar unverfänglichen Gespräche, die bedeutsamer waren, als man anfangs wahrnahm.

»Du bist nicht der Typ, der sich häuslich niederlässt«, hatte Lachlan gesagt. Sie hatten im Restaurant gesessen. Harry hatte gerade Lachlans kleines Mädchen auf dem Schoß gehabt, und er hatte auf das Kind hinuntergeblickt und überlegt, dass diese Zuschreibung anscheinend an ihm klebte, bloß weil er die Welt bereist und keine Frau gefunden hatte, mit der er langfristig zusammensein wollte.

»Vielleicht doch.« Er hatte die kleine Kitty auf den Knien geschaukelt, sodass sie vor Lachen gegluckst hatte. »Man weiß ja nie. Sieh doch dich und Rilla an – ihr liebt euch und habt eine Familie gegründet.«

Lachlan hatte mit der Schulter gezuckt. »Ja, aber du bist ein Freigeist. In jedem Hafen ein Mädchen und so. Ich kann mir nicht vorstellen, dass du dich jemals für Häuslichkeit entscheidest.«

Harry hatte einen Blick zu dem Tisch hinübergeworfen, an dem Polly saß und mit ihrer Schwester Charlotte plauderte.

Lachlan war seinem Blick gefolgt, und dann hatten sie sich kurz angesehen. *Das schlag dir mal ganz schnell aus dem Kopf* hatte Harry in Lachlans Augen gelesen.

Er hatte eine Beziehung nach der anderen gehabt und mehr als eine Möglichkeit, sich häuslich niederzulassen. Bisher aber war er immer davor zurückgeschreckt. Wie kam es bloß, dass er plötzlich so seltsam unruhig war? Kopfschüttelnd schob er Murdo sein übliches Pint zu. Vielleicht waren all die bevorstehenden Veränderungen daran schuld.

Drittes Kapitel

»Da ist eine von den Kardashians am Strand!«

Polly warf Dolina, dem größten Klatschmaul des Dorfes, einen skeptischen Blick zu. Dolina hatte die Arme über dem mächtigen Busen verschränkt und die selbstzufriedene Miene einer Frau aufgesetzt, die in einem Dorf, in dem nie etwas passierte, etwas Brandneues mitzuteilen hatte.

»Eine Kardashian?«

Polly runzelte die Stirn. Sie schob die Faltkartons, die sie nur mühsam festhalten konnte, unter einen Arm und lehnte sich gegen die weiß getünchte Wand des Applemore Hotels. Die Sonne versuchte, durch die Wolken zu brechen, und der Wind hatte sich gelegt. Die ganze Nacht lang hatte er geheult, hatte die Äste der Bäume gegen die Fenster ihres kleinen Cottage schlagen lassen und die letzten Blätter von den Zweigen gerissen. Dolina zog den Reißverschluss ihres grünen Anoraks hoch, sodass er unter dem Kinn fest geschlossen war und sie mit ihrem wettergegerbten Gesicht und den roten Bäckchen wie eine russische Matrjoschka aussah. Sie braucht bloß noch ein Kopftuch, dachte Polly und unterdrückte ein Kichern.

»Ja! Ich hab sie mit eigenen Augen gesehen. Sie stand auf einem Felsblock, mit vollen Lippen und« – Dolina machte eine Bewegung mit den Händen, als wolle sie große Brüste und einen noch dickeren Hintern andeuten. Ihre blassen Augen waren vor Entrüstung groß wie Untertassen.

»Bist du sicher, dass es keine Seejungfrau war?« Es war tatsächlich wahrscheinlicher, dass hier oben im Nordwesten der Highlands eine Seejungfrau auftauchte, als dass ein weltbekannter Superstar erschien.

»Absolut sicher«, sagte Dolina mit entschiedenem Nicken.

Polly zog unwillkürlich die Augenbrauen hoch. Schließlich kam diese Aussage von der gleichen Dolina, die verkündet hatte, dass Jack, der Partner ihrer Schwester Beth, eine Gefahr für das Dorf darstelle, als er das mittlerweile sehr erfolgreiche Abenteuerzentrum für Jugendliche aufbaute. Die Gerüchteküche des Dorfes – natürlich von Dolina angeheizt – hatte die Geschichte von Jacks geheimnisvoller Vergangenheit unglaublich aufgebauscht, und selbst nachdem die ganze Sache wie ein Luftballon zerplatzt war, hatte Dolina noch mit verkniffenem Gesicht verkündet, es gäbe keinen Rauch ohne Feuer. Ihren großen Tag hatte Dolina dann gehabt, als Rob aufgetaucht war, um am Midsummer House, das seiner Tante Frances gehörte und sich außerhalb von Applemore befand, Reparaturen durchzuführen. Dolina hatte überall herumerzählt, er sei ein Milliardär, der sämtliche Häuser im Dorf aufkaufen und ganz Applemore übernehmen wolle. Rob hatte sich leise in die Dorfversammlung geschlichen und mit schiefem Grinsen erklärt, dazu würden ihm Hunderte von Millionen fehlen und er würde ganz zufrieden in einem Zelt leben, solange Charlotte ihm Gesellschaft leistete. Folglich nahm Polly diese letzte Eilmeldung von Dolina einigermaßen misstrauisch auf.

»Worum geht's denn hier?«

Beim Klang der vertrauten Stimme drehte Polly sich um. Groß, breitschultrig und mit rotblondem Strubbelkopf, trat Harry aus der Tür des Restaurants. Er zwinkerte ihr zur Begrüßung zu.

»Hallo, Polly. Ich habe Dolinas Stimme gehört«, sagte er mit spitzbübischem Grinsen zu Dolina hinüber, »und da dachte ich, ich sehe mal lieber nach, ob sie hier auch keinen Unsinn macht.«

Dolina senkte den Kopf und kicherte nervös. Sie hatte eine Schwäche für Harry, und es gelang ihr nie richtig, das zu verbergen.

»Ach, hör auf, Harry Robertson. Ich kam gerade die Straße entlang, um Besorgungen zu machen, da habe ich von unten vom Strand her was gehört, also bin ich hin und habe mal geguckt. Ich habe es gerade schon Polly erzählt, aber sie glaubt, ich hätte Halluzinationen gehabt. Eine von den Kardashians ist hier in Applemore. Stell dir das mal vor! Ich sage dir, so was passiert, wenn man hier so viel verändern will.«

»Was meinst du damit?« Harry warf Polly einen verwirrten Blick zu. »Du hast zu viele Klatschmagazine gelesen, und jetzt siehst du wohl Gespenster?«

Polly kicherte. »Ich hab damit nichts zu tun.«

»Du weißt ganz genau, von welchen Veränderungen ich spreche«, sagte Dolina. »Läden aufmachen, das Hotel renovieren und so weiter. Dieses Dorf war bislang doch wunderbar in Ordnung, und jetzt dieses ganze neumodische Zeug – das schießt ja wie Pilze aus dem Boden.«

Polly presste die Lippen zusammen. Wenn sie nicht aufpasste, würde sie gleich laut loslachen, und dann könnte Harry nicht anders, er würde mitlachen. Er sah ihren Gesichtsausdruck und setzte eine höflich besorgte Miene auf.

»Du möchtest doch nicht, dass unser Dorf verfällt, oder?«

Dolina murmelte etwas Zustimmendes.

»Und jetzt haben wir den Minimarkt, es gibt also einen Laden für alle, die nicht zu meinem Hofladen rausfahren können«, sagte Polly vernünftig. Sie hatte ihren Laden eröffnet, nachdem der kleine Supermarkt im Dorf geschlossen hatte, und etwas bedauernd hatte sie mit angesehen, wie eine der großen Supermarktketten eine Baugenehmigung eingeholt hatte, um den kleinen Dorfladen in einen Minimarkt zu verwandeln. Ihre Einnahmen waren nach der Eröffnung zwar gesunken, aber für die älteren Dorfbewohner war dieser Laden ganz in der Nähe praktisch, und nachdem Polly erst verkündet hatte, sie würde ihn aus Prinzip boykottieren, hatte sie dann doch widerwillig zugegeben, dass es nicht schlecht war, nach einem langen Arbeitstag eine Flasche Sauvignon kaufen zu können, ohne acht Meilen ins nächste Städtchen fahren zu müssen.

»Also, diese Kardashian«, nahm Harry das Thema vergnügt wieder auf, »war sie ... allein? Oder mit einem ganzen Rudel unterwegs?«

Jetzt wäre Polly um ein Haar losgeplatzt. Sie beobachtete, wie Harry sich locker und entspannt auf längere Ausführungen gefasst machte. Er lehnte sich an die Wand und schob die Hände in die Taschen seiner Jeans. Unter dem schwarzen Stoff seines Poloshirts mit dem Applemore-Hotel-Emblem erahnte Polly die Umrisse seines Oberkörpers, und sie spürte, wie ihre Knie weich wurden. Sie schüttelte sich, sodass ihr die Haare über die Wangen fielen, und hoffte, dass weder er noch Dolina ihr Erröten bemerken würde. Harry ist ein Freund, sagte sie sich nachdrücklich, und weiter nichts.

»Das klingt ja, als hättest du ein wildes Tier gesehen«, fuhr er fort.

»Machst du dich über mich lustig, Harry Robertson?« Dolina drohte ihm scherzhaft mit dem Zeigefinger.

»Wie käme ich dazu? Ich bin in jeder Hinsicht fasziniert. Ich hatte ja keine Ahnung, dass du mit den Kardashians und ihrem Schaffen so vertraut bist.«

Polly strich sich die Haare wieder hinter die Ohren und begegnete seinem Blick. Jetzt spielte er mit Dolina. Seine blauen Augen funkelten vor Heiterkeit, und in seinen Augenwinkeln zeigten sich Lachfältchen.

»Ich lebe schließlich nicht in einem kulturellen Vakuum, musst du wissen«, sagte Dolina knapp. »Zufällig gucken Jenny und ich immer wieder mal gern ein bisschen Reality-TV. Jedenfalls, ich ging so meiner Wege, ganz mit meinen eigenen Angelegenheiten beschäftigt –«

Irgendwann ist immer das erste Mal, dachte Polly, während sie sich angestrengt bemühte, ein ernstes Gesicht zu wahren. Sie biss sich innen auf die Wange und wandte sich von Harry ab, denn falls ihre Blicke sich noch einmal begegneten, würde sie sich vor Lachen nicht mehr halten können, so verrückt war das alles.

»– und da sah ich sie am Strand, er fotografierte, und sie stand auf einem Felsen und posierte, als ginge es um ihr Leben.«

Dolina veranschaulichte das, indem sie sich nach hinten bog und die Lippen spitzte. Jetzt prustete Harry los, versuchte aber sofort, einen Hustenanfall vorzutäuschen.

Polly gelang es gerade noch, sich zusammenzureißen. »Jedem Tierchen sein Pläsierchen«, ächzte sie. »Harry, ich wollte diese Kartons bei dir loswerden. Gavin hat gestern gesagt, du brauchst so viele, wie du kriegen kannst, weil du alles einpacken willst, bevor es mit der Renovierung losgeht.«

Harry nahm ihr die Faltkartons ab. »Du bist ein Engel«, sagte er.

Als seine Hand über ihre Hand strich, spürte sie, wie sich die Härchen auf ihren Armen aufrichteten. Noch nie war sie so dankbar für ihre Pulloverärmel gewesen. Das war doch wirklich albern. Konzentrier dich, Polly Fraser, ermahnte sie sich. Demnächst hast du ein Date mit einem anderen, und Harry Robertson ist ein Freund, nicht mehr und nicht weniger.

»Und wo sind diese mysteriösen Besucher jetzt?« Er sah Dolina mit hochgezogenen Augenbrauen an. Ein leichter Wind hob die Kapuze ihres Anoraks, sodass ihre stahlgrauen Haare wie von einem Kranz umrahmt wurden.

»Ich denke mal, dass sie immer noch unten auf den Felsen rumkraxeln. Ich wollte mich da nicht einmischen.«

Polly riss vor Staunen die Augen auf. Dolina hatte sich nicht einmischen wollen, obwohl das doch sonst ihr Lebensinhalt war?

»Also hab ich ihnen bloß kurz zugewinkt und bin dann zum Einkaufen hier hochgekommen. Jetzt muss ich weiter.« Sie nickte Polly und Harry kurz zu und eilte dann die Dorfstraße hinauf zum Minimarkt. Dort würde jetzt viel los sein, weil die Kundinnen noch schnell reinsprangen, bevor sie die Kinder von der Schule abholten. Und keine von ihnen ahnte, welche umwerfende Neuigkeit auf sie zukam.

Polly stand neben Harry, und gemeinsam sahen sie Dolina nach.

»In etwa drei Sekunden weiß das ganze Dorf Bescheid«, sagte Harry, und beide lachten schallend. Harry hob in einer Geste der Verwunderung die Hände.

»Ich sage dir, jedes Mal, wenn ich denke, verrückter kann dieses Dorf nicht mehr werden, dann schafft Dolina es, das noch zu toppen.«

Polly schüttelte den Kopf. »Was glaubst du, wen sie da unten gesehen hat?«

»Ich hab zwar nicht die geringste Ahnung, aber ich kann mit Sicherheit sagen, dass es keine Kardashian war. Kennst du einen Grund, warum eine Multimillionärin sich bei einem Fotoshooting an unserem Strand den Arsch abfrieren sollte?«

Polly hob sich auf die Zehenspitzen, als wäre sie auf diese Weise groß genug, um über die Strandmauer hinweg die Felsen am hinteren Ende des Strandes zu erspähen. Doch alles, was sie sehen konnte, waren das metallische Blaugrau des Meeres und die weiße Gischt der Wellen, die weit vor der Küste brachen. Wen auch immer Dolina gesehen haben mochte, von hier aus war niemand zu entdecken. Und so gern Polly dieser Sache selbst nachgegangen wäre, um Punkt drei musste sie die Zwillinge von der Schule abholen, das hatte sie ihrer Schwester Beth versprochen, und sie durfte die Kinder auf keinen Fall warten lassen.

»Ich muss Edward und Lucy abholen. Versprich mir hoch und heilig, dass du mich anrufst, wenn irgendwas Interessantes passiert.«

Harry lachte leise. »Hab dich im Kurzwahlspeicher, keine Sorge. Bis später, Polly.«

Polly senkte den Kopf, denn auf einmal wurde sie unerklärlicherweise schüchtern. Das war so merkwürdig – als Harry aus Australien zurückgekehrt war, hatten sie sich sofort angefreundet, und es war eine entspannte, ganz selbstverständliche Freundschaft gewesen. Damals hatte ihr Bruder Lachlan noch in Edinburgh gelebt und dort mit einem Freund zusammen eine kleine Brauerei gehabt, später hatte er dann seinen Anteil daran verkauft, war nach Applemore umgezogen und hatte mit dem Geld die Zukunft ihres Elternhauses, des Gutshauses Applemore, gesichert, nicht nur für sich selbst, sondern für die ganze Familie und ihre Nachkommen. Beth, die mittlere der drei Schwestern, war zu dem Zeitpunkt ganz mit ihren kleinen Zwillingen und ihrer scheiternden Ehe beschäftigt, und Charlotte, die Älteste, war so mit Arbeit eingedeckt gewesen, dass Harry genau zu dem Zeitpunkt in ihr Leben getreten war, als sie einen Freund brauchte.

Nach einem letzten Blick in Richtung Strand eilte Polly die kleine Straße hinauf, die zur Grundschule führte. Wie auch immer es dazu gekommen war, in letzter Zeit hatte sich zwischen Harry und ihr etwas verändert. Es war, als spüre er, dass ihre Gefühle für ihn stärker geworden waren, und als würde er sich zurückziehen, um sie behutsam auf Abstand zu halten. Aber egal, sie musste sich jetzt zusammennehmen und durfte sich nicht mehr nach etwas sehnen, das doch niemals geschehen würde. Sie blieb stehen, um ein genervtes Mädchen vorbeizulassen, das hinter einem großen, grauweißen Husky her hetzte, dann schob sie das eiserne Tor der Grundschule auf und trat zu den anderen Eltern und Betreuerinnen auf den Schulhof. Sie schlang die Arme um sich, als wolle sie sich gegen die kühle Luft schützen. Ihr grauer Pullover war eher hübsch als praktisch, und als ein Windstoß die Straße entlangfegte, zitterte sie vor Kälte und blickte sehnsüchtig auf die hellen Fenster der Klassenzimmer, goldgelbe Rechtecke, die mit den Kunstwerken der Kinder geschmückt waren und im kühlen Mauerwerk warm leuchteten. Obwohl es erst kurz vor drei war, setzte die Dämmerung schon ein, und die Luft war frostig kalt.

Polly winkte Miss Harris, der Lehrerin, zu und verließ mit einem Kind an jeder Hand den Schulhof. Im Vorbeigehen hörte sie Gesprächsfetzen.

»Hier wird anscheinend ein Film gedreht oder so was. Das hab ich gerade im Laden gehört.«

Belustigt schüttelte Polly den Kopf und ging mit den Kindern die Straße hinunter zum Auto.

»Warum hast du so komisch über Georges Mama gelächelt?« Edward, der gerade in seinem Rucksack nach einem kleinen Plastikdinosaurier gekramt hatte, sah zu ihr hoch.

Den Zwillingen entging nichts. Kein Wunder, dass Beth und ihr Partner Jack ständig Wörter buchstabierten oder einen Privatcode verwendeten.

»Ach, eine von den anderen Frauen hatte gerade etwas Lustiges gesagt.« Sie öffnete die Wagentüren.

»Erwachsene sind komisch.« Die kleine Lucy runzelte die Stirn. »Sie lachen über Sachen, die gar nicht witzig sind.«

»Aber ich kenne einen Witz«, sagte Edward begeistert. »Warum ging die Giraffe über die Straße?«

»Keine Ahnung.« Polly betrachtete ihn im Rückspiegel. Sie hatte den starken Verdacht, dass sie wusste, was jetzt kommen würde.

»Weil sie Kacka ist?« Lucy kreischte vor Lachen.

»Genau!«

»Ihr zwei«, sagte Polly, während die Zwillinge sich vor Lachen ausschütteten. »Eines Tages wird es in euren Witzen nicht mehr nur um Kacka gehen, oder?«

»Kacka!«, sagte Lucy, und beide brüllten das Wort im Chor, immer und immer wieder. Das würde ein langer Nachmittag werden.

Als Polly auf die Hauptstraße abbog, sah sie gerade noch, wie ein Etwas mit teuren Strähnchen, einem wohlgerundeten Hintern über langen Beinen und sehr hohen und absolut unpraktischen braunen Wildlederstiefeln im Eingang des Applemore Hotels verschwand. Sie schüttelte sich. Jemand musste etwas ins Wasser geschüttet haben. Erst Dolina, jetzt sie selbst. Wer auch immer dieses Wesen war, die Chance, dass Edwards Dinosaurier zum Leben erwachten, war deutlich größer, als dass eine Kardashian sich in das winzige Highlanddörfchen Applemore verirrte.

Viertes Kapitel

»Die Gäste sind da!«, rief Phoebe. »Sie sitzen im Restaurant.«

Harry war gerade dabei, eine Reihe von Aktenordnern durchzusehen, die seine Eltern in den letzten dreißig Jahren nicht mehr angerührt hatten. Er richtete sich auf und klopfte sich den Staub von den Jeans.

»Kannst du dich um sie kümmern, Phoebe?« Er hatte Spinnweben im Haar und war nach der Begegnung mit Polly missmutig, weil er seine Gefühle nicht sortiert kriegte. Jedenfalls war er überhaupt nicht in der Stimmung, sich jetzt um Gäste zu kümmern, die in letzter Minute noch gebucht hatten, während er sich schon darauf freute, alles auszuräumen. Er ärgerte sich über sich selbst, weil er den Termin auf seiner Internetseite nicht geändert hatte.

»Er sagt, er will den Chef sprechen.«

Harry murmelte etwas vor sich hin, das man lieber nicht wiederholte, und fuhr sich mit der Hand durchs Haar, um die klebrigen Spinnweben daraus zu entfernen.

»Bin gleich da, will mir bloß die Hände waschen.«

In der kleinen Toilette neben dem Büro schrubbte er sich mit Seife und warmem Wasser die Hände und betrachtete dabei sein Spiegelbild. Er sah ziemlich fertig aus, so, als könnte er ein paar Wochen Strandurlaub gebrauchen. Dabei hatte er sechs intensive Renovierungswochen vor sich, und auch danach war keine Erholungspause in Sicht. Er schenkte seinem Spiegelbild ein schiefes Lächeln und stieß den Atem aus. Es hatte keinen Sinn, noch weitere Ausreden zu erfinden – er musste den Stier bei den Hörnern packen und seine allerletzten Gäste in Empfang nehmen.

Phoebe hatte Musik angestellt, und er hörte Mariah Carey ihren einzigen Weihnachtswunsch trällern: *»All I want for Christmas is you-ou-ou.«* Das hellte seine Stimmung keineswegs auf.

An der Theke stand ein schlanker Mann von etwa Mitte zwanzig und tippte etwas in sein Handy. Das rabenschwarze Haar hatte er mit irgendeinem glänzenden Pflegeprodukt straff aus dem Gesicht gekämmt, und der Bart war sorgfältig so geschnitten, dass er die hohen, schrägen Wangenknochen betonte. Er trug ein schwarzes Hemd mit weißem Kragen, an dem kein Fältchen an der falschen Stelle saß, und nach einem Moment blickte er auf und sah Harry mit entschuldigendem Lächeln an.

»Sorry, ich musste gerade etwas hochladen«, sagte er, und sein Akzent – East London – war unüberhörbar. »Sie wissen ja, wie das ist.«

Harry nahm sich noch einmal vor, die Buchungsfunktion auf der Homepage abzuschalten, und nickte. »Doch, ja. Wie kann ich Ihnen helfen? Phoebe sagte, Sie wollten mich sprechen?«

»Ach so«, sagte der Mann. »Ich wollte kurz mit Ihnen reden, bevor Ivy zurückkommt. Sie macht sich gerade frisch –«

»Schatz, das ist so schnuckelig hier«, ertönte in diesem Moment eine Stimme, »die haben sogar Teppichboden mit Tartanmuster. Einfach hinreißend.«

»Gut, dass Sie noch in dieser Woche gekommen sind«, sagte Harry, während die Besitzerin der Stimme –

»Wir sprechen später.« Der junge Mann warf Harry einen Blick zu, den dieser als Signal deutete, jetzt den Mund zu halten. Doch Harry war ohnehin abgelenkt, denn in dem schäbigen, aber behaglichen Restaurant des Applemore Hotels – wo es tatsächlich einen Teppichboden mit Tartanmuster sowie leicht ramponierte Teaktische gab, die laut Phoebe in den 1970er Jahren und auch mittlerweile wieder modern waren – erschien eine echte Kardashian.

Oder jedenfalls sah die Frau so aus. Der Drang, nach seinem Handy zu greifen und Polly anzurufen, damit sie Zeugin dieses Auftritts werden konnte, war fast unüberwindlich, aber Harry straffte die Schultern und schaltete in den Empfangschef-Modus, als könne ihn nichts irritieren.

»Wir haben online gebucht? Zwei Zimmer?« Der Mann hatte die merkwürdige Angewohnheit, an jedem Satzende die Stimme zu heben, so als stelle er eine Frage. Harry kannte das aus seiner Zeit in Sydney.

»Zwei Zimmer?« Harry sah die junge Frau an, die auf einem Paar unglaublich hoher Wildlederstiefel durch den Raum getänzelt war, jetzt den Arm fest um die Taille ihres Partners schlang und lächelnd unglaublich weiße Zähne bleckte.

»Eins für uns, eins für Felicity«, erklärte sie vergnügt und klopfte sich auf den Schenkel. Daraufhin kam ein Pompon auf sehr kurzen Beinen angeflitzt, der nur kurz eine Pause einlegte, um an einem Stuhlbein zu schnuppern.

»Nein, lass das«, sagte die junge Frau. Sie nahm den winzigen Hund auf den Arm und gab ihm einen Kuss auf die Schnauze. Das Hündchen trug eine Art roten Wollpullover mit einem Muster aus weißen Schneeflocken. Harry musste den Blick abwenden, um das Tier nicht ungläubig anzustarren. So einen Hund sah man in Applemore eher selten, hier gab es Labradore und schmutzige Spaniels.

»Hat Mummy dir nicht gesagt, dass du nicht auf den Teppich pinkeln darfst?«

Harry machte große Augen, schwieg aber.

»Sie hat normalerweise ihr eigenes kleines Zimmer«, erklärte der Mann. »Wenn Sie zwei Zimmer mit Verbindungstür haben, wäre das sogar noch besser, denn dann kann Felicity morgens zu uns ins Bett kommen. Aber wenn sie ein Zimmer neben unserem hat, ist das auch in Ordnung.«

»Ja, wir haben Familienzimmer mit Verbindungstür«, sagte Harry matt, »aber –«

Er wollte gerade erklären, dass Phoebe ihnen wahrscheinlich zwei Zimmer auf der Rückseite des Hotels zugedacht hatte, weil diese noch sauber und bewohnbar waren, während er in den vorderen Zimmern schon begonnen hatte, Möbel auszuräumen. Doch jetzt hörte er, wie er Phoebe bat, zwei vordere Zimmer fertig zu machen, und ließ das Paar am Kamin Platz nehmen.

Nachdem er den beiden die Getränke gebracht hatte, nahm er sich einen Augenblick Zeit, um Polly eine Nachricht zu schicken. Dabei überlegte er, ob er zur Illustration wohl heimlich ein Foto machen könnte, entschied dann aber, dass das voreilig war.

Kardashian ist angekommen, tippte Harry und musste grinsen, als keine Sekunde später bereits Pollys Antwort kam.

ECHT? Bitte mehr Infos!

Harry blickte über die Theke auf das sonderbare Trio. Im Sommer kamen eine ganze Menge Touristen und Besucher nach Applemore, aber die unterschieden sich kaum voneinander –

es waren stramme Wanderer in praktischer, wetterfester Kleidung und Familien, die mit ihren Kindern Ferien in den Highlands machten. Seit Jack das Abenteuerzentrum eröffnet hatte, sah man gelegentlich auch Geschäftsleute, die von ihrer Firma auf Kurse zur Teamentwicklung geschickt worden waren und in ihrer nagelneuen Sportkleidung etwas fehl am Platz wirkten. Aber in der ganzen Zeit, seit er das Hotel nun führte – seit er aus dem entspannten Sydney zurückgekehrt war, wo alle blond und sonnengebräunt waren und Surfer-Style trugen –, war ihm kein Paar wie diese beiden mehr begegnet. Ivy war zierlich und hatte eine golden gelockte Löwenmähne – eine sicherlich kostspielige Frisur mit mehr Haaren, als er jemals an einer Frau gesehen hatte. Dazu trug sie ein Outfit, das besser zu einem feuchtfröhlichen Abend als zu einem Nachmittag am Strand von Applemore gepasst hätte. Sie holte ihr Handy heraus und reichte es Ben, dann lehnte sie sich in offenbar eingeübter Pose zurück, legte einen Arm um eine Stuhllehne, wandte den Kopf zur Seite, hob das Glas Wein, das Harry ihr gerade serviert hatte, und blickte durch gesenkte Wimpern in die Kamera, wobei sie die glänzenden Lippen zu einem Schmollmund schürzte. Ben richtete das Handy auf sie und machte mehrere Schnappschüsse.

Harrys Handy summte wieder. Er riss sich vom Anblick seiner Gäste los und las Pollys Nachricht.

Komm schon, spann mich nicht auf die Folter, ich muss wissen, was los ist. Was meinst du mit »Kardashian ist angekommen«???

Beim Gedanken an Polly, die mit Begeisterung ihre albernen Illustrierten las, und an Dolina, die jetzt sicherlich den neuesten

Klatsch auf der Applemore-Facebook-Seite zum Besten gab, lachte er in sich hinein.

Ich glaube, tippte er rasch, immer mit halbem Auge bei seinen neuen Gästen, *dass Dolina eine Kardashian eher als Typus betrachtet, nicht als tatsächliche Person. Als Spezies, wenn du so willst.*

Manchmal bist du wirklich seltsam, antwortete Polly.

Okay – um genau zu sein, für Dolina ist wohl jede Frau, die so aussieht, eine Kardashian. Ich denke, die hier ist eine von diesen Influencerinnen, so wie sie aussieht. Schicke Frisur, Designerfreund und so. Was die zwei hier vorhaben, kann man bloß raten.

Ivy blickte zu ihm herüber, als spüre sie, dass er über sie schrieb, und er senkte das Handy. Wo blieb Phoebe denn nur? Sie hatte gesagt, sie würde für die Zimmer oben nur einen Moment brauchen.

Mann, das macht mich völlig fertig. Und ausgerechnet heute … ich kann nicht kommen und gucken, weil ich die Zwillinge habe. Aber warte mal – ich könnte sie doch mitbringen?

Harry grinste bei dem Gedanken, dass Polly unter irgendeinem Vorwand mit Edward und Lucy, Beths süßen, aber quirligen Sprösslingen, im Restaurant auftauchen würde. Die beiden würden sich erst das flauschige Hündchen vorknöpfen und dann Eis oder irgendetwas Schlimmeres auf Ivys elegante Wildlederstiefel schmieren und Bens Bier umstoßen.

»Also«, sagte Phoebe kurz darauf, »du bist mir was schuldig, Harry Robertson, denn ich habe gezaubert.«

»Du hast die Zimmer fertig?«

Phoebe nickte, sodass ihr pink und blau gefärbter Pferdeschwanz auf und ab flog. »Ehrlich gesagt war es gar nicht so schlimm, ich musste bloß kurz saugen und ein bisschen Staub wischen. Die Betten waren gemacht, und die Kartons habe ich alle ins Zimmer 10 gestellt. Wir erwarten dieses Wochenende keine weiteren Social-Media-Stars, oder?«

Sie warf einen Blick auf das Paar am Kamin und riss die Augen auf. »Das ist sie wirklich! Im Mantel hatte ich sie eben nicht erkannt. Ich fasse es nicht.« Phoebe schlug sich die Hand vor den Mund.

»Wer?«

»Oh Mann, Harry, ich weiß, dass du alt bist, aber so alt doch auch wieder nicht, oder?«

»Doch klar, ich bin uralt. Im Grunde ein Dinosaurier.« Verwirrt sah er Phoebe an.

»Das ist Ivy Winter. Sie hat einen YouTube-Kanal, da geht's um Make-up, und sie hat – warte mal, ich gucke nach –« Phoebe zog ihr Handy aus der Gesäßtasche und öffnete eine App, »sie hat auf Instagram über eine halbe Million Follower. Das ist so was von krass!« Sie reichte Harry das Handy und schaute ihn mit großen Augen an. Auf dem Display war ein Foto von Ivy zu sehen, wie sie auf einem Felsen kauerte, in einer Haltung, die zu der wilden Natur der Applemore Bay im Hintergrund so gar nicht zu passen schien. Es musste eins der Fotos sein, die Ben gemacht hatte, als Dolina die beiden entdeckt hatte.

»Und jetzt sitzt sie tatsächlich hier am Kamin.« Phoebe nahm ihr Handy wieder entgegen und betrachte das Foto ehrfürchtig.

»Sieht ganz so aus.« Harry blickte zum Kamin hinüber, wo das Paar sich jetzt mit dem kleinen Hund beschäftigte, ohne Phoebes Begeisterung wahrzunehmen.

»Nein, sie ist es ganz bestimmt«, sagte Phoebe, als spräche sie mit jemandem, der nicht mal das einfachste Englisch verstand, »sie ist wirklich und wahrhaftig hier.«

Und sie schwenkte das Handy mit dem Foto darauf, als könnte dieses Bild die Anwesenheit der Influencerin besser bestätigen als die Tatsache, dass sie leibhaftig vor ihnen saß und die gleiche Luft atmete.

»Manchmal glaube ich, dass du vielleicht absolut und vollkommen verrückt bist«, sagte Harry kopfschüttelnd.

Wenn du mir nicht noch mehr schreibst, Robertson, platze ich gleich.

Harry warf einen Blick auf sein eigenes Handy mit der Nachricht, die Polly soeben geschickt hatte. Er war nicht ganz sicher, was vor sich ging, aber er hatte den Eindruck, dass das ganze Dorf gerade komplett austickte und dass er der Einzige war, der noch mit beiden Füßen fest auf dem Boden stand.

Fünftes Kapitel

Polly juckte es in den Fingern, die Kinder wieder ins Auto zu setzen und ins Dorf zurückzufahren, aber die Zwillinge hatten sehr genaue Vorstellungen davon, wie ein Nachmittag mit ihrer Tante ablaufen musste, und Social-Media-Stars anzugucken stand nun leider überhaupt nicht auf ihrer Liste.

Edward stand mit dem Daumen im Mund vor dem kleinen Cottage, das Polly bewohnte, dem früheren Pförtnerhaus von Gut Applemore. Beth versuchte gerade, ihm das Daumenlutschen abzugewöhnen, aber Polly fand es so niedlich, dass sie nichts dagegen unternahm. Unter seinen unglaublich langen Wimpern sah er zu ihr hoch.

»Tante Polly, dürfen wir ins Café gehen und Kuchen essen und Kakao trinken?«

Lucy war bereits ins Haus geflitzt, aber jetzt kam sie wieder herausgeschossen, als hätte sie die Gedanken ihres Bruders gelesen. Auf ihren Locken saß eine rotweiße Pudelmütze, und den dazu passenden Schal schleifte sie hinter sich her. Die beiden Kinder sahen Polly flehend an.

»Bitte!«

»Ach, ihr zwei.« Polly schmolz dahin. Sie hatte Jenny für den Nachmittag den Hofladen überlassen, um Zeit für ihre Nichte und ihren Neffen zu haben, und sie hatte Stickeralben und einen ganzen Berg Möhren und Hummus gekauft, für einen Snack nach der Schule, der Beths Zustimmung finden würde, aber ...

»Also gut, dann kommt mit, lasst eure Schulsachen hier, die

holen wir dann ab, wenn Mummy von der Zahnärztin zurückkommt.«

»Juhu!«, riefen die Zwillinge im Chor und tanzten um sie herum, als hätten sie seit Monaten nicht mehr etwas so Wunderbares erlebt. Polly streckte die Hände aus, und armeschwingend marschierten sie zusammen um Pollys Cottage herum zum früheren Wirtschaftshof, wo sich der Hofladen, das Café, die Galerie, die Bäckerei und die Ginbrennerei befanden. Als Polly die Kinder losließ, stürzten sie zu dem alten Traktor hinüber, der neben dem Hofladen geparkt war, kletterten hinauf und spielten eine Weile Farmer, wobei sie immerhin ein bisschen Energie verbrannten. Polly blieb vor ihrem Laden stehen und nahm wahr, wie schön alles im Nachmittagslicht aussah. Das große Rundbogentor, durch das früher die Pferdewagen gefahren waren, war in ganzer Höhe durch ein Glasfenster ersetzt worden, hinter dem in der winterlichen Dämmerung Lichterketten funkelten. Ein handgemaltes Schild wies auf *Matt's Bakery* hin, und Mel, eine der Künstlerinnen, die in der Galerie ausstellten, hängte gerade ein Arrangement ihrer Miniaturen auf, die bei Dorfbewohnern und Gästen gleichermaßen beliebt waren. Als Mel spürte, dass sie beobachtet wurde, blickte sie auf und winkte durchs Fenster. Wenn man bedachte, dass die Gebäude um den Wirtschaftshof herum noch vor einigen Jahren leer gestanden hatten und immer weiter verfallen waren, konnte man nur staunen. Jetzt herrschte hier ein buntes Treiben, alles war voller Leben, und Polly fehlte es nie an Arbeit – was gleichzeitig Fluch und Segen war, da sie ja direkt nebenan im alten Pförtnerhaus wohnte.

Polly blickte zu Edward hinüber, der gerade vom Fahrersitz des Treckers herunterkletterte und es irgendwie geschafft hatte, sich von oben bis unten mit Dreck einzuschmieren. Seine Bäckchen waren rot vor Kälte.

»Gibt es jetzt Kuchen?«

»Ja, natürlich, mein Schatz. Komm, Lucy.«

Sie fasste ihre Nichte unter den Achseln, schwang sie einmal ringsherum und setzte das kichernde kleine Mädchen wieder ab. Es war eine unumstößliche Tatsache: Pollys Geschwister waren alle zu zweit glücklich und hatten ihren Platz gefunden … nur sie selbst nicht. Und als sie im Café Gavin und Tom sah, wusste sie, was kommen würde, denn die beiden hatten sie schon benachrichtigt und freuten sich über die Aussicht, sie vielleicht verkuppeln zu können. Polly stieß einen resignierten Seufzer aus.

Nachdem sie klemmende Reißverschlüsse aufgezogen und Mäntel und Mützen über Stuhllehnen gehängt hatte, setzte sie die Zwillinge an den Tisch, auf dem Gavin und Tom Ausmalbücher und eine glänzende Aludose mit Buntstiften für Kinder bereithielten, damit die Eltern ihren wohlverdienten Kaffee und dazu ein Stück Kuchen genießen konnten.

»Bin gleich wieder bei euch«, sagte sie und drückte Lucy einen Kuss auf den Kopf. »Bleibt hier sitzen und seid lieb, ich hole euch Gavins Honigkuchenbären.«

»Und Kakao mit Schokostreuseln obendrauf?« Lucy blickte mit großen Augen zu Edward hinüber.

»Und Kakao mit Schokostreuseln obendrauf.«

An der Theke stand ein Paar, das gerade bestellt hatte, und so geduldete Polly sich und beobachtete, wie Gavin und Tom zusammenarbeiteten. Der eine bediente, der andere bereitete mit geübter Hand an der riesengroßen, rot schimmernden Kaffeemaschine, dem ganzen Stolz der beiden, zwei Cappuccinos zu. Tom tätschelte Gavin den Po, und Gavin grinste. »Pass auf, du Schlingel«, sagte er mit seinem weichen walisischen Akzent. Die beiden Gäste an der Theke lachten, bezahlten und wanderten mit ihrem Kaffee in ein Eckchen mit einem gemütlichen Sofa für zwei.

»Ich höre, dass wir Fremde in unserer Mitte haben?«

Tom verschränkte die Arme und lehnte sich gegen die Theke. Gavin nahm zwei Teller und legte, ohne dass Polly darum gebeten hätte, auf jeden einen Honigkuchenbär. Dann nahm er zwei kleine Tassen und sah Polly fragend an. Als sie nickte, erhitzte er mit dem Milchaufschäumer zwei kleine Portionen Kakao.

»Fremde?« Polly verkniff sich ein Lächeln. Sie wusste genau, was er sagen würde.

»Also, ich muss ja zugeben, ich war enttäuscht, als mir klar wurde, dass die Kardashians in Applemore kein Weihnachtsspecial drehen wollen«, sagte Tom verschmitzt, »aber wenn man Dolina Glauben schenken soll, haben sie das jetzt doch vor?«

»Manchmal komme ich hier aus dem Staunen nicht mehr raus.« Polly schüttelte den Kopf.

Tom reichte Gavin eine silberne Streudose und beobachtete, wie er den Kakao der Zwillinge großzügig mit Schokostreuseln bedachte.

»Irgendeine YouTuberin oder so?« Gavin schob die Kakaotassen zur Seite und machte Kaffee für Polly. »Du weißt vermutlich, wer sie ist, du ziehst dir ja dauernd diese Illustrierten rein.«

»Nicht dauernd«, protestierte Polly. »Bloß wenn ich mich langweile, weil im Laden gerade nichts los ist. Aber von der Frau hab ich noch nie gehört.«

»Und du liest so was in der Badewanne, hast du neulich gesagt«, sagte Tom. »Damit hältst du ganz allein die Zeitschriftenbranche am Laufen. Alle anderen schmökern das Zeugs online, und du kaufst immer noch bedrucktes Papier. Du müsstest für dein Engagement einen Preis kriegen.«

»Wie auch immer«, sagte Polly streng, »zurück zum Thema und weg von meinen menschlichen Schwächen. Ich glaube, die Zeitschriftenverlage haben etwas verpasst. Sie hätten Dolina für ihre Klatschkolumnen einstellen sollen. Ihr entgeht wirklich nichts. Ist ja krass, dass die Info schon vor mir hier oben angekommen ist.«

»In der Applemore-Facebook-Gruppe steht auch schon etwas über die neuen Hotelgäste – wer auch immer sie sein mögen.« Gavin zog sein Handy heraus und hielt es Polly hin.

Ja, das war wirklich die Frau, die Polly beim Abholen der Zwillinge ins Hotel hatte stöckeln sehen.

Sie gab Gavin das Handy zurück, und er wischte wieder darauf herum. »Und hier«, rief er dann. »Sie ist schon auf Insta. Guckt mal!«

Polly und Tom beugten sich vor, um das Foto besser sehen zu können. Tatsächlich, es zeigte eine gekonnt legere, aber nicht zu lässige Ivy, die im Applemore Restaurant auf einem Stuhl hing und ihre perfekt angemalten vollen Lippen gerade dem Rotweinglas in ihrer manikürten Hand näherte. Die Weihnachtsbeleuchtung im Hintergrund war kunstvoll verschwommen, und dieser Effekt sorgte auch dafür, dass man die uralte Tapete und den verschlissenen Teppichboden nicht so genau sah.

»Wow, das ist doch Ivy Winter!«

»Hab ich doch gesagt«, sagte Tom. »Für mich sehen diese Influencerinnen alle gleich aus. Wer ist Ivy Winter?«

»Sie ist für ihre YouTube-Videos über Make-up und schicke Reiseziele berühmt. Auf Instagram hat sie Hunderttausende von Followern. Ich –« Polly stoppte, weil Tom und Gavin sie belustigt ansahen.

»Hast du nicht gerade gesagt, du hättest keine Ahnung, wer sie sein könnte?«

»Na ja, sie ist eben eine von denen, die jeder kennt. Sie stellt immer total spannende Reiseziele vor, und sie war mal mit einem Fußballer vom FC Liverpool zusammen.«

Gavin und Tom schüttelten einmütig die Köpfe. »Nicht möglich.«

»Jetzt sehe ich, warum Dolina sie für eine Kardashian gehalten hat.« Kichernd scrollte Polly durch die Fotos auf Ivys Instagram-Account. »Das ist der Look, auf den Ivy abfährt.« Sie zeigte den Männern ein paar Bilder. »Ihr Leben ist einfach perfekt.«

»Ach ja?«, sagte Gavin trocken. »Und jetzt ist sie also bei uns in Applemore.«

»Was will sie denn hier?«

»Keine Ahnung, Herzchen. Hier ist dein Kaffee, und der Kakao für die Kiddies müsste jetzt auch etwas abgekühlt sein. Und hier ist ein Mince Pie für dich, geht aufs Haus – sag bloß nicht, ich wäre nicht gut zu dir. Und dafür erzählst du uns dann brühwarm den neuesten Klatsch – alles, was du von Harry erfährst.«

In Gedanken formulierte Polly schon ihre nächste Nachricht an Harry. »Geht klar.«

Sie brachte den Zwillingen Kakao und Kuchen, holte sich ihren Mince Pie und ihren Kaffee, und als sie endlich neben Edward saß, tippte sie rasch eine WhatsApp.

Ivy Winter????

Mehr brauchte sie praktisch nicht zu schreiben. Sie legte ihr Handy hin und wandte sich den Kindern zu, und die nächste Viertelstunde verging mit Geplauder. Polly lachte über die Neuigkeiten vom Schultag der Zwillinge, wischte die unvermeidlichen Kakaopfützen weg und Lucy die Tränen ab, nachdem diese im Eifer des Anmalens ihren Buntstift abgebrochen hatte.

Ich weiß auch nicht mehr als du, hatte Harry unterdessen geantwortet. *Berichte folgen. Oder hast du Insider-Infos, die helfen könnten?*

Gar keine. Polly knabberte an ihrem Früchtetörtchen. Es war oberlecker, Anna hatte sich wieder einmal selbst übertroffen. Der Teig war buttrig und zerging auf der Zunge.

Jedenfalls hab ich nicht damit gerechnet, dass sie der letzte Gast des Jahres sein könnte, antwortete Harry.

Ist das gut?

Harry antwortete nicht, und Polly seufzte. Sie versuchte nicht nur, sich an den Gedanken zu gewöhnen, dass Harry in ihr nicht mehr sah als die kleine Schwester seines Freundes Lachlan und einen Kumpel, mit dem er lachen konnte, nein – jetzt musste sie sich auch noch damit abfinden, dass er zu alledem ab sofort auf sämtliche Launen der absolut bestgestylten Frau der Welt eingehen würde. Im Vergleich zu Ivy war sie selbst bloß ein langweiliges Landei. Sie hatte sich schon so lange in ihr unbedeutendes Leben hier vergraben, dass sie nicht begriff, wie eine Frau, die so elegant und interessant war wie Ivy Winter, ausgerechnet Applemore einen Besuch abstatten konnte. Hinzu kam ihre Erkenntnis von vorhin, dass ihre Geschwister alle zu zweit glücklich waren. Als Beth am frühen Abend ins Pförtnerhaus kam und die Kinder abholen wollte, war Polly richtig deprimiert.

»Sorry, ich brauchte eine Füllung, das hat länger gedauert als gedacht.« Sie hatte ihr langes blondes Haar zum Zopf geflochten, trug eine graue Mütze und hatte gegen die Abendkälte den Kragen aufgestellt. »Kommt, ihr zwei, mein Gesicht ist noch taub, deswegen möchte ich nach Hause und mich aufwärmen.«

»Was bedeutet das? Kann dein Gesicht jetzt nichts mehr hören?«, fragte Edward, während Polly ihm in den Mantel half.

Beth musste lachen. »Nein, es bedeutet, dass mein Gesicht gerade nichts fühlen kann. Das tut die Zahnärztin, damit man nichts merkt, wenn sie bohren muss«, erkärte Beth. Wenn es um die Kinder ging, war sie unendlich geduldig. Sie warf Polly einen Seitenblick zu. »Alles okay?«

Polly nickte. »Warum fragst du?«

»Ich bin schließlich deine große Schwester. Ich muss doch merken, wenn dir irgendwas fehlt.«

»Mir geht's gut«, sagte Polly und scheuchte die drei aus der Tür. Sie und ihre Geschwister waren ohne Mutter aufgewachsen, und ihr Vater hatte sie zwar geliebt, war aber vollauf damit beschäftigt gewesen, den Haushalt am Laufen zu halten und sich um das heruntergekommene alte Gutshaus zu kümmern. Daher waren sie sich als Kinder sehr nah gewesen und hatten immer gespürt, wie es den anderen gerade ging. Das bedeutete auch, dachte Polly, während sie die Vorhänge zuzog, den Fernseher einschaltete und dann in die Sofakissen sank, dass man ein richtig gutes Pokerface brauchte, wenn man ein bisschen Privatsphäre haben wollte. Und manchmal sehnte sie sich danach, für die Geschwister jemand anders zu sein als immer nur das kleine Schwesterchen.

Harry hatte ihre Nachricht immer noch nicht beantwortet, was Polly daran erinnerte, dass er wahrscheinlich hinter der Theke stand und nur noch Augen für die zarte, zierliche, zauberhafte Ivy Winter hatte und ganz sicher keinen Gedanken an Polly Fraser verschwendete. Vielleicht sollte sie sich etwas mehr Mühe geben, als sie es in den letzten Jahren getan hatte? Sie war so in ihrer Arbeit aufgegangen, dass es ewig her war, seit sie sich die Augenbrauen gezupft oder die Fingernägel lackiert hatte. Vielleicht war es Zeit, etwas zu verändern.

Polly ging in das kleine Badezimmer mit der weiß gestrichenen Holzvertäfelung und der maritimen Deko, ließ Wasser in die Badewanne einlaufen und gab ordentlich von dem teuren Badesalz dazu, das Charlotte ihr zum Geburtstag geschenkt hatte – ihre älteste Schwester kaufte immer nur das Beste. Sie band ihr Haar auf dem Kopf zu einem lockeren Knoten zusammen und wischte den Dampf vom Spiegel, um sich kritisch zu betrachten. Sie war jetzt fast dreißig, und um die Augen herum schlichen sich winzige Fältchen ein, die ihr noch nie aufgefallen waren, außerdem – sie sah ganz genau hin – war da zwischen den blonden Haaren ein graues? Sie riss das Haar aus und untersuchte es ganz genau. Nein, es war einfach weißblond. Immerhin. Aber sie musste sich neben ihrer gewohnten morgendlichen Routine – aufstehen, schnell unter die Dusche, ein bisschen Moisturizer aufklatschen – noch etwas anderes einfallen lassen. Sie schaute in den Wandschrank und fand darin eine Packung mit einer Gesichtsmaske. Als sie die Maske aufgetragen hatte, blickte ihr aus dem Spiegel ein bleiches Monster entgegen, das von Halloween übrig geblieben zu sein schien.

Sie wartete, bis die Badewanne randvoll war, dann stieg sie in das duftende Wasser, schloss für zehn Minuten die Augen und dachte nach.

Anschließend entfernte sie die Maske, und nachdem sie sich die Hände abgetrocknet hatte, schrieb sie Tom eine Nachricht.

Okay, ich bin dabei. Du kannst deinem Vetter sagen, dass es klappt mit dem Date.

Toms Antwort kam sofort.

Super! Ich geb ihm deine Nummer.

Vor Schreck hätte Polly fast das Handy in die Wanne fallen lassen. Sie griff noch einmal nach dem Handtuch und tippte dann in aller Eile:

Jetzt noch nicht! Morgen!

Hast du etwa gedacht, ich will ihn jetzt gleich auf einen Absacker zu dir schicken?

Dann ist ja gut, schrieb Polly, obwohl sie bereits jetzt das Gefühl hatte, dass sie einen großen Fehler machte. *Ich brauche ein bisschen, um mich an den Gedanken zu gewöhnen.*

Cool, schlaf mal drüber, wir klären das morgen.

Polly befürchtete, dass sie etwa hundert Jahre darüber schlafen müsste. Sie legte das Handy auf die Fensterbank und putzte sich die Zähne. Nein, dieses ganze Vorhaben gehörte echt nicht zu ihren besseren Ideen, aber sie hatte sich nun einmal darauf eingelassen.

Sechstes Kapitel

Lachlan Fraser, hochgewachsen, mit Bart und einem blauen Fahrradhelm auf dem Kopf, öffnete mit Fragezeichen im Gesicht die Hintertür zum Restaurant des Applemore Hotels.

»Alles in Ordnung, Harry? Ich dachte, wir wären unten am Berg verabredet? Jack wartet schon, und du weißt ja, wie sehr ihm an Pünktlichkeit liegt. Ich hab gesagt, ich hole dich.«

Harry war nach seinem aufreibenden Vormittag höchst zufrieden, dass es ihm überhaupt gelungen war, seine Fahrradklamotten zu finden. Er warf einen Blick auf die Wanduhr.

»Tut mir leid, ich hatte nicht auf die Zeit geachtet.«

Lachlan, von Natur aus locker und entspannt, zuckte bloß die Achseln. Er blieb in der Tür stehen und wartete, bis Harry seine Wasserflasche zugeschraubt und ein paar Tüten Erdnüsse aus dem Regal hinter der Theke in seine Tasche gepackt hatte.

»Können wir los?«

Harry griff nach seinem Rucksack und schwang ihn über die Schulter. »Ja, sorry, das war ein Albtraum heute Morgen. Ich mache gerade einen Dienstplan.«

»Da kann es doch gar nicht mehr viel zu planen geben, oder?«, fragte Lachlan. »Ich dachte, du willst demnächst schließen?«

Er machte Platz, und Harry hob sein Fahrrad aus der Halterung an der Rückwand des Hotels, wo es unter einer wasserdichten Plane hing. Er warf einen kurzen Blick auf die Reifen und testete die Bremsen. Nach ihrer letzten Tour hatte er nicht einmal den Schmutz abgespült, was bei Mountainbikern als Todsünde galt. Jack nahm es mit diesen Dingen immer sehr genau, und er hätte ihm sicherlich ins Gewissen geredet, wenn er gewusst hätte, dass sein Bike vor der heutigen Fahrt nicht einmal kurz überprüft und gewartet worden war, aber Harry war wirklich mit anderen Dingen beschäftigt gewesen.

Er folgte Lachlan, der schon die Straße entlangrollte.

»Ich dachte schon, du hättest unseren Ausflug vergessen«, begrüßte ihn Jack. Er lehnte an dem Picknicktisch auf der kleinen Wiese, von der aus man die Felsen und dahinter ein Stückchen Strand sehen konnte. Dieser Strandabschnitt war nur über eine Kletterpartie zu erreichen und daher für die meisten Touristen unzugänglich. Doch während die drei sich für ihre Tour bereitmachten, hörten sie von unten schallendes Gelächter. Lachlan warf Harry einen komplizenhaften Blick zu und grinste.

»Verpasse ich da gerade etwas?« Jacks tiefe Stimme hatte einen ausgeprägten Glasgower Akzent. »Wollt ihr zwei mich nicht in euer Geheimnis einweihen?«

»Ich wette, wer immer da unten ist, hat nichts als Unfug im Kopf.«

Lachlan grinste. »Vielleicht benehmen sich die Teenager heutzutage besser als wir damals?«

»Das möchte ich bezweifeln.« Jack, dessen Tochter auf die zwanzig zuging und ihm in der Vergangenheit immer wieder Kopfschmerzen bereitet hatte, schüttelte den Kopf. »Erinnert ihr euch nicht mehr, was ich für Probleme hatte, als ich frisch hier hergezogen war? Das war doch der reinste Albtraum.«

»Daran will ich gar nicht denken«, sagte Lachlan stöhnend, weil er sein eigenes Töchterchen im Sinn hatte. »Ich muss sagen, ich freue mich nicht gerade auf die Teenagerjahre.«

»Erst mal hast du noch das Trotzalter vor dir.« Jack nahm seinen Helm ab, passte den Kinnriemen an und setzte ihn wieder auf.

»Na, vielen Dank«, sagte Lachlan trocken.

»Und Schulanfänger sind auch nicht einfach«, fuhr Jack fort. »Die Zwillinge testen zurzeit ständig ihre Grenzen aus. Wir sind beide fix und fertig, weil sie nicht schlafen, und während ich im Zentrum alles für die Winterpause vorbereite, hat Beth eine Menge mit den Workshops zu tun, die sie in der Galerie anbietet. Ich kann es kaum erwarten, dass Joan aus dem Urlaub zurückkommt und uns mal ablöst.«

»Ihr beiden macht ja nicht gerade Reklame für die Zwei-Kind-Familie«, sagte Harry und schwang sich auf den Sattel.

»Nee, ohne Kinder bist du wirklich besser dran. Ehrlich, genieße diese Sonntagmorgen im Bett. Die lernt man erst richtig schätzen, wenn es damit aus und vorbei ist.« Lachlan grinste.

»Ich werde Rilla berichten, was du da gesagt hast.« Harry zog den Riemen seines Fahrradhelms ein wenig fester.

»Ach, glaub mir, sie vermisst ihren Schlaf genauso sehr wie ich. Zum Glück brauchen wir uns dann für den restlichen Sonntag nur noch darauf zu konzentrieren, dass wir auf den Füßen bleiben«, sagte Lachlan ernst.

Die drei Männer traten kräftig in die Pedale, um die Steigung zu bewältigen, die sie aus dem Dorf hinaus- und zu dem hügeligen Weg durch den Wald hinführte, den sie sich für ihre Tour vorgenommen hatten. Das Ganze hatte als scherzhafter Wettbewerb begonnen – Jack, der superfit war, weil er seine Arbeitszeit mit Aktivitäten im Freien verbrachte und auch in seiner Freizeit joggte und Fahrrad fuhr, hatte erklärt, Lachlan und Harry seien in Gefahr zu verweichlichen, weil der eine hinter einer Theke und der andere in seiner kleinen Brauerei arbeitete. Die beiden hatten die Herausforderung, auf ihren schlimm vernachlässigten Mountainbikes loszufahren, gern angenommen, und so waren diese Touren alle zwei Wochen zu regelmäßigen Terminen geworden. Heute jedoch wäre Harry, der nur etwa vier Stunden Schlaf bekommen hatte, gern zu Hause im Bett geblieben, wenn er die Wahl gehabt hätte.

Sie hatten das Dorf hinter sich gelassen, und er blickte über das verblasste Grün der Stechginsterhecken am Straßenrand hinweg auf die karge Landschaft in ihrem Winterkleid aus Graugrün und Braun. In der Ferne war der Kiefernwald zu sehen, der heute ihr Ziel war. Dort hatte die Forstverwaltung Wege angelegt, und die zum Teil schwierigen und steilen Abschnitte würden ihre ganze Konzentration erfordern.

Doch während sie jetzt den Berg hinaufkeuchten, wanderten Harrys Gedanken zu der Katastrophe von gestern Abend zurück.

Er hatte gerade für Murdo, der wie üblich auf einem der Barhocker saß und in aller Ruhe die Tageszeitung durchblätterte, ein zweites Bier gezapft. Murdos Frau Greta war erschienen, um eine Versammlung zu leiten, auf der das Weihnachtsliedersingen in der Kirche besprochen werden sollte. Sie rückte ein paar Tische und Stühle dafür zurecht. Harry hatte den Verdacht, dass die Teilnehmerzahl eher niedrig sein würde, denn es war ein kühler, dunkler Donnerstagabend und im Fernsehen lief eine brandneue Folge von *Line of Duty.* Er hatte einen Scherz dazu gemacht, aber Greta war optimistisch und hatte seine Bedenken mit einem vergnügten Winken abgetan.

»Ich glaube, alle freuen sich auf die Weihnachtslieder in der Kirche. Sie kommen bestimmt in Scharen und tun, was in ihren Kräften steht, um ein bisschen Gemeinschaftsgeist zu schaffen.«

Über die Schulter seiner Frau hinweg hatte Murdo Harry einen skeptischen Blick zugeworfen, sodass Harry hatte lachen müssen. Mit anderen Worten, es war ein ganz normaler Abend im Applemore Hotel gewesen, mit dem einzigen Unterschied, dass im Restaurant mehr los war als erwartet, weil sich herumgesprochen hatte, dass im Hotel eine Berühmtheit abgestiegen war. Ivy Winter und ihrem Freund Ben jedoch schienen die großen Augen, die sie von den Tischen ringsherum anstarrten, nicht aufzufallen. Die Buschtrommel war wirklich sehr effizient gewesen. Viele Gäste waren überraschend jung, bloß knapp über zwanzig. Harry kannte sie zwar aus dem Dorf, hatte sie bisher aber nur bei Familienfesten im Restaurant gesehen. Die Farben an den Tischen waren bunter als sonst, und Phoebe mit ihren Regenbogenhaaren war in ihrem Element. Offenbar hatte sie ihre Leute zusammengetrommelt, sie flitzte von einem Tisch zum nächsten, schwatzte vergnügt und nahm Bestellungen entgegen. Harry hatte Jamie und Claire anrufen und um Hilfe bitten müssen, und gerade stand er mit verschränkten Armen hinter der Theke und überblickte das Geschehen, als er aus der Küche ein Krachen hörte.

Es war so laut, dass alle Gäste von ihren Tellern aufblickten und zu ihm herübersahen.

»Keine Sorge«, sagte er in scherzendem Tonfall, »das bringe ich gleich wieder in Ordnung.«

Er ging durch die Schwingtüren in die Küche.

»Keine Sorge«, wiederholte Conor. Seine Stimme kam aus dem Durchgang, wo die Kühlschränke und die Vorratsregale standen.

»Conor?«

»Hier unten«, sagte Kian, der dem Koch in der Küche zur Hand ging. Er hockte auf dem Fußboden und schob dem lang hingestreckten Conor gerade ein zusammengelegtes Geschirrtuch unter den Kopf.

»Was ist passiert?«

»Ich hatte mich gebückt, weil ich Leberpastete unten aus dem Kühlschrank holen wollte, und bin wohl zu schnell hochgekommen, jedenfalls wurde mir schwarz vor Augen, und dann lag ich plötzlich auf dem Fußboden.«

»Klingt nach niedrigem Blutdruck oder so.« Harry kniete sich neben Conor und wollte sein Handgelenk anheben, um den Puls zu fühlen.

»Au!« Conor schrie auf.

Harry ließ sein Handgelenk los, als hätte er sich daran verbrannt. »Sorry – tut das weh?«

»Das ist das Problem«, sagte Kian mit einem Blick zum Herd hinüber, wo ein Topf gerade anfing überzukochen.

»Ich kümmere mich um Conor, du kümmerst dich um das Essen.« Harry nickte zum Herd hinüber, und Kian stürzte los, um den Topf zu retten.

Zum Glück war Phoebe in diesem Moment wiedergekommen, und zusammen mit den Aushilfen hatten sie es geschafft, weiter zu bedienen und die Speisen, die auf der abgespeckten Abendkarte standen, so hinzubekommen, dass sie Conors prüfendem Blick einigermaßen standhielten, während er selbst mit einer Eispackung auf dem Handgelenk auf einem schnell herbeigeschafften Bürostuhl saß.

Jetzt folgte Harry den beiden anderen Männern von der Straße auf einen steinigen Weg, der zwischen zwei frisch gepflügten Feldern abwärts und auf den Wald zuführte. Der Zeitpunkt für ein derartiges Desaster war denkbar schlecht gewesen. Phoebe hatte fröhlich verkündet, dass das Applemore Hotel in den sozialen Medien bereits mehrere Hundert neue Follower hatte, seit Ivy ihren Aufenthaltsort gepostet hatte. Wenn sie gestern das Abendessen vermasselt hätten, hätte eine einzige schlechte Bewertung ausgereicht, um die ganze Arbeit, die sie in den Jahren vor der nun anstehenden Renovierung investiert hatten, zunichtezumachen.

Seltsamerweise jedoch hatten Ivy und Ben anscheinend gar nichts von dem Chaos mitbekommen. Sie hatten den ganzen Abend lang nur Augen füreinander gehabt und gern die Cocktails aufs Haus angenommen, die Phoebe ihnen als Entschädigung dafür gebracht hatte, dass der zweite Gang ungewöhnlich lange auf sich warten ließ.

Als sie den Wald erreicht hatten, hatte Harry keine Zeit mehr, über die Ereignisse vom Vorabend nachzudenken. Er brauchte seine ganze Aufmerksamkeit, um mit dem Mountainbike durch Matsch zu schlittern und über dicke Lagen von Kiefernnadeln, unter denen sich knorrige Baumwurzeln versteckten, zu holpern. Er rutschte seitlich weg, sodass der Schlamm im Bogen aufspritzte, schaltete in einen niedrigeren Gang und erklomm auf einem schmalen Pfad zwischen mächtigen Kiefern den nächsten Hügel. Das Sonnenlicht sickerte durch die Bäume und beleuchtete den Weg bis auf die Hügelkuppe hinauf, wo sich eine Lichtung befand.

»Ich glaub, ich sterbe gleich«, sagte Lachlan, sprang vom Rad und ließ es einfach fallen. Er beugte sich vornüber und versuchte, wieder zu Atem zu kommen.

Jack lachte los.

»Ich – krieg – keine Luft mehr«, stöhnte auch Harry.

»Aber ich wette, ihr habt eben nicht mehr an eure Arbeit oder an Stress gedacht, stimmt's?«, fragte Jack zufrieden. Doch selbst er schnaufte. Während alle drei wieder zu Atem kamen, blickten sie den Berghang hinunter. Er zog sich in der Ferne bis zum Rand einer Klippe, gegen die weiße Schaumkämme anbrandeten.

»Aber wenn das hier deine Arbeit ist«, fragte Lachlan mit einem Blick zu Jack hinüber, »was machst du dann, wenn du mal abschalten willst?«

Jack zuckte die Achseln. »Das brauche ich nicht.«

»Was? Du willst nie von der Arbeit abschalten?« Harry staunte.

»Na gut, diesen Teil der Arbeit liebe ich – die körperliche Seite, meine ich. Aber auf den Papierkram und die ganze Verwaltung könnte ich gut verzichten. Davon gebe ich möglichst viel ab, damit ich das tun kann, was mir Freude macht – also die Leute mit in die Natur nehmen, ihnen diesen Teil der Welt zeigen, sie neue Dinge ausprobieren lassen ... das ist das Tolle an diesem Job.«

»Ja, mir geht's genauso, ehrlich gesagt. Rilla und ich teilen uns den Bürokram, weil er uns beiden keinen Spaß macht. Die einzige Arbeit, auf die ich mit Freuden verzichten würde, ist das Ausräumen der Komposttoiletten auf dem Naturcampingplatz.« Lachlan verzog das Gesicht.

»Klingt ekelhaft«, sagte Jack. »Daran hatte ich nicht gedacht, als ihr den Platz angelegt habt.«

»Ihr solltet mal die Klos vom Applemore Hotel nach der alljährlichen Halloween-Party sehen«, sagte Harry ärgerlich. »Kein Job für schwache Nerven, das könnt ihr mir glauben. Aber lasst uns bitte das Thema wechseln, ich hab noch nichts gegessen, und mein Magen meldet sich.«

»Wie kann es sein, dass du ein Restaurant hast, aber keine Zeit zum Essen?« Jack lachte.

»Lange Geschichte.« Harry nahm seinen Helm ab und fuhr sich mit der Hand durch die feuchten Haare, sodass sie stachelig hochstanden.

»Bist du zu sehr damit beschäftigt, unserer berühmten Besucherin alle Wünsche von den Augen abzulesen?« Lachlan grinste. »Du kannst sie jederzeit zu uns rüberschicken, wir können die Publicity gut gebrauchen.«

»Hör bloß auf.« Harry lachte. »Kaum hatte Rob von ihr gehört, da rief er an und sagte, ich solle sie dazu bringen, Werbung für uns zu machen. Der Mann ist ein strenger Lehrmeister.«

»Ich wette, auch Polly wird von ihrem Star hin und weg sein. Ihr wisst ja, dass sie immer diese Illustrierten voller Klatsch und Fotos verschlingt.« Lachlan verdrehte die Augen. »Manchmal kann sie wirklich dämlich sein.«

»Das sehe ich anders«, sagte Harry scharf. »Sie arbeitet sich für ihren Hofladen die Finger wund. Vielleicht ist euch gar nicht klar, was sie alles macht. Sie ist eine ausgezeichnete Geschäftsfrau.«

Als er sah, wie Jack und Lachlan kurz einen Blick wechselten, fummelte er an seiner Gangschaltung herum. Es ärgerte ihn immer wieder, wie abwertend Pollys Geschwister über sie sprachen, wie sie die jüngste Schwester neckten und nicht anerkannten, was sie leistete, um den Hofladen voranzubringen.

»Ich wette, Rob wird hin und weg sein«, sagte Lachlan. »Er und Charlotte sind eine Kraft, mit der man rechnen muss.« Er nahm den Rucksack von den Schultern und kramte darin nach einem Müsliriegel.

»Ja, das weiß ich.« Harry hatte sich wieder beruhigt. »Aber wir hatten schon alles für die Schließung vorbereitet, und da tauchte plötzlich diese Frau auf. Ich hab Zimmer für sie umgeräumt, sogar eins für ihren blöden Köter, und auf einmal hatten wir im Restaurant wieder Hochbetrieb …«

»Mir kommen die Tränen.« Jack grinste. »Eigentlich ist das doch dein Ziel, oder?«

»Aber nicht, wenn mein Küchenchef plötzlich der Länge nach auf dem Fliesenboden liegt und sich hoffentlich nur das Handgelenk verstaucht hat.«

Harry erzählte Jack und Lachlan die ganze Geschichte. Er berichtete, dass er sich irgendwie durch den restlichen Abend gemogelt und auch das Treffen für das Weihnachtssingen bewältigt hatte, zu dem, wie er vorhergesehen hatte, zum Glück nur eine verschwindend geringe Anzahl von Interessentinnen gekommen war. Dann hatte er ohne Conors Hilfe die Küche wieder in Ordnung gebracht, und als er schließlich im Bett gelegen hatte, war es so spät und er war so aufgedreht gewesen, dass er stundenlang keinen Schlaf gefunden, sondern hellwach an die Decke gestarrt hatte.

Nachdem sie etwas getrunken und verschnauft hatten, brachen die Männer zur zweiten Hälfte ihrer Tour auf, zum Rückweg ins Dorf, mit frischer Luft in den Lungen und massenhaft Endorphinen im Blut. Harry hing seinen Gedanken nach, während sie die Straßen entlangsausten. Irgendwann sah er jenseits der Felder kurz die weiß gestrichenen Gebäude an der Einfahrt zum Gut Applemore, den Hofladen und natürlich auch das kleine Pförtnerhaus mit seinen blau gestrichenen Fenstern und einer sich kräuselnden Rauchfahne über dem Schornstein. Bei diesem Anblick wurde ihm bewusst, dass er Jack und Lachlan etwas verschwiegen hatte: Mit ein Grund dafür, dass er die halbe Nacht wach gelegen hatte, war die Tatsache, dass er Polly Fraser einfach nicht aus dem Kopf kriegte, ganz egal, wie sehr er sich darum bemühte.

Siebtes Kapitel

Polly hatte einen unterirdischen Morgen. Nachdem sie in der Nacht unruhig geschlafen und merkwürdig geträumt hatte, war sie erst aufgewacht, als der Wecker klingelte. Das passierte fast nie – normalerweise war sie eine Lerche, sprang morgens aus dem Bett und verließ gut gelaunt das Cottage. Dass sie verpennt war und Kaffee in sich hineinschütten musste, um ihr Hirn anzukurbeln, war ungewöhnlich. Jenny hatte angerufen, dass sie später kommen würde, weil sie zum Arzt müsse, Gregor, der Metzger, wollte demnächst Fleisch liefern, und in der Nacht hatte der Gefrierschrank, in dem die köstlichen hausgemachten Fertigmahlzeiten lagerten, den Geist aufgegeben. Neben dem finanziellen Verlust von mehreren Hundert Pfund musste sie sich auch um ein neues Gefriergerät kümmern.

»Und du weißt genauso gut wie ich, dass hier alles seine Zeit braucht«, sagte sie und nickte, als Tom fragend auf die Kaffeemaschine deutete. Noch während sie den ersten Flat White schlürfte, machte er ihr einen zweiten.

»Können wir dir irgendwie helfen?« Tom nahm eine Tasse aus dem Regal.

»Einen neuen Gefrierschrank für mich aussuchen?« Das war ein Scherz, denn zuallererst musste sie die Sache mit ihrer Versicherung klären. In jedem Fall bedeuteten das ganze Theater und die Selbstbeteiligung, dass sie gerade mal ihre Kosten ersetzt bekommen würde – wenn sie Glück hatte.

»Überlass mir das«, sagte Tom mit einem Augenzwinkern.

»Ich kann da bestimmt was wuppen. Und jetzt trinkst du deinen Kaffee und gehst wieder an die Arbeit.«

Polly entschied, dass ihre einzige Chance darin bestand, ihre schlechte Laune durch vorweihnachtliche Atmosphäre zu vertreiben. Sie suchte sich eine fröhliche Weihnachtsplaylist zusammen, stellte die Lautsprecher an und betrachtete sich dann in ihrem kleinen Büro im Spiegel. Sie sah wirklich hundemüde aus. Ein Hauch Lippenstift und etwas Wimperntusche halfen schon ein wenig, dann bürstete sie sich das Haar, band es zu einem Pferdeschwanz zusammen und steckte ein rotes Glitzerzweiglein hinein. Erst mal so tun als ob, dann wird es schon, sagte sie sich mit Nachdruck.

Der restliche Vormittag verging wie im Flug. Jenny hatte sich wieder erholt und berichtete, dass es gestern im Applemore Hotel ein Drama gegeben hatte.

»Conor ist ohnmächtig geworden«, begann sie gerade, als der Metzger in den Hof gefahren kam. Die beiden Frauen gingen hinaus in die Kälte und halfen ihm, das Fleisch in den Laden zu tragen, wo sie es in einem der Gefrierschränke verstauten. Es gehörte zu den regionalen Produkten, die Kundschaft aus der ganzen Gegend anlockten. Währenddessen plapperte Jenny ununterbrochen weiter. »Ich war ja zu diesem Treffen für das Weihnachtsliedersingen gegangen – ich hatte gedacht, du kommst vielleicht auch, Greta lässt dich schön grüßen, und Joan hat nach dir gefragt, und es war unheimlich viel Betrieb, und dann diese Katastrophe, aber Harry und Kian haben die Küche absolut im Griff gehabt. Und es war so viel los, weil diese Ivy Winter ja da war, und sie hat was über das Essen auf Instagram gepostet und –«

Polly hörte ihr Handy summen und warf einen Blick aufs Display. »Sorry«, sagte sie, »da war gerade …«

Jenny mit ihrem untrüglichen Gespür für Klatsch unterbrach sich und sah sie fragend an. »Was ist denn?«

Aber Polly schüttelte nur den Kopf. »Ach nichts«, sagte sie beiläufig, steckte das Handy ein und wandte sich mit einem Lächeln Gregor zu.

»Das war alles für euch.« Er hielt ihr sein iPad zur Unterschrift hin. »Und vergesst nicht, mir mitzuteilen, wie viele Truthähne ihr zu Weihnachten haben wollt«, sagte er noch, bevor er mit einem fröhlichen Winken in den frostigen Morgen hinausging.

»Ich schicke dir eine Mail«, rief Polly ihm nach, dann klingelten die Türglöckchen, und er war fort.

»Die Liste mit den Truthahnbestellungen muss irgendwo hinter der Kasse liegen«, sagte Jenny, »am besten schreibst du Gregor gleich die Mail, bevor du das vergisst.« Sie krempelte die Ärmel ihrer rot und blau karierten Bluse hoch.

»Meinst du?« Ein wenig schwankend trat Polly einen Schritt zurück.

»Unbedingt. Kriegst du genügend Schlaf? Du siehst richtig erschöpft aus.«

Offenbar hatten Lippenstift und Mascara keine große Wirkung, dachte Polly, während sie in ihr kleines Büro ging und sich an den Computer setzte. Sie zog ihr Handy heraus und öffnete die neue Nachricht.

Hi, ich bin Giles. Tom hat mir deine Nummer gegeben. Wie wär's heute Abend mit einem Essen im Applemore Hotel?

Super, das hatte ihr jetzt gerade noch gefehlt! Ein Date an

einem Abend, an dem sie wie eine Leiche auf Urlaub aussah, in dem Restaurant, das ausgerechnet dem Mann gehörte, in den sie verliebt war, auch wenn sie sich nach Kräften bemühte, das zu verdrängen. Einfach perfekt.

Steh deine Frau, Polly Fraser, ermahnte sie sich. Sie tippte eine Antwort und schickte sie ab, bevor sie es sich anders überlegen konnte.

Klingt gut. Um acht?

Passt. Ich reserviere einen Tisch. Bis dann also.

Polly schob das Handy wieder in die Tasche und schloss die Augen. So, das war erledigt.

Der weitere Tag verging wie im Flug, Kundinnen strömten herein, sahen sich um, füllten ihre Körbe mit den üblichen Lebensmitteln und beluden sich mit hübschem, handgearbeitetem Weihnachtsschmuck und Geschenken. Es war nicht mehr lange bis zum Fest, und es kam Polly vor, als hätte Applemore einen Gang zugelegt. In den Gesprächen im Hofladen ging es jetzt ständig um Vorbereitungen und Pläne für die vielen traditionellen Veranstaltungen, die im Dorfkalender vorgesehen waren. Als die letzte Kundin den Laden verlassen hatte, schloss Polly zwar mit einem Seufzer der Erleichterung die Tür, aber ihr war ganz warm ums Herz, vielleicht war das Leben in einem kleinen Dorf doch gar nicht so schlecht.

»Ich hab gehört, dass du heute Abend was vorhast«, rief Tom, der gerade das Café fegte. Polly legte den Zeigefinger auf die Lippen.

»Pscht.« Sie machte eine Kopfbewegung zu Jenny hinüber, die hinter der Ladentheke die Kasse machte. Falls ihre Mutter Dolina Wind von dieser Neuigkeit bekommen sollte, würde sofort das ganze Dorf Bescheid wissen. Ausnahmsweise jedoch schien Jennys Klatschradar gerade ausgefallen zu sein, denn sie sang lauthals zu Elton John, vollführte dazu ein kleines Tänzchen und hatte offenbar nichts gehört.

Tom lehnte den Besen an einen der Cafétische und kam in den Laden geflitzt.

»Das muss ich meinem Vetter Giles ja lassen, er macht Nägel mit Köpfen.« Er nickte anerkennend. »Ich glaube, du wirst ihn mögen.«

»Das glaube ich auch«, sagte Polly, die zugeben musste, dass sie keinen Gedanken mehr an das bevorstehende Date verschwendet hatte. Sie wusste nicht, ob das ein gutes Zeichen war oder ein schlechtes.

»Nervös?«, fragte Tom behutsam.

Polly schüttelte den Kopf. »Wäre das angebracht?«

»Es wird bestimmt ein toller Abend. Ich habe ihn seit Jahren nicht gesehen, aber er ist wirklich sehr nett. Als meine Mutter erzählte, dass er nach seiner Scheidung nach Applemore zurückkommen würde, habe ich sofort überlegt, mit wem ich ihn verkuppeln könnte, und da bist du mir als Erste eingefallen, schließlich bist du ja Dauersingle.« Tom strahlte.

Polly sah ihm prüfend ins Gesicht. Sollte das ein Witz sein? Oder war ihm klar, dass er ins Fettnäpfchen getreten war? Aber weder noch.

»Dauersingle?«, fragte sie ein wenig scharf.

Tom gluckste. »Na ja, ich meine ja nur, dass deine Geschwister sich alle verpaart haben, seit wir wieder hier leben, und du bist immer noch solo.«

»Ich bin eben wählerisch und habe es nicht eilig.« Polly befreite ihr Haar aus dem Pferdeschwanz und strich es sich über die Schulter.

»Na, vielleicht bringt dir der Abend heute Glück, Herzchen.«

Sie sah ihm ärgerlich nach, während er zu seinem Besen zurückkehrte und dabei die Musik mitsummte, die Jenny nach der letzten Kundin laut aufgedreht hatte.

Als Polly nach Hause ging, wollte sie eigentlich nur noch von aller Welt in Ruhe gelassen werden. Doch sie musste sich in Stimmung bringen, dabei war ihr letztes Date so lange her, wie sie sich widerwillig eingestand, dass sie gar nicht mehr wusste, wie das ging.

Sie stand gerade im Bademantel in der Küche, als es an der Haustür klopfte. Während sie sich das nasse Haar mit einem Handtuch frottierte, trat sie in den Flur.

»Hallo? Polly? Bist du da?«, rief eine vertraute Stimme.

Rillas dunkle Locken waren so widerspenstig wie immer, als sie den Kopf zur Tür hereinstreckte.

»Ach, tut mir leid, ich wollte dich nicht stören. Wollte bloß sagen, dass Lachlan und ich die eingefrorenen Sachen aus dem Gefrierschrank holen und mit zu uns nach oben nehmen. Oder besser, Lachlan ist schon dabei. Ich drücke mich gerade vor der schweren Arbeit.« Rilla lachte.

Über den Ereignissen des Tages hatte Polly völlig vergessen, dass sie Lachlan angerufen und ihn gefragt hatte, ob er die tiefgekühlten Mahlzeiten oben im Gutshaus unterbringen könnte. Die Vorschriften zu Gesundheitsschutz und Sicherheit besagten, dass Polly ab dem Zeitpunkt, als der Gefrierschrank kaputtgegangen war, die Lebensmittel nicht mehr verkaufen durfte, aber das meiste war dennoch zu retten gewesen.

»Du bist ein Engel.« Polly lächelte. Ihr fiel auf, dass Rillas hübsches Gesicht abgespannt wirkte. Sie sah noch müder aus, als Polly sich fühlte. »Wie geht's dir denn?«

»Bin bloß etwas erschöpft.« Seufzend strich Rilla sich mit der Hand übers Gesicht. »Kitty schläft zurzeit so gut wie gar nicht. Keine Ahnung, wie Beth das mit ihren Zwillingen hingekriegt hat. Ich muss gestehen, ich kann's kaum erwarten, dass Joan von ihrer Reise zurück ist und uns entlastet.«

»Ich komme bald mal rüber und übernehme Kitty für eine Nacht, dann könnt ihr beide wegfahren. Vielleicht nach Inverness oder sogar nach Edinburgh? Ihr könntet Gus mal wieder besuchen.«

Sie wusste, dass Lachlan die Abende mit seinem Studienfreund und früheren Geschäftspartner vermisste, und Rilla schien dringend eine Pause zu brauchen.

»Das wäre wunderbar.« Rilla ließ sich gegen die Wand sinken und sah aus, als wäre sie bereit für ein Schwätzchen. Unwillkürlich warf Polly einen Blick auf die Wanduhr über dem Bogengang, der in ihr kleines Wohnzimmer führte.

»Ach je, ich halte dich auf, oder?« Rilla legte sich erschrocken die Hand vor den Mund.

»Eigentlich nicht«, sagte Polly höflich. »Alles gut. Bis ich wegmuss, ist noch Zeit, aber ich bin noch nicht angezogen.«

»Oh, hast du was Spannendes vor? Keine Ahnung, warum ich das frage – was könnte es hier im Dorf schon Aufregendes geben?«

Polly schüttelte den Kopf. »Nein, nichts Aufregendes«, bestätigte sie. Rilla verabschiedete sich mit einer Kusshand, und Polly eilte ins Bad. Sie wischte den Dampf vom Spiegel über dem Waschbecken, sah sich in die Augen und hielt sich selbst eine Standpauke.

»Also, Polly Fraser«, sagte sie laut, »jetzt musst du alle Register ziehen. Sogar deine Familie hat den Eindruck, dass du nichts Aufregendes vorhast.«

Sie nahm sich mehr als ihre üblichen fünf Minuten Zeit für ihr Make-up, benutzte einen weichen grauen Kajalstift, der ihre blaugrauen Augen betonte, und trug mehrere Schichten silbrigen Lidschatten und schließlich zweimal Mascara auf. So viel Mühe hatte sie sich seit – na gut, ewig nicht mehr gegeben. Damals, als sie im Süden gelebt hatte, hatte sie sich immer so geschminkt, wenn sie mit ihren Studienfreundinnen in einen Club oder auf eine Party gegangen waren, aber seit ihr Vater gestorben und sie nach Applemore zurückgekehrt war, hatte sie das immer weiter reduziert, bis sie fand, dass ein bisschen Lipgloss und etwas Wimperntusche für einen geselligen Abend genügten. Wenn sie sich nur mit Leuten traf, die sie sowieso fast täglich im Dorf sah, lohnte es sich nicht, sich groß aufzubrezeln. Meistens war bloß der Quiz-Abend im Applemore Hotel der Anlass, mit Fish and Chips und einem Glas Wein.

Nach diesen Überlegungen verwarf sie das blassblaue Oberteil und die dunkelblauen Jeans, die sie ursprünglich hatte anziehen wollen, und holte stattdessen ein graues Kleid aus superweichem Kaschmir aus dem Schrank. Es hatte einen tiefen Ausschnitt und dreiviertellange Ärmel, war in der Taille eng und hatte einen weiten Rock, der über dem Knie endete. Sie hatte es vor Jahren gekauft, und seitdem hatte es im Schrank gehangen, weil sie keine Gelegenheit gefunden hatte, es zu tragen. Dazu zog sie eine schwarze Strumpfhose und ein paar klobige

Bikerboots an. Vor dem großen Spiegel im Flur wirbelte sie einmal herum und musste über sich selbst lachen. Nicht schlecht, befand sie. Jetzt musste sie bloß noch hinfahren.

Erst als sie unterwegs war und durch die Finsternis schon die sanft leuchtenden Lichter von Applemore sah, das sich mit seinem kleinen Hafen an die Berge ringsherum ankuschelte, fiel es ihr plötzlich ein – woher sollte sie wissen, wie dieser Giles aussah?

Sie parkte am Straßenrand vor einer Reihe kleiner weißer Cottages. Hier lebte immer noch die alte Mrs Mackay, die damals ihre Grundschullehrerin gewesen war. Sie hatte die Vorhänge nicht zugezogen – im Dorf war das nicht üblich –, und Polly konnte sehen, dass sie vor dem Fernseher saß, angestrahlt von einem Feuer im Kamin, die Füße auf einem gepolsterten Hocker und über den Beinen eine Decke mit Tartanmuster, auf der eine rotweiße Katze saß. Im blassen Licht der Sommerabende, wenn es nie ganz dunkel wurde und der Himmel rosa und violett glühte, sah Applemore bezaubernd aus, aber Polly hatte das Dörfchen seit jeher im Winter am schönsten gefunden, wenn die Fenster in warmem Gelb leuchteten. Vor allem liebte sie die Vorweihnachtszeit, wenn zwischen den Straßenlaternen und in Häusern und Geschäften Lichterketten hingen und Straßen und Gässchen beleuchteten und alles funkelte und glitzerte und den Zauber der Weihnacht versprach. Bald würde der große Tannenbaum im Dorf leuchten, dann kam das Weihnachtsliedersingen, und der Weihnachtsmarkt war auch schon in Sicht. Polly bekam eine Gänsehaut – vor Freude und Aufregung, aber auch vor Kälte. Während sie auf das Hotel zuging, stiegen Atemwolken vor ihr in die Luft.

Erst als sie die Hand an die Eingangstür zum Restaurant hob, wurde sie schlagartig nervös, und ihr wurde flau im Magen. Sie biss die Zähne zusammen, reckte die Schultern und stieß die Tür auf.

Achtes Kapitel

Weil Conor mehr oder weniger ausfiel, denn sein Handgelenk schmerzte und wollte einfach nicht besser werden, spielte Harry nun Mädchen für alles, und das war zu viel. Er hatte sich die Wochen vor der großen Renovierung wesentlich ruhiger vorgestellt – und jetzt machte er die Aufsicht in der Küche, hatte ein Auge auf alle Abläufe im Hotel und kümmerte sich um die Fragen von Bauunternehmer Kenny, der darauf brannte, loszulegen, und schon den ganzen Tag Material anlieferte und hinter dem Hotel lagerte. Den Lärm, den das verursachte, hatten einige sehr spezielle Gäste natürlich nicht überhört. Wenn man vom Teufel spricht, dachte Harry … Er hatte gerade hinten im Aktenschrank nach einem Bestellschein gesucht, der höchstwahrscheinlich gefehlt hatte, als er gestern Unterlagen an seinen Steuerberater geschickt hatte. In seinem Kopf pochte es, und er brauchte mindestens drei Wochen auf einer einsamen Insel. Stattdessen stand jetzt Ben, Ivy Winters Freund, in seinem Büro, mit einer Miene, die alle als das *Könntet-ihr-mal-eben*-Gesicht bezeichneten. Manchen Gästen sah man schon bei ihrer Ankunft an, dass sie von allem, was ihnen geboten wurde, immer noch etwas mehr brauchten. Bisher waren zusätzliche Decken nötig gewesen, weil Ivy so empfindlich gegen Kälte war, eine Hundeschüssel aus Porzellan, weil Felicity nicht gern aus Metallschüsseln trank, sowie zwei Wärmflaschen, weil Ivy gerne warme Zehen hatte. Ganz zu schweigen von den sehr speziellen Bestellungen fürs Frühstück – *Könnten wir Sie vielleicht um einen klitzekleinen Gefallen bitten?* –, und dann war heute Nachmittag die Bitte um eine Augenmaske gekommen. Nina an der Rezeption hatte die Augen so heftig verdreht, dass sie sich fast eine Augenmuskelzerrung geholt hätte, und dann mit nur einer ganz leisen Spur von Eiseskälte in ihrer schönsten Gästebetreuungsstimme geantwortet, dass der nächste Laden mit Kosmetikartikeln nicht gerade um die Ecke sei, dass sie aber ihr Bestes tun würden. Zum Glück war Phoebe nach wie vor hin und weg von ihrem Superstar und erfüllte Ivy Winter nur zu gern jeden Wunsch. Sie war nach Hause geflitzt, hatte eine Augenmaske aus ihrem eigenen Badezimmerschrank geholt und war dann glücklich die Treppe hochgesaust, um sie dem dankbaren Ben zu überreichen. Offenbar nahm Ivy gerade ein nachmittägliches Bad. Phoebe hatte ihr Handy herausgeholt und durch die sozialen Medien gescrollt, bis sie zum Beweis einen Schnappschuss von den glänzenden Wasserhähnen des altmodischen Badezimmers gefunden hatte.

»Guckt mal! Solche Werbung ist doch unbezahlbar«, quiekte sie begeistert.

»Nur gut, dass wir ordentlich geputzt haben, bevor sie das Zimmer bezogen hat«, bemerkte Harry. Er musste zugeben, dass Ivys Präsenz auf den sozialen Medien in der kurzen Zeit, die sie sich jetzt in Applemore aufhielt, schon einiges bewirkt hatte. Doch trotz Robs Ermahnungen, Ivys Besuch bestmöglich zu nutzen, war Harry so erpicht darauf, mit der Renovierung voranzukommen, dass er in seinen Fantasien meistens schon ein paar Tage weiter war, hinter sämtlichen Gästen die Tür abgeschlossen und sein Pokerface abgelegt hatte, um endlich loszulegen.

Aber mittlerweile hatte Nina Feierabend, und so musste Harry selbst Empfangskraft spielen, als das Glöckchen klingelte.

»Vielleicht könnten Sie uns ein paar Tipps geben?«, fragte Ben, Ivy Winters Freund, der an der kleinen Empfangstheke stand. Er trug eine vollkommen überflüssige Sonnenbrille in seinem glänzend schwarzen Haarschopf, wie Harry mit flüchtigem Blick registrierte. Der Himmel war den ganzen Tag bedeckt gewesen, und inzwischen war es draußen stockfinster. Wahrscheinlich gehörte die Sonnenbrille einfach zu seinem Outfit.

»Tipps welcher Art?«

»Also«, sagte Ben, »wir haben hier noch ein paar Tage. Da dachte ich, es wäre schön, wenn wir in der Gegend etwas unternehmen könnten, vielleicht ... Ich weiß nicht, ob Sie das gesehen haben«, er wirkte ein wenig verlegen, »aber wir sind – oder besser, Ivy ist – in den sozialen Medien ziemlich präsent.«

Seine Befangenheit machte ihn Harry ein wenig sympathischer. Trotz seiner Gelfrisur und obwohl er etwas von einem Schlitzohr hatte, war dieser Typ offenbar bescheidener, als er aussah.

»Das habe ich bemerkt, ja.« Harry spürte, wie seine Mundwinkel zuckten. »Über Nacht haben unsere Follower auf Instagram sich verdoppelt, und ich habe schon Buchungsanfragen bekommen.«

»Cool.« Ben nickte. »Wir hoffen, dass wir vielleicht mal was anderes ausprobieren könnten –«, sagte er und griff nach einer bunten Postkarte, die Reklame für Jacks Abenteuerzentrum machte. Auf der Vorderseite waren Fotos von Wildwasser-Rafting und Mountainbike- und Kajakfahren zu sehen. Ben drehte die Karte um und las die Kontaktdaten auf der Rückseite.

»Ich weiß nicht, ob das wirklich etwas für Sie wäre«, sagte Harry, denn er dachte an Ivys tadellose Frisur und ihre manikürten Fingernägel. Wenn Jack sie in die Hände bekäme, würden sie keine zehn Minuten überstehen.

»Ich hätte große Lust dazu.« Ben steckte die Karte ein.

»Und oben in der Galerie wird ein Kranzbindekurs angeboten«, sagte Harry, weil er fand, dass das wohl eher Ivys Kragenweite war.

»Kränze binden? Also – Grabkränze?« Ben fuhr zurück. »Das ist eher ein Nischenprodukt, oder?«

Harry lachte. »Nein, da geht es um Weihnachtskränze. Für die Tür und so.«

»Okay«, sagte Ben kleinlaut. »Klar, Weihnachtskränze – die hatte ich vergessen.«

»Ich wünschte, das könnte ich auch«, sagte Harry, denn gerade ging Kian mit einem Karton voller Weihnachtsdeko vorbei. Im Restaurant hatte es noch eine Menge kurzfristiger Reservierungen gegeben, und auch an der Bar war mehr los als erwartet, weil sich herumgesprochen hatte, dass Ivy Winter noch blieb und viele Leute sie persönlich sehen wollten. Kian und Phoebe hatten einmütig erklärt, die Pläne zur vorübergehenden Schließung des Hotel- und Restaurantbetriebs seien ja gut und schön, aber das ganze Dorf freue sich auf Weihnachten, und ohne Deko wirke das Restaurant kühl und abweisend.

»Aber am Sonntag machen wir zu«, hatte Harry protestiert.

»Das heißt, wir haben noch vier Tage, um hier alles festlich zu schmücken«, hatte Phoebe gesagt. »Ich hole die Sachen aus dem Lager, und dann sorgen wir für weihnachtliche Stimmung, ob dir das nun passt oder nicht.«

Harry hatte knurrend zugestimmt. »Gut, aber ich will damit nichts zu tun haben. Ich hab euch doch gesagt, ich nehme mir in diesem Jahr weihnachtsfrei.«

Mit einem Ruck kehrte er in die Gegenwart zurück. »Jedenfalls ... sorry, wo waren wir stehengeblieben? Ach ja, die Kränze. Meine gute Freundin Beth leitet den Kurs, sie ist toll. Warten Sie mal –«, er blätterte den Stapel Visitenkarten auf der Empfangstheke durch, bis er ein Kärtchen in unauffälligem Braun mit einer hübsch gezeichneten Blüte darauf fand.

»Gärtnerei Applemore«, las Ben vor. »Das klingt, als wäre es genau Ivys Ding.«

»Ist richtig cool«, sagte Harry. »Sie sollten die Gärtnerei mal im Sommer sehen, wenn alles blüht.«

»Diese beiden Tipps sind ein guter Anfang. Ich gehe jetzt gleich hoch und spreche mit Ivy darüber. Und vielen Dank, dass Sie heute Abend Zimmerservice für uns organisieren. Wir sind beide total kaputt.«

Harry gelang es, seine Überraschung in ein dankendes Nicken zu verwandeln. »Zimmerservice«, sagte er matt. »Ja, richtig. Na klar, gar kein Problem.«

»Cool«, sagte Ben wieder. »Einfach kurz klopfen und das Essen vor die Tür stellen.«

Mit offenem Mund sah Harry seinem Gast nach. Erst als er Bens Schritte auf der Treppe hörte, wurde ihm bewusst, dass er vergessen hatte, Pollys Weihnachtsmarkt zu erwähnen, der am kommenden Wochenende stattfinden sollte. Der wäre genau das Richtige für Ivy, vermutete er. Er nahm sich vor, die beiden morgen darauf hinzuweisen, und begab sich in die Küche. Dabei murmelte er etwas über Phoebe und ihre grässliche Art, sich ein Bein auszureißen, um auf Ivy Winters sämtliche Launen einzugehen.

»Zimmerservice?«, sagte er gleich darauf, während er sich eine Kochschürze umband.

»Ach ja, Phoebe hat das noch gesagt, bevor sie gegangen ist.« Kian blickte von der Edelstahltheke auf, wo er gerade zwei Beilagensalate vorbereitete. »Für Ivy und Ben.«

»Hier gibt es keinen Zimmerservice«, knurrte Harry mit zusammengebissenen Zähnen.

»Doch, jetzt wohl.« Kian wischte die Arbeitsfläche ab und schwenkte den Lappen, während er sich umdrehte und zum Grill ging. »Übrigens sind wir heute Abend komplett ausgebucht. Der letzte Tisch wurde heute Nachmittag reserviert. Ach so, und Charlotte und Rob wollen auch kommen.«

Harry hatte den Kopf so voll, dass er bloß nickte, ohne richtig zuzuhören. Er musste irgendwie zusätzliches Personal mit ins Boot holen, obwohl er doch schon so gut wie geschlossen hatte. Da half es nicht gerade, dass auch sein Geldgeber Rob und dessen Partnerin Charlotte einen Tisch reserviert hatten. Mit Charlotte war er seit Kindertagen befreundet, aber was Rob betraf, ging es immer noch gegen seinen Stolz, dass er dessen finanzielle Unterstützung annahm. Sie verstanden sich zwar gut, doch Harry war entschlossen, sich dieser Investition würdig zu erweisen.

»Also gut, dann wollen wir mal loslegen.« Harry sah auf die Uhr. Wenn man ein Restaurant leitete, war für Nabelschau keine Zeit.

Neuntes Kapitel

Der warme, vertraute Duft nach köstlichem Essen und brennenden Holzscheiten begrüßte Polly, als sie das Applemore Hotel betrat. Normalerweise wäre sie gleich an die Theke gegangen, hätte sich auf einen der Barhocker geschoben und mit Harry oder Phoebe oder wem auch immer geplaudert, den neuesten Dorfklatsch ausgetauscht und sich einfach in dieser gewohnten Umgebung wohlgefühlt. Für einen Abend mitten im Winter war an der Bar ungewöhnlich viel los, und Greta und Murdo saßen am Kamin, wo er Zeitung las, während seine Frau auf ihn einredete. Vor ihr auf dem Tisch lag ein Stapel Häkelquadrate. Der Brettspieler-Club, eine bunt zusammengewürfelte Gruppe von Männern, hatte sich in seiner angestammten Ecke niedergelassen. Sie trafen sich alle zwei Wochen, tranken Craftbier und verbrachten mehrere Stunden mit einem komplizierten Strategiespiel, das für Außenstehende keinen Sinn ergab. Polly winkte einigen Stammgästen zu, die sie mit einem Lächeln begrüßten und sich dann wieder ihren Drinks zuwandten. Restaurant und Bar waren wirklich ein Zentrum für das ganze Dorf, und Polly wurde klar, wie schmerzlich man beides vermissen würde, wenn das Hotel wegen der Renovierungsarbeiten geschlossen war.

Heute Abend allerdings würde sie nicht mit den Einheimischen zusammensitzen. Sie winkte Phoebe zu, die sie gesehen hatte und ihr mit einer Geste bedeutete, dass ihr das Kleid gefiel. Dann holte sie tief Luft und sah sich um. Ein junges Mädchen, das ihr unbekannt war, kam mit einem Lächeln auf sie zu. Es trug ein Polohemd mit dem Logo des Applemore Hotels und einen knielangen schwarzen Rock. »Ich bin verabredet …«, begann Polly, und das Mädchen fragte gleich: »Sie treffen sich mit Mr Donaldson zum Essen?«, und führte sie zu einem Tischchen in einer Nische ein wenig abseits vom großen Saal.

Polly sah sich kurz um. Fast alle Tische waren bereits besetzt. Als sie sich dem Tisch in der Nische näherte, stand ein Mann mit raspelkurz geschnittenem braunem Haar auf und streckte ihr zur Begrüßung die Hand entgegen.

»Polly?«

»Du musst Giles sein.« Während sie ihm die Hand schüttelte, kam er dicht heran, um sie auf die Wange zu küssen, doch seine Lippen landeten neben ihrem Ohr. Ein guter Anfang, dachte Polly und setzte sich. Die junge Kellnerin wartete am Tisch.

»Kann ich Ihnen schon etwas zu trinken bringen?«

»Wir nehmen eine Flasche weißen Hauswein«, sagte Giles entschieden und gab der jungen Frau die Weinkarte zurück.

Polly öffnete den Mund, um zu sagen, dass sie fahren musste und daher nur ein Glas trinken durfte, und das sollte am liebsten Rotwein sein, doch dann schloss sie ihn wieder. Sie überlegte kurz, machte sich bewusst, dass sie kein unterwürfiges Mäuschen aus den 1950er Jahren war, und öffnete den Mund erneut.

»Ich möchte eigentlich lieber Rotwein.« Sie hob ganz leicht das Kinn.

Giles hob die Augenbrauen. »Eine Frau, die weiß, was sie will – das gefällt mir.«

Polly unterdrückte eine Grimasse. Nicht nach dem ersten Eindruck urteilen, sagte sie sich.

»Soviel ich weiß, hast du eine kleine Firma«, sagte er und lehnte sich zurück, weil die Kellnerin mit zwei Weinflaschen zurückkehrte. »Tom sagt, du bist damit recht erfolgreich.«

Polly blähte die Nasenflügel und überlegte, ob es in Ordnung war, jemanden nach dem zweiten Eindruck zu beurteilen.

»Doch, ja.« Sie hob ihr Glas an die Lippen, kaum dass der Wein eingeschenkt war. »So könnte man es ausdrücken. Und was machst du, Giles?«

»Oh, ich bin Schriftsteller«, sagte er.

Aha, dachte Polly. Das war schon besser. Interessant.

»Ach ja? Und was schreibst du?« Fast hätte sie gefragt, ob er ein Buch geschrieben hatte, von dem sie schon mal gehört hatte, doch sie biss sich auf die Zunge, denn sie hatte mal einen Artikel gelesen, in dem eine Autorin geschrieben hatte, diese Frage würde von allen Kollegen am meisten gefürchtet.

»Also, im Moment arbeite ich an einem Roman. Ich bin kürzlich erst nach Applemore zurückgekehrt – ich würde sagen, um mich selbst zu finden, aber das klingt ein bisschen abstrus, oder?« Sein Lachen war höher, als Polly erwartet hätte, eher ein Kichern. Plötzlich erinnerte sie sich daran, wie ihre Schwester Charlotte einmal in allen Einzelheiten den Moment beschrieben hatte, als ihr klar wurde, dass der Mann, mit dem sie gerade ein Date hatte – ein vollkommen harmloser Farmer –, ihr vor Entsetzen das Blut in den Adern gefrieren ließ. Immerhin hatte Charlotte es geschafft, länger als fünf Minuten mit ihm zusammenzusitzen. Verdammt, schimpfte Polly mit sich selbst, du hast noch nicht mal bestellt.

»Worum geht es in deinem Roman? Und was ist es für ein Genre?«

»Ich definiere mein Werk nicht gern über etwas so Prosaisches wie Genres – es ist eher konzeptuell. Ich stelle mir gern vor, dass es seinen ganz eigenen Platz finden wird.«

»Ach so.« Polly las in der Badewanne gern Liebesromane, in denen sich nette Leute kennenlernten und verliebten und dann bis an ihr Lebensende glücklich und zufrieden waren. Daher vermutete sie, dass Giles' Roman wohl eher nichts für sie war. »Und was hast du vorher gemacht?«

»Meine Exfrau ...« Giles' Gesicht wurde länger. »Wir hatten zusammen eine Firma, die habe ich bei der Trennung verlassen, aber hinter den Kulissen bin ich immer noch sehr involviert, auch wenn ich sicher bin, dass ihr das gar nicht lieb ist ...« Er kicherte. »Das ist eine lange Geschichte. Ein andermal.«

Polly nahm die Speisekarte und hob sie so hoch, dass ihr Gesicht dahinter versteckt war, denn sie wusste, dass ihre Miene sie sonst verraten würde. Wenn sie Tom morgen im Café sah, würde sie ihn umbringen.

»Ich möchte keine Vorspeise, wie ist es mit dir?« Hoffentlich wollte er auch keine. Sie drückte unter dem Tisch die Daumen.

»Also, ich dachte, wir könnten den Vorspeisenteller für zwei Personen nehmen.« Giles deutete mit dem Finger auf die Speisekarte. Er hatte lange Finger mit etwas zu langen Nägeln. Ekelhaft, dachte Polly.

»Das ist wahnsinnig viel«, sagte sie in dem Versuch, ihn von diesem Vorhaben abzubringen. »Wenn wir den nehmen, haben wir keinen Platz mehr für ein Hauptgericht.«

»Es tut mir leid«, sagte die Kellnerin gleich darauf, »ich hatte das eben vergessen. Heute Abend ist viel los, wie Sie sehen – deswegen haben wir die Speisekarte etwas reduziert.«

»Ja, klar.« Polly sah zu ihr hoch. »Wie geht es Conor?«

Die junge Frau errötete leicht und wirkte verlegen, als sei sie sich nicht sicher, ob sie persönliche Einzelheiten über Mitarbeiter ausplaudern dürfe.

»Mir können Sie es ruhig sagen«, erklärte Polly, »ich bin mit Harry befreundet.«

»Ach so.« Erleichtert sprach die Kellnerin mit ihrem Highland-Akzent weiter: »Es geht ihm nicht so gut, er will zum Röntgen, weil sein Handgelenk nicht besser wird. Harry dreht in der Küche fast durch, weil er alles allein am Laufen halten muss. Sie wissen ja, wie er ist.«

Bei der Vorstellung, dass Harry es trotz seiner Erschöpfung immer noch schaffte, die Situation mit Humor zu betrachten und mit seinen Scherzen alle anderen bei Laune zu halten, musste Polly grinsen. »Stimmt. Sehr gut sogar.« Sie sah Giles an, der ein bisschen verstimmt zu sein schien, weil er nicht in das Gespräch einbezogen wurde. »Sorry, ich sollte dir vielleicht erklären, dass Harry ein Freund von mir ist. Und er ist der Besitzer dieses Hotels.«

»Verstehe«, sagte Giles. Er schüttelte die Speisekarte aus und straffte die Schultern, als wolle er seine Autorität geltend machen. »Wenn ich gewusst hätte, dass hier heute Abend nur mit halber Kraft gearbeitet wird, hätte ich einen anderen Treffpunkt vorgeschlagen.«

»Nein, nein, das Essen hier ist fantastisch.« Polly hatte das Gefühl, das Restaurant verteidigen zu müssen. »Ich nehme die Steak-und-Ale-Pastete mit dem Senf-Kartoffelpüree, bitte.«

»Ich hätte gern Fisch und Chips. Können Sie mir sagen, ob der Panierteig glutenfrei ist?«

»Ich glaube nicht«, sagte die junge Frau mit besorgtem Gesicht. »Aber ich kann fragen.«

»Wenn es Ihnen nichts ausmacht«, sagte Giles. »Gluten vertrage ich nämlich nicht«, ergänzte er für Polly, als die Kellnerin in Richtung Küche verschwunden war.

»Kann man den Backteig denn ohne Gluten herstellen?« Polly runzelte die Stirn. »Er wird doch mit Mehl gemacht, oder?«

»Ja, natürlich«, sagte Giles und begann mit einem detaillierten Vortrag über die Vorteile einer glutenfreien Ernährung. Polly hatte eine Freundin, die unter Zöliakie litt und Gluten meiden musste, wenn sie nicht ernsthaft krank werden wollte, und jetzt hörte sie höflich zu.

»Und was machst du sonst noch? Außer glutenfrei essen und Bücher schreiben?«

»Ich bin Experte für Bier«, sagte er, ohne Pollys Gesichtsausdruck zu bemerken.

Na klar, dachte sie und fragte, um ihn aufzuziehen: »Ist im Bier nicht auch Gluten?«

»Also, ja«, sagte Giles, doch als er gerade mit seinen Erklärungen fortfahren wollte, kehrte die Kellnerin mit fröhlichem Lächeln zurück und sagte, ja, sie könnten einen glutenfreien Backteig herstellen, und ob er noch etwas über ihre heutige Speisekarte wissen wolle?

Gleich darauf spürte Polly, wie sich Blicke in ihren Hinterkopf bohrten, und mit dem sechsten Sinn einer jüngsten Schwester drehte sie sich um. An einem Tisch hinter ihr saß ihre Schwester Charlotte mit ihrem Freund Rob, der sich gerade ebenfalls umdrehte und ihr einen überraschten Blick zuwarf. Charlotte hob ihr Glas ein wenig, wie um mit Polly anzustoßen. Polly zog ein Gesicht, das ausdrücken sollte *Halt den Mund*, woraufhin Charlotte sich mit dem Finger über die Lippen strich, als zöge sie einen Reißverschluss zu.

Was Dates anging, gehörte dieses hier in die Top Ten der Katastrophen. Giles schwafelte weiter etwas über die Handlung seines genrelosen Romans und beklagte sich über seine Exfrau. Wie sich herausstellte, wohnte er jetzt bei seiner Mutter. Das wird ja immer besser, dachte Polly und entschuldigte sich, um zur Toilette zu gehen.

»Hallo, du seltener Gast«, sagte eine tiefe Stimme, als sie durch den Gang huschte, der zu den Klos führte, und Polly prallte gegen Harrys breite Brust. Er fasste sie an den Armen und sah mit schiefem Lächeln in seinem lieben Gesicht auf sie hinunter. Ach du Schreck, dachte Polly, das ist das Letzte, was ich jetzt gebrauchen kann. Sie warf einen Blick über die Schulter, entsetzt bei der Vorstellung, dass Harry auf den unsäglich grässlichen Giles treffen könnte.

»Hi«, sagte sie mit piepsiger Stimme, »wie läuft's denn?«

»Ganz super«, sagte Harry trocken. »Ich habe zwar gerade keinen Koch, dafür aber oben eine Primadonna, für die ich jederzeit geschälte Weintrauben bereithalten soll, und jetzt hat jemand glutenfreie Fisch und Chips verlangt, daher versuche ich gerade verzweifelt, rauszukriegen, was Conor mit dem glutenfreien Mehl gemacht hat und wie man die Teigmischung herstellt. Bei dem Glück, was ich immer habe, ist das wahrscheinlich ein getarnter Restaurantkritiker.«

Polly verzog das Gesicht. »Nein, der ist bestimmt kein Restaurantkritiker.« Sie drehte sich um und sah zu Giles hinüber, der sich gerade mit dem Finger etwas aus den Zähnen pulte.

»Hast du dir hellseherische Fähigkeiten zugelegt?« Harrys Augen funkelten.

»So ähnlich.« Polly rieb sich die Nase, erinnerte sich dann aber daran, dass Nasereiben ein Zeichen dafür war, dass man log. Rasch ließ sie ihre Hand wieder fallen und verzog den Mund.

»Alles in Ordnung? Du siehst aus, als hättest du gerade eine allergische Reaktion. Du entwickelst doch jetzt nicht auch eine Glutenunverträglichkeit?«

»Nein, nein.« Eher eine Allergie gegen miserable Dates.

»Schön«, sagte Harry, »ich muss wieder an die Arbeit. Sehen wir uns nach dem Dienst?«

Polly fand, dass Harry das etwas zögernd sagte, entschied dann aber, dass das Einbildung sein musste.

»Hm«, begann sie, denn sie wusste nicht recht, wie sie ihm beibringen sollte, dass sie heute Abend nicht mit den üblichen Verdächtigen an der Bar herumhängen und darauf warten würde, dass Harry und die anderen Schluss machten, ihre Schürzen auf einen Haufen warfen, übrig gebliebenes Essen auf ihre Teller füllten und sich nach einem anstrengenden Abend entspannten. »Ja, vielleicht«, sagte sie lahm.

»Cool.« Harry ließ ihre Arme los. Seine großen Hände hinterließen ein warmes Gefühl und ... noch etwas anderes, das Polly mit einem Kopfschütteln verscheuchte.

»Bis nachher«, sagte er und verschwand.

Der glutenfreie Fisch und die Pommes seien ein voller Erfolg gewesen, erklärte Giles später zu Pollys großer Freude.

»Das muss ich Harry sagen«, begann sie, schloss jedoch rasch wieder den Mund. Wahrscheinlich wollte Giles das gar nicht hören – wobei sie sich allerdings nicht sicher war, ob er überhaupt etwas anderes hören wollte als den Klang seiner eigenen Stimme. Zu Beginn des Dates hatte sie Sorge gehabt, dass ihnen die Gesprächsthemen ausgehen könnten, aber dann hatte sie recht schnell herausgefunden, dass sie nur irgendeine offene Frage zu stellen brauchte, damit er wie ein Uhrwerk eine Viertelstunde lang über ein beliebiges Thema redete. Anschließend schweifte er dann ab und salbaderte über irgendetwas anderes weiter. Er hatte sehr klare Meinungen zur schottischen Unabhängigkeit, zu Religion und zur königlichen Familie, zu Politik im Allgemeinen und zur gegenwärtigen Regierung im Besonderen. Gerade begann er, einen Vortrag über den Schaden zu halten, den die rücksichtslosen Autofahrer, die über die North Coast 500 bretterten, den Highlands zufügten, als die Kellnerin wiederkam und fragte, ob sie die Dessertkarte sehen wollten.

»Ich nicht, vielen Dank«, sagte Polly zu der jungen Frau, während Giles ihr die Karte mit einem »Ja, unbedingt« beinahe aus der Hand riss.

»Für mich das Highland-Toffeeküchlein mit Lavendelsahne«, sagte er.

Bitte, murmelte Polly leise.

Laut sagte sie: »Vielen Dank, für mich nichts.« Sie blickte zur Kellnerin hoch, mit einer Miene, die ausdrücken sollte: *Bitte rette mich, das ist das allerschlimmste Date in der Geschichte der schlimmen Dates*, doch das äußerte sie natürlich nicht. Die Kellnerin lächelte schüchtern, senkte ein wenig den Kopf und verschwand Richtung Küche. Bitte mach wenigstens, dass der Nachtisch schnell kommt, betete Polly, während sie an ihrer Serviette herumfummelte.

»Wie gesagt, ich bin der Meinung, dass die North Coast 500 der Umwelt unendlich viel Schaden zufügt, ohne dabei irgendeinen Mehrwert zu bringen«, fuhr Giles fort, während er sich noch ein Glas Wein einschenkte. Erst dann hielt er die Flasche flüchtig in Pollys Richtung.

»Nein danke, ich muss noch fahren«, wiederholte Polly und legte die Hand auf ihr Glas. Darin war nur noch ein Restchen von dem Rotwein, den sie sich erkämpft und dann im Wechsel mit Wasser getrunken hatte. Wenn es ein schöner Abend gewesen wäre und sie gern ein weiteres Glas Wein getrunken hätte, dann hätten Charlotte oder Rob sie bestimmt nach Hause gebracht oder sie hätte – wie schon oft – die Nacht in eine Decke gekuschelt auf Harrys Sofa in der kleinen Wohnung über der Hotelküche verbracht. Seltsamerweise hatte sie aber nicht die geringste Lust auf ein zweites Glas.

Giles ließ sich weiter über die Touristen aus, die seiner Ansicht nach die Highlands in Frieden lassen sollten. Doch da kam der Nachtisch, und Polly wurde ein bisschen flau im Magen, als sie sah, wie lüstern er sich die Lippen leckte.

»Ich muss dir widersprechen«, konnte sie endlich einwerfen, als er sich einen voll beladenen Löffel in den Mund schob. »Erstens bringen die Touristen uns sehr viel Geld, das wir in dieser wirtschaftlich schwachen Gegend unbedingt brauchen. Ohne Touris könnte ich meinen Laden nicht halten, und auch die Firmen von meinen Geschwistern hätten keine Chance. Oder –«, sie wollte gerade fortfahren, aber Giles war offenbar abgelenkt. Er fuhr sich über den Kopf und betrachtete dann seine Hand.

»Alles in Ordnung?«, fragte Polly.

»Ich glaube, da tropft was. Da – Wasser!«

Polly sah zur Decke hinauf. Direkt über Giles' Kopf zeigte sich in dem weißen Deckenputz ein feuchter grauer Kreis. Dort wartete schon der nächste Tropfen, der immer dicker wurde.

Polly schubste ihren Stuhl zurück und sprang auf. Das war die Gelegenheit zur Flucht, auf die sie gehofft hatte.

»Oh Mann, ich muss sofort Bescheid sagen, dass da was undicht ist.« Sie warf ihre Serviette auf den Tisch und ließ Giles mit den Resten seines Desserts und den Wassertropfen von der Decke allein.

Sie stürzte in die Küche und packte Harry am Arm.

»Oben ist irgendwas undicht.«

»Was? Wo?«

»Keine Ahnung. Über dem Tisch in der Nische, verstehst du?«

Stöhnend schlug Harry sich mit der Hand gegen die Stirn. »Die Dusche in Zimmer neun. Ich hab gewusst, dass der verdammte Hahn es nicht mehr lange machen würde. Warum passiert so was immer an solchen Tagen wie heute?«

»Kann ich irgendwas tun?« Polly witterte ihre Chance, das katastrophalste Date aller Zeiten abzubrechen.

»Diese hier zählen –« Harry schob ihr einen Stapel Papier hin, die Bestellungen des Abends. »Das wäre toll. Du bist ein Schatz.« Er gab ihr einen Kuss auf den Kopf und verschwand durch die Schwingtüren, die hinter ihm heftig hin und her pendelten.

Mit den Zetteln in einer Hand blieb Polly wie erstarrt stehen. Dann griff sie sich mit der anderen Hand auf den Kopf und berührte behutsam die Stelle, wo Harry sie geküsst hatte.

Zehntes Kapitel

Charlotte und Rob standen an der Theke und kugelten sich vor Lachen.

»Und wie ist es dann weitergegangen? Ich hab nur gesehen, dass du in Windeseile losgeflitzt bist, und dann bist du wiedergekommen und hast deinen heißen Typen abserviert.« Rob richtete sich auf, lachte aber immer noch.

Charlotte sah ihren Partner an. »Was hat sie ihm serviert?«, fragte sie durch das Stimmengewirr.

»Den Laufpass.« Rob wurde ernst. »Was ist denn los, Polly?«

Harry trat zu ihnen und sah Polly mit hochgezogenen Augenbrauen an. »Ja, was läuft da? Und wieso erfahre ich als Letzter, dass du ein Date hast?«

»Da läuft überhaupt nichts«, sagte Polly. Nachdem Harry ihr für die Nacht sein Sofa angeboten hatte, machte er ihr jetzt einen sehr großen Gin Tonic, den sie dringend brauchte. Mit dem Drink in der Hand berichtete sie den anderen von den Schrecken des Abends. Alle prusteten wieder los.

»Das ist uns auch mal so gegangen«, sagte Charlotte tröstend. »Bis ich Rob kennenlernte, hab ich wirklich gedacht, da käme nichts mehr und ich würde mein restliches Leben mit Nero verbringen.«

»Manche würden ja sagen, dass so ein Golden Retriever ein richtig netter Lebensgefährte ist«, erklärte Phoebe. Sie band sich die Schürze ab und schob sich neben ihren Freund Danny auf einen Barhocker. Rob gab ihr scherzhaft einen Schubs.

»Pass auf, du.«

»Ich würde das als Kompliment ansehen«, sagte Danny. Er war vor einigen Jahren zusammen mit Jack nach Applemore gekommen und arbeitete ebenfalls im Abenteuerzentrum. »Wenn die Einheimischen dich veräppeln, ist das ein Zeichen dafür, dass du dazugehörst.«

Rob sah Charlotte an. Sie strich ihr langes blondes Haar zurück, nahm seine Hand und verschränkte ihre Finger mit seinen. »Da hat Danny recht«, sagte sie mit einem Lächeln.

»Meinst du jetzt, dass dein Nero ein guter Lebensgefährte wäre oder dass ich im Dorf akzeptiert werde?« Rob hob fragend die Augenbrauen.

»Ein bisschen von beidem«, sagte Harry. Alle lachten schallend.

Während sie sich weiter unterhielten, stellte Harry Gläser in die Spülmaschine und räumte auf. Polly rutschte von ihrem Hocker herunter und holte weitere Gläser von den Tischen, damit sie gespült werden konnten. Dann sammelte sie aufgeweichte Bierdeckel ein und warf sie in den Müll. Harry und sie waren ein eingespieltes Team, denn sie half ihm abends oft noch, und dann plauderten sie mit den üblichen späten Gästen, bis Harry sie irgendwann nach Mitternacht nach Hause schickte.

Während Polly beim Aufräumen half, überlegte sie, wie sie Tom bloß beibringen sollte, dass sein Vetter wirklich alles andere als *sehr nett* war. Dabei war Giles' Date anscheinend vollkommen anders verlaufen, denn als Polly aus der Küche zurückgekommen war und ihm erklärt hatte, sie würde zum Helfen gebraucht und wolle sich nur schnell für den netten Abend bedanken, hatte er sich eine Spur Karamellsauce aus dem Mundwinkel gewischt, war aufgestanden und hatte sie gefragt, wann sie wieder frei habe und ob sie am Wochenende mit ihm Angeln gehen wolle. Polly war einen Schritt zurückgewichen, hatte sich bemüht, eine höfliche Miene aufzusetzen, und ihm dann behutsam erklärt, das halte sie für keine gute Idee, und das Essen mit ihm sei zwar sehr nett gewesen, aber weitere Verabredungen könne sie sich nicht vorstellen. Daraufhin war Giles ein wenig ärgerlich geworden und hatte mit herrischer Geste die Kellnerin herbeigewinkt.

»Können wir bitte zahlen?«

»Sofort.« Die junge Frau hatte erschrocken einen Blick auf die weiterhin tropfende Decke geworfen und war davongeeilt. Als sie gleich darauf wieder erschien, blickte sie von Giles zu Polly. Giles nahm die Rechnung, murmelte leise Zahlen vor sich hin und reichte der Kellnerin seine Karte.

»Ich finde es fair, wenn wir uns das teilen«, sagte Polly, »du nicht?«

Überrascht warf die Kellnerin Polly einen Blick zu, denn Giles stolzierte bereits aus dem Restaurant, während sie selbst noch in ihrer Handtasche nach der Geldbörse suchte.

Kichernd reichte sie der Kellnerin ihre Karte. »Eigentlich macht es mir ja nichts aus, aber er hat die ganze Flasche Wein allein ausgetrunken und außerdem Nachtisch gegessen. Immerhin bin ich heil davongekommen, das ist es mir wert.«

Die Kellnerin hatte von Giles offenbar genug gesehen und gehört, um zu erkennen, dass er nicht gerade der Fang des Jahrhunderts war, und sie hatte in Pollys Gelächter mit eingestimmt.

»Okay, ihr Leute«, sagte Harry eine halbe Stunde später, »ich bin fix und alle. Verzieht euch in eure Betten.«

Polly sah ihn an. »Und du hast wirklich nichts dagegen, dass ich hierbleibe? Ich kann Charlotte bitten, mich nach Hause zu fahren, oder ich kann auch bei ihr übernachten.«

Harry deutete mit dem Kopf zu Rob und Charlotte hinüber, die schon an der Tür standen, die Köpfe zusammengesteckt hatten und sich leise unterhielten. Rob strich Charlotte gerade eine lange Haarsträhne hinters Uhr, dann beugte er sich vor und küsste sie auf die Wange. Charlotte wurde rot und senkte den Kopf. Polly fand es wunderbar, ihre arbeitswütige große Schwester nach den vielen Jahren Singledasein so glücklich und verliebt zu sehen.

»Ich glaube, du wärst da ein bisschen überflüssig, oder?« Harry schmunzelte.

»Ich fürchte, da könntest du recht haben.« Polly schob sich wieder auf den Barhocker hoch. »Sieht so aus, als hättest du mich heute Nacht an der Backe.«

»Ich beklage mich ja gar nicht«, sagte Harry leise, und Polly spürte, wie etwas in ihrem Bauch zu flattern begann. Sie versuchte, sich einzureden, dass es nichts mit Sehnsucht zu tun hatte, schaute tief in ihr leeres Glas und drehte es dann vorsichtig auf dem Rand.

»Ich schenke dir sogar noch mal ein. Komm, wir werfen alle anderen raus, und dann verziehen wir uns nach oben, schnappen uns eine Packung Eis und gucken irgendwas Scheußliches auf Netflix. Ich glaube, es gibt einen neuen Thriller, der ist anscheinend so grottenschlecht, dass er schon wieder gut sein muss.«

Harry war in der Wohnung über der Küche aufgewachsen, und auch jetzt noch fanden sich überall Erinnerungen an seine

Eltern. An der Treppe nach oben hingen uralte Fotos, und eins davon zeigte ihn als Sechsjährigen mit Zahnlücke. Polly blieb davor stehen und lachte über seinen schrecklichen Haarschnitt, der damals Mode gewesen war.

»Die Frisur steht dir super«, neckte sie ihn. Er drehte sich um, stützte einen Arm an der Wand über ihrem Kopf ab und sah amüsiert auf sie hinunter.

»Ich hatte meine Mutter damals angebettelt, mit mir nach Ullapool zu fahren, weil ich unbedingt solche blonden Strähnchen haben wollte, musst du wissen.«

»Auf diesem Foto hier siehst du wie ein Ausgemusterter aus den achtziger Jahren aus.«

»Genau das wollte ich auch. Damals war ich richtig cool.«

»Wenigstens bist du irgendwann mal cool gewesen«, neckte Polly ihn, als sie die letzten Treppenstufen hochstiegen.

»Pass bloß auf. Ich kann dich immer noch nach Hause bringen, ich hab nichts getrunken.«

Polly, die schnell hintereinander zwei große Gin Tonics heruntergekippt hatte, bekam einen Schluckauf.

»Aber so, wie das gerade klingt, will ich lieber mit dir mitziehen.« Er öffnete die Tür zum Wohnzimmer. Überall standen Kartons herum, und an einer Wand lehnte ein Stapel Bilder. »Sorry, hier sieht es gerade noch chaotischer aus als sonst. Das hier sind die neuen Bilder, die ich für den Thekenbereich besorgt habe, wenn der fertig ist.«

Als Harry in die Küche ging, sah Polly die Bilder durch. Es waren farbenfrohe abstrakte Gemälde von Nick, einem der Künstler aus der Galerie. Polly erkannte sein Werk sofort.

»Bitte schön.« Harry hatte ihr noch einen Drink gemacht

und sich selbst einen Tumbler mit zwei Fingerbreit von seinem bevorzugten Malt Whisky eingeschenkt.

»Hast du die Bilder gekauft?«

»Ein paar davon, ja. Die anderen wollen wir zum Verkauf anbieten.«

»Oi, da machst du aber der Galerie Konkurrenz.« Polly trank einen Schluck und spürte, wie die Bläschen auf ihrer Zunge zerplatzten.

Harry schüttelte den Kopf. »Ganz im Gegenteil. Nick hofft, dass wir damit ein bisschen Cross-Promotion in Gang setzen. Die Gäste werden sehen, was wir verkaufen, und dann zur Galerie hochfahren, um sich weitere Bilder anzugucken.«

»Super Idee.«

»Davon hab ich viele.«

Er ging zu dem großen Ecksofa hinüber und warf Polly eine flauschige Decke zu. »Hier, kuschel dich ein, ich suche die Fernbedienung.«

»Wo könnte sie denn sein?«

»Keine Ahnung, die ganze Wohnung steht gerade kopf. Am Montag hatte ich das Ding noch, aber seitdem hab ich immer nur den BBC News Channel geguckt.«

Polly lachte. Harry hob ein Rückenkissen des Sofas an und guckte hoffnungsvoll dahinter.

»Nichts?«

»Gar nichts.«

Polly sah unter einem Zeitungsstapel nach. »Und die hier sind vom vorletzten Sonntag?«

»Ja, ich wollte mir einen entspannten Abend machen, die Füße hochlegen und die Zeitungen durchsehen.« Harry lachte in sich hinein. »Aber bisher hat das nicht geklappt, wie du ja weißt.«

»Aber hier hab ich was gefunden!« Polly winkte mit der Fernbedienung. »Jetzt müssen wir nicht den ganzen Abend BBC-Nachrichten gucken.«

»Na, alles hat immer auch sein Gutes. Ich suche jetzt mal diesen unmöglichen Film, von dem ich erzählt habe. Das Eis ist im Gefrierfach. Bring zwei Löffel mit.«

Wie immer unterhielten sie sich die ganze Zeit, während der Film lief. Er war wirklich so schlecht, wie Harry vorhergesagt hatte.

»Was machen deine Vorbereitungen für den Weihnachtsmarkt?« Harry rückte näher heran und reichte Polly die Eisschale.

»Du hast ja alle Keksteigstücke rausgepickt!« Polly stieß ihn mit der Schulter an. Durch ihr Wollkleid hindurch spürte sie seinen kräftigen Körper und seine Wärme.

»Ich will nur dein Bestes.« Harry klopfte ihr mit dem Löffel aufs Knie. »Dieser rohe Keksteig schmeckt doch eigentlich gar nicht. Das ist ein Mythos.«

»Den Keksteig esse ich am liebsten.« Polly grub in dem Eisbehälter. »Ah, siehst du, du hast doch nicht alle Bröckchen geklaut. Hier unten sind noch ganz viele.«

»Ich würde dir doch niemals deine Keksteigstücke wegessen.« Während Harry das sagte, blinzelte er zum Bildschirm hinüber. »Ist er –«

Beide schwiegen erschrocken und sahen zu, wie Ryan Reynolds bei lebendigem Leibe von einer Art Alien aufgefressen wurde.

»Das reicht, um jedem sein Cookie-Dough-Eis zu verleiden.« Harry verzog das Gesicht.

»Mir nicht.« Polly betrachtete gedankenverloren ihren Löffel, auf dem das Eis schon zu schmelzen begann, dann schob sie ihn in den Mund. »Ich liebe Eis zu sehr, da lasse ich es mir doch nicht von so einer Kleinigkeit wie einem menschenfressenden Oktopus aus dem All vermiesen.«

Harry hatte sich nicht gerührt, und Polly nahm seine Nähe nur allzu deutlich wahr. Sie hatte so starkes Herzklopfen, dass er es einfach spüren musste. Aber das war albern. Sie kannte ihn ihr Leben lang, und er sah in ihr nichts weiter als einen Kumpel – die kleine Schwester seines besten Freundes, die zur gleichen Zeit nach Applemore zurückgekehrt war wie er selbst. Sie musste diese Fantasie, dass er vielleicht auch noch andere Gefühle für sie haben könnte, bloß weil sie selbst solche Gefühle hatte, endlich abschütteln.

»Sag mal«, begann Harry mit ernstem Gesicht, »wirst du dich wieder mit Giles treffen?«

Als Polly sich ihm zuwandte, sah sie, dass er sie bloß aufziehen wollte. »Nein, auf keinen Fall. Wenn das die einzige Alternative ist, bleibe ich lieber mein Leben lang single.«

Elftes Kapitel

Ein langes Schweigen entstand. Harry starrte wie gebannt auf den Bildschirm, so als sei der Film das Faszinierendste, was er je gesehen hatte. Er spürte Pollys Nähe fast schmerzhaft, und als sie sich vorbeugte, um den Eisbehälter auf dem Tisch abzustellen, und ihr Haar an seinem Gesicht entlangstreifte, atmete er den blumigen Duft ein. Sie sah heute Abend bezaubernd aus, richtig schick hatte sie sich gemacht. Das silbergraue Kleid zeichnete ihre Kurven nach und betonte ihre schöne Figur. Wie immer hatte sie die Ärmel hochgeschoben, und einen Moment lang stellte er sich vor, wie es sich anfühlen würde, wenn er einfach ihre Hand nehmen, sie umdrehen und auf die blasse Haut ihres Handgelenks einen Kuss drücken würde.

Doch er schüttelte den Gedanken ab und räusperte sich. »Dann willst du also eine alte Jungfer werden, so wie Frances, der das Midsummer House gehörte?«

»Ich finde, es ging ihr damit gar nicht so schlecht. Und jetzt ist sie auf Weltreise, und nach allem, was man hört, genießt sie das Leben in vollen Zügen.« Polly nahm das Eis wieder vom Tisch. »Vielleicht esse ich doch noch einen Löffel.«

»Würde ich an deiner Stelle tun.« Harry trank seinen Whisky aus.

»Ich glaube nicht, dass die Welt untergeht, wenn ich der Dating-Szene den Rücken kehre.« Polly bot ihm die fast leere Schachtel an. Er schüttelte den Kopf.

»Danke. Whisky und Eis vertragen sich nicht so gut.«

»Gin und Eis auch nicht.«

»Möchtest du noch einen?« Er wuchtete sich aus den Kissen hoch und sah auf Polly hinunter. Mittlerweile hatte sie sich wie eine Katze eingerollt, sie hatte die langen Beine unter sich gezogen, und ihr dunkles Augen-Make-up war leicht verschmiert. Sie rümpfte die Nase.

»Eigentlich sollte ich nichts mehr trinken, ich hab noch so viel für den Weihnachtsmarkt zu tun. Aber – ja bitte. Einen für den Weg.« Sie klopfte auf das Kissen neben sich. »Oder für's Sofa.«

Harry mischte ihr einen Drink mit viel Tonic und wenig Gin, denn ihm war klar, dass sie am Morgen früh aufstehen und dann gleich an die Arbeit musste.

»Und was hast du für Pläne?« Erwartungsvoll sah Polly ihn an.

»Inwiefern?«

»Mit dem Hotel, meine ich. Sobald du die Gäste alle los bist.«

»Das ist eigentlich ziemlich übersichtlich. Wir werden in zwei Phasen arbeiten, denn ich will nicht zu lange schließen, dann würden die Einheimischen unruhig. Du weißt ja, wie sie in Applemore auf Veränderungen reagieren. In der ersten Phase renovieren wir die Bar, machen die Deko neu, ersetzen alles, was mit Textilien zu tun hat, und so weiter. Wenn das nach Plan geht, sind wir damit in ein paar Wochen fertig.«

»Sind das die Lieferungen, die neulich gekommen sind?«

»Ja, das wird alles in der alten Scheune auf Jimmys Farm gelagert. Wenn wir das geschafft haben, läuft der Barbetrieb wieder an, aber das Restaurant bleibt noch den ganzen Januar über geschlossen, damit wir genügend Zeit für die anderen Arbeiten haben.«

»Ich dachte, an Hogmanay feiern wir groß die Wiedereröffnung?« Polly ließ ihren Gin Tonic kreisen, sodass die Eiswürfel leise gegen den Glasrand klimperten.

»So war es geplant, mit einer großen Silvesterfete. Aber Rob und ich haben gestern mit Kenny gesprochen. Wir hatten darauf gedrängt, dass alles bis Silvester fertig wird, denn jetzt ist die ruhigste Zeit des Jahres – aber Kenny hat recht, es ist sinnvoller, auch die größeren Veränderungen gleich anzuschließen. Deswegen müssen wir dieses Jahr auf Hogmanay verzichten.«

»Und was ist mit der Baugenehmigung und dem ganzen Zeugs?«

Harry schüttelte den Kopf. »Am Gebäude selbst verändern wir nichts. Ich habe beschlossen, dass wir das alles so lassen, wie es ist, denn wir haben mittlerweile noch etwas anderes im Auge. Das Lochinver House ist auf dem Markt, und Rob meint, dass wir das ganz groß aufziehen sollten, damit die Gäste auch von weit her kommen.«

»Als Konkurrenz für das Lochbay Restaurant auf Skye?« Polly hob die Augenbrauen. »Das gäbe einen ganz schönen Wirbel.«

»Stimmt. Aber damit erhält Conor die Möglichkeit, sein Talent zu entfalten. Und außerdem planen wir fürs Frühjahr natürlich den Seafood-Imbiss.«

»Mein Date von heute Abend wäre davon nicht so angetan.«

Harry schüttelte den Kopf. Er staunte immer noch darüber, dass es einem so unscheinbaren Mann wie Giles gelungen war, einen Abend mit Polly zu ergattern. »Der ist kein Fan von Meeresfrüchten?«

»Vermutlich hat er auch zu Meeresfrüchten eine unumstößliche Meinung, so wie zu allem anderen. Vom Tourismus in den Highlands hält er zum Beispiel gar nichts.«

»Aha? Er will also hier oben leben und alles genießen, aber nichts dafür tun, dass es auch wirtschaftlich einigermaßen läuft?«

»So ungefähr.«

»Dann verstehe ich, warum du ihm grünes Licht gegeben hast.« Er warf Polly einen schelmischen Seitenblick zu. Sie kicherte.

»Ja, das war nicht gerade eine Meisterleistung. Aber wie gesagt, ich bleibe für immer single. Ich glaube, das ist die beste Lösung.«

»Darauf wollen wir anstoßen.« Er neigte sein Glas zu ihrem, und als sie ihn mit ihren blauen Augen ansah, überlegte er einen Moment lang, ob –

»Gut!« Ein plötzlicher Energieschub ließ Polly vom Sofa aufspringen. »Ich schlafe jetzt lieber ein bisschen, sonst bin ich morgen fix und fertig. Hast du ein T-Shirt oder so was für mich?«

»Hab ich doch immer, oder?« Jetzt reiß dich zusammen, Mann, sagte Harry zu sich selbst und ging in sein Schlafzimmer. Er suchte ein graumeliertes T-Shirt mit dem Aufdruck *Sydney Sailing Club* aus und brachte es Polly zusammen mit einem der Hygienesets, die er an der Rezeption für vergessliche Hotelgäste bereithielt. Es bestand aus einer Zahnbürste, Zahnpasta, einem Döschen Feuchtigkeitscreme und einem weißen Waschlappen. »Warte, ich hole dir noch ein Handtuch.«

»Okay, ich mache mich schon mal fertig.«

Als Hotelbesitzer hatte Harry den Vorteil, dass in seinem Schrank immer ein Stapel frischgewaschener weißer Handtücher lag. Er nahm ein großes Duschtuch und ein kleineres Händetuch heraus und öffnete schwungvoll die Wohnzimmertür.

»Oh – sorry.« Harry fuhr zurück und machte die Tür schnell wieder zu. Das Blut rauschte ihm in den Ohren. Polly zog gerade sein T-Shirt über, sie hatte mit dem Rücken zu ihm gestanden, als er hereingekommen war, und er hatte einen Blick auf lange helle Beine und schwarze Spitze erhascht. Er stieß die Luft aus und schüttelte den Kopf, als wolle er das Bild löschen.

»Sorry!«, rief Polly durch die geschlossene Tür zurück. »Ich hab mich gerade umgezogen. Jetzt kannst du wieder reinkommen.«

Als er wieder ins Zimmer trat, saß sie mit angezogenen Knien auf dem Sofa, hatte die Beine unter der flauschigen Decke versteckt und sittsam die Arme darumgelegt.

»Hier, zwei Handtücher«, sagte er schroff. »Ich wecke dich um sieben, okay?«

Polly warf ihm einen seltsamen Blick zu. »Ja, perfekt.«

Harry sprang unter die Dusche. Er drehte den Hahn bis zum Anschlag auf Rot, sodass das heiße Wasser wie Nadelstiche auf seiner Haut prickelte, und dann schloss er die Augen, als könnte er so das Bild, das er gesehen hatte, fortspülen. Doch das gelang ihm nicht. Er war noch lange wach und versuchte einzuschlafen – vergeblich, denn ihm war nur allzu bewusst, dass Polly gleich nebenan lag. Was war bloß mit ihm los? Sie hatte doch in den letzten Jahren zahllose Male auf dem Sofa übernachtet. Er musste sich auf etwas anderes konzentrieren als auf etwas, das er nicht haben konnte – sonst setzte er am Ende noch eine Freundschaft aufs Spiel, die ihm mehr bedeutete als alles andere.

Irgendwann fiel er dann doch in tiefen Schlaf.

»Guten Morgen!«, rief gefühlte zehn Minuten später eine fröhliche Stimme. Harry öffnete erst ein Auge, dann das andere. Draußen war es noch stockfinster.

»Aus irgendeinem Grund bin ich schon um halb sieben aufgewacht«, sagte Polly vergnügt und machte das Licht im Schlafzimmer an, »also bin ich schnell unter die Dusche, und dann hab ich uns Kaffee gemacht.«

Harry zog die Bettdecke fest an sich und schob sich am Kopfteil des Bettes zum Sitzen hoch. »Du bist ein Engel.«

»Stimmt«, sagte Polly. »Ich hab sogar rausgekriegt, wie man deine komische ultramoderne Kaffeemaschine bedient. Und vermutlich hast du die wunderbaren Kaffeebohnen von Tom und Gavin?«

Harry nahm ihr einen Kaffeebecher ab und probierte. »Nicaragua, Spezialröstung, ja. Ich wusste gar nicht, dass du zur Kaffeekennerin geworden bist.«

Polly schüttelte den Kopf, sodass ihr langer Pferdeschwanz wie zur Bekräftigung hin und her schwang. »Ich hab nicht die geringste Ahnung. Sie geben mir immer wieder Kaffee aus diesen wunderbaren, frisch importierten Bohnen zum Probieren, aber ehrlich gesagt, ich kann eine Tasse Kaffee nicht von der anderen unterscheiden. Ich gebe bloß die passenden Grunzlaute von mir, weil ich weiß, dass die beiden sich dann freuen.«

»So wie ich, wenn Beth mit neuen Blumensträußen für das Hotel kommt. Sie berichtet mir dann immer von den neuen Sorten, die sie angepflanzt hat, und erklärt mir die Unterschiede.«

Polly lachte. »Ja, bei Beths Blumen geht es mir genauso. Meine Einstellung ist: *Sieht der Strauß schön aus? Hält dieser Kaffee mich davon ab, mitten am Tag einzuschlafen?*«

»Das kann aber unser Geheimnis bleiben«, sagte Harry und sah zu, wie Polly mit ihrem Kaffee in der Hand zum Fenster hinüberging und in die Dunkelheit des frühen Morgens hinausblickte. Wie es seine Gewohnheit war, hatte er die Vorhänge über Nacht nicht zugezogen, und der Himmel war noch schwarz, aber über den Bergen in der Ferne kündigten erste rosarote Lichtstreifen den Sonnenaufgang an.

»Diese Aussicht ist wirklich schön, oder?« Polly drehte sich um und lehnte sich gegen das Fensterbrett. »Was für ein Glück, dass wir hier leben.«

»Ja«, sagte Harry. »Die Gäste wollen immer Zimmer mit Meerblick, aber ich finde die Aussicht nach hinten raus viel interessanter. Vor allem morgens, wenn über den Bergen die Sonne aufgeht.«

»Das geht mir genauso. Deswegen liebe ich das Pförtnerhaus, auch wenn ich darin praktisch neben dem Hofladen wohne.«

»Da sind wir in einer ganz ähnlichen Situation.« Harry sah auf seinem Handy nach der Uhrzeit, und in dem Moment, als er es in die Hand nahm, ging der Wecker los. »Sieben Uhr. Ich stehe mal lieber auf. Die Jungs machen das Frühstück, aber ich erwarte eine Bierlieferung, und ich glaube, der Fahrer kommt von der Brauerei aus zuerst hierher. Er will nach Inverness, und da liegt Applemore auf dem Weg.«

Polly trank einen Schluck Kaffee. »Während du dich fertig machst, räume ich im Wohnzimmer auf«, sagte sie. »Hast du mein Schüsselbund gesehen?«

Eine Viertelstunde später hatten sie unter allen Sofakissen und auch unten hinter der Theke gesucht, aber die Schlüssel waren und blieben verschwunden.

»Soll ich dich nach Hause bringen?« Harry hatte noch unter dem letzten Barhocker nachgesehen, und jetzt richtete er sich auf. »Ich wette, jemand hat sie aus Versehen mitgenommen.«

»Wenn es dir nichts ausmacht … ich hab Ersatzschlüssel, und dann suche ich mir nachher eine Mitfahrgelegenheit ins Dorf und hole meinen Wagen.«

Beide waren überrascht, als sie auf dem Weg zu Harrys Auto einer Frau in einem dicken Steppmantel und mit einer Wollmütze auf dem Kopf begegneten, dem einzigen Menschen, der so früh schon auf der Straße war. Sie bückte sich gerade und streichelte die normalerweise kratzbürstige, halbwilde Pickle, die sich aber plötzlich an ihren eigentlichen Charakter erinnerte und fauchend und mit einem Schwanz wie eine Flaschenbürste davonschoss.

»Hallo.« Polly blieb stehen. »Alles in Ordnung?«, fragte sie besorgt.

Als die Frau nickte, sah Harry die Tränen auf ihren Wangen, die im gelben Licht der Straßenlaterne schimmerten. »Danke, alles gut«, sagte sie.

Doch erst als er den Manchesteraner Akzent erkannte, begriff er, dass Ivy Winter vor ihm stand. So dick eingepackt, sah sie ganz anders aus.

»Was hat sie denn?« Er ließ den Motor an und warf Polly, die gerade ihren Sicherheitsgurt anlegte, einen Blick zu.

»Keine Ahnung. Vielleicht haben die zwei sich gestritten?«

»Krach im Paradies.« Harry rieb sich nachdenklich das Kinn. »Wahrscheinlich werde ich es erfahren, wenn ich zurückkomme.«

»Sie sah ganz traurig aus. Lass mich wissen, was da läuft.«

»Es war bestimmt bloß ein Streit.« Harry schaltete in den nächsten Gang, und sie verließen das Dorf und fuhren Richtung Hofladen. »Aber klar, ich halte dich auf dem Laufenden. Ich hoffe bloß, dass Ms Winter jetzt nicht denkt, das wäre der Fluch von Applemore, und auf ihrer Instagram-Seite eine schlechte Kritik postet und schreibt, es wäre ein ganz grässlicher Aufenthalt gewesen.«

»Nach allem, was ich höre, ist das unwahrscheinlich. Die Werbung, die Ivy Winter bisher mit ihren Geschichten und Postings über ihre fantastische Zeit hier gemacht hat, ist unbezahlbar. Demnach ist Applemore der helle Wahnsinn.«

»Applemore ist wirklich der Wahnsinn.«

»Oh ja, ich weiß.« Polly schob ihr Handy in die Handtasche und strich ihr Kleid glatt. Sie hatte das graue Wollkleid von gestern wieder angezogen, aber sein schlichtes graues T-Shirt mit dem Aufdruck hatte ihr auch gut gestanden.

Als sie neben dem Pförtnerhaus in den Hof einbogen, leuchteten die Bewegungsmelder auf.

»Also, wer rastet, der rostet, leider.« Polly beugte sich zu ihm und drückte ihm ein Küsschen auf die Wange. Er spürte ihre weichen Lippen auf seiner unrasierten Haut, und als sie sich wieder aufrichtete, streifte ihr Pferdeschwanz sein Gesicht.

»Zum Glück hab ich einen Hausschlüssel unter der Fußmatte. Danke für den schönen Abend. Er hat mich für das höllische Date gestern entschädigt.«

»Jederzeit wieder.« Harry beugte sich über sie und öffnete die Beifahrertür. »Bis bald.«

»Kommst du morgen zum Weihnachtsmarkt?«

»Ich will's versuchen.«

Polly stieg aus und sah ihn noch einen Moment lang an. »Das wäre toll. Also, ich muss an die Arbeit.«

Sie warf ihm eine Kusshand zu und verschwand. Während Harry ihr nachsah, wurde ihm klar, dass er sie jetzt schon vermisste. Doch er schob den Gedanken beiseite und fuhr zum Hotel zurück. Unterwegs fragte er sich, welches Drama dort wohl auf ihn wartete. Vielleicht war diese Influencerin, die er beherbergte, dieser Superstar der sozialen Medien, unerwartet früh abgereist?

Zwölftes Kapitel

»Mir scheint, diese Ivy Sowieso ist gerade mit Beths Jack auf einer Wanderung durch die Natur unterwegs«, sagte Dolina. Sie verschränkte die Arme über ihrem enormen Busen und lehnte sich an den Tresen im Hofladen.

Polly packte gerade eine Schachtel mit handgegossenen Kerzen in braunes Papier. Jetzt blickte sie auf. »Tatsächlich?«

Dolina stürzte sich auf ihre Beute. Nichts liebte sie mehr, als die Erste zu sein, die mit einer Neuigkeit auftrumpfen konnte, insbesondere, wenn es etwas Neues über die Familie Fraser zu berichten gab. Es war zwar viele Jahre her, dass die Familie einen großen Teil des Dorfes, der Farmen und des umliegenden Landes besessen hatte, aber in Dolinas Haltung spiegelte sich noch ein Rest der alten feudalen Struktur. Polly fand das etwas befremdlich.

»Ja, tatsächlich.« Dolina schürzte die Lippen und nickte wie eine Elster, dabei lehnte sie sich noch etwas bequemer gegen den Tresen. Ihren hellen Augen entging nichts, während sie weitersprach. »Ich bin gerade am Hotel vorbeigegangen, da kam sie mit ihrem Verlobten raus, beide hatten nagelneue Outdoor-Klamotten an, richtig teuer, und da kam Jack mit seinem großen Pick-up angefahren und nahm sie mit in sein Abenteuerzentrum. Dabei ist das doch gerade geschlossen, er tut das also nur den beiden zum Gefallen.«

Polly wusste, dass Jack das Zentrum über die Wintermonate geschlossen hatte, daher nickte sie nur höflich. Sie riss ein Stück

Tesafilm ab und klebte es sorgfältig auf das Packpapier, dann drehte sie das Päckchen um und strich es glatt. »Nett von ihm«, sagte sie unbeteiligt.

»Keine Ahnung, was die da mitten im Winter an Natur sehen will.« Dolina kam jetzt richtig in Fahrt. »Ist doch alles abgestorben.«

»Das stimmt nicht ganz.« Polly war als Kind und Jugendliche immer draußen unterwegs gewesen, und sie wusste sehr gut, wie viel es auch im Winter zu sehen gab. »Wahrscheinlich nimmt Jack sie mit an die Scrabie Bay, damit sie die Seehunde beobachten können, und oben auf dem Moor gibt es Adler, und –«

»Ach ja«, sagte Dolina, »stimmt, die Seehunde hatte ich vergessen. Ich dachte an Blumen und so was.«

»Beth könnte dir zeigen, dass es da draußen auch im Winter viele Pflanzen zu sehen gibt. Sie hat Grün für ihren Workshop gesammelt, fürs Kranzbinden.« Polly versuchte, das Gespräch in eine produktive Richtung zu lenken. »Ich glaube übrigens, beim Kranzbinden gibt es noch ein paar freie Plätze, vielleicht hast du Lust, das weiterzusagen?«

»Wer, ich?« Dolina wischte sich unsichtbare Krümel von ihrem grauen Regenmantel. »Und wem soll ich das weitersagen?« Sie lachte in sich hinein, als wäre dieser Gedanke vollkommen absurd.

Polly schüttelte leicht den Kopf und schob das Päckchen in eine Tüte, auf die in schwarzer Schrift *Hofladen Applemore* aufgestempelt war. Sie nahm sich vor, nachzusehen, ob genügend Tüten für den Weihnachtsmarkt vorhanden waren. Es gab noch so viel zu tun – und Lachlan hatte den Baum immer noch nicht gebracht.

»Sehen wir uns morgen auf dem Markt?«

Dolina nickte. »Ich hab gehört, dass es Glühwein geben soll und dass unser Metzger Gregor auch einen Stand hat und Brötchen mit warmem Schweinebraten verkauft.«

»Das stimmt.« Polly reichte ihr die Tüte. »Und es gibt noch viel mehr. Eine Menge Aussteller aus der ganzen Gegend sind dabei und verkaufen Weihnachtliches, eine Band wird spielen, es gibt kandierte Äpfel und – also, du musst kommen und dir das selbst ansehen. Ich hoffe bloß, dass es gut läuft. Etwas Neues auszuprobieren ist immer ein Risiko«, sagte Polly eher zu sich selbst als zu Dolina.

Dolina drückte ihr beruhigend den Arm. »Keine Sorge, ich bin sicher, dass du das großartig machst. Dann also bis morgen.«

Polly sah Dolina nach, als sie zur Ladentür ging. Im letzten Moment stoppte sie jedoch, denn sie hatte einen Blick durch den Bogengang ins Café geworfen und dort eine Bekannte entdeckt.

»Du rätst nicht, was ich gerade gesehen habe«, hörte Polly Dolina noch rufen, während sie im Café verschwand.

Draußen im Hof baute Matt, der die Bäckerei betrieb, zusammen mit Anna die Verkaufsstände auf. Anna hatte wieder die köstlichen Brownies gebacken, die im Hofladen weggingen wie warme Semmeln. Im Stillen hatte Polly den Verdacht, dass der Flirt zwischen Matt und Anna sich ganz bald zu mehr entwickeln würde – falls das nicht bereits geschehen war. Anna hatte zwar neulich in einem Gespräch behauptet, da sei weiter nichts, aber ihr schwärmerischer Gesichtsausdruck legte nahe, dass es nur noch eine Frage der Zeit war. Und als Polly jetzt auf die beiden zuging, spürte sie, dass noch etwas anderes in der Luft lag als nur die Vorfreude auf Weihnachten.

»Wie läuft es?«, fragte sie. Anna warf ihr kurz einen vielsagenden Blick zu und sagte dann lachend und mit rosigen Wangen: »Also, seit ein gewisser Jemand hier eingesehen hat, dass wir die Stände besser aufbauen können, wenn wir das nach der Anleitung machen, ist es deutlich einfacher.«

»Pscht«, sagte Matt und stieß sie spielerisch mit der Schulter an. Trotz der Kälte trug er bloß ein T-Shirt und darüber ein kariertes Flanellhemd. Die Ärmel hatte er hochgekrempelt, sodass seine kräftigen Arme zu sehen waren, mit denen er Tag für Tag auf althergebrachte Weise den Teig knetete.

»Na, freut mich, dass ich die Sache in eure fähigen Hände übergeben habe«, sagte Polly trocken. »Mein Bruder hatte mir ja einen weiteren Weihnachtsbaum versprochen, aber bisher ist nichts von ihm zu sehen, oder?«

»Rilla war vor einer halben Stunde kurz hier, auf dem Weg ins Dorf. Da hast du gerade Kundschaft bedient. Sie sagte, Lachlan sei mit der Motorsäge unterwegs und würde den Baum ganz bald vorbeibringen. Ich habe gesagt –« Anna warf Matt unter ihren dunklen Locken einen schüchternen Blick zu –, »wir würden den Baum schmücken, wenn du uns Lichterketten und so was gibst.«

»Das wäre echt mega.« Polly hatte das Gefühl, dass die Zeit ihr davonlief, und sie seufzte auf vor Erleichterung.

Bis Geschäftsschluss war im Hofladen der Bär los. Polly fiel auf, dass alle Kundinnen Gründe fanden, um draußen stehen zu bleiben und zuzusehen, wie Matt und Anna zusammenarbeiteten und den Baum schmückten. Ihr Atem stieg in die kalte Luft auf, und in dem Weihnachtsbaum, den Lachlan im Wald geschlagen hatte, funkelten schon winzige Lichtpünktchen.

Als es Abend wurde, stand im früheren Wirtschaftshof ein Kreis aus mit Lichterketten behängten Verkaufsbuden. In einer Ecke leuchtete der Weihnachtsbaum, und selbst der ausgediente Trecker, der im Hof stand, so lange Polly denken konnte, hatte einen roten Anstrich verpasst bekommen, und jemand hatte rotes Lametta um das Lenkrad gewickelt. Nachdem die anderen gegangen waren, blieb Polly noch eine Weile und sah sich alles an. Normalerweise war sie so beschäftigt, dass sie keine Zeit hatte, sich zu vergegenwärtigen, was sie alles zustande gebracht hatte, heute Abend jedoch hielt sie inne, betrachtete die weiß getünchten Gebäude, die im Licht schimmerten, und blickte durch das große Bogenfenster in den Hofladen und ins Café. Ihr Vater wäre beeindruckt gewesen, wenn er gewusst hätte, was die Geschwister alles auf die Beine gestellt hatten, um das Gut Applemore aus der finanziellen Notlage zu retten, in der es bei seinem Tod gewesen war. Polly blickte in den Himmel hinauf. Der Halbmond lugte hinter einer Wolke hervor, und die Sterne schienen hell. Sie nickte. Falls ihr Vater da oben irgendwo war, schaute er hoffentlich mit einem Lächeln herunter.

Am nächsten Morgen wurde sie noch vor dem Weckerklingeln von Motorengeräusch geweckt. Eine Viertelstunde später hatte sie geduscht und ging nach draußen. Vor lauter Aufregung hatte sie Schmetterlinge im Bauch. Es war das erste Mal, dass sie so etwas veranstaltete – würde der Weihnachtsmarkt ein Erfolg werden, oder würde das ganze Dorf über sie lachen, weil sie nach den Sternen gegriffen hatte?

In der Bäckerei brannte Licht, und sie sah, wie Matt seinen jungen Lehrling dirigierte, der gerade ein riesengroßes Blech zum Abkühlen auf ein Gestell bugsierte. Matt winkte ihr zu.

Trotz des kühlen Wintermorgens stand das Fenster der Bäckerei einen Spaltbreit offen, und der Duft nach frischgebackenem Brot ließ Polly das Wasser im Mund zusammenlaufen. Sie wusste, dass Matt seit den frühen Morgenstunden auf den Beinen war. Wenn es um sein Handwerk ging, war er Perfektionist, zumal heute sogar die Chance bestand, dass Ivy Winter mit ihrer Kamera auftauchte, ein paar coole Fotos schoss und damit auf ihrer so beliebten Instagram-Seite Reklame für Backwaren aus Applemore machte. Polly fragte sich immer noch, warum Ivy am Vortag in Tränen aufgelöst gewesen war. Jetzt drückte sie die Daumen und hoffte, dass der Ausflug mit Jack die Influencerin wieder aufgeheitert hatte. Ein wenig nagte das schlechte Gewissen an Polly, weil sie sich so sehr wünschte, dass Ivy den Weihnachtsmarkt besuchen und ein bisschen kostenlose Werbung machen würde. Letztlich aber überwog doch ihr Mitgefühl mit der jungen Frau. Selbst Menschen mit scheinbar perfektem Leben blieben offenbar von Kummer nicht verschont.

Polly betrat den Hofladen, und während sie das Licht anschaltete, dachte sie weiter über Ivy Winter nach. Sie hatte die junge Frau nach dem äußeren Anschein eingeschätzt, so wie viele Menschen, die über die Familie Fraser nichts weiter wussten, vermuteten, dass sie selbst und ihre Geschwister in Reichtum aufgewachsen waren, bloß weil Applemore House so groß und prächtig war. Es war einfach, nur aufgrund von Äußerlichkeiten Vermutungen über Menschen anzustellen, doch die Realität sah so aus, dass sie und ihre Geschwister in einem kalten, dem Verfall preisgegebenen Schloss aufgewachsen waren, mit einem alleinstehenden Vater, der verzweifelt versuchte, sie über die Runden zu bringen. Für Dinge wie Ferien im Ausland oder schöne

Kleidung war nie Geld da gewesen. Sie hatte die abgelegten Klamotten ihrer Schwestern getragen, häufig geflickt von ihrer Haushälterin Joan, die die Familie zusammengehalten hatte, nachdem ihre Mutter sie verlassen hatte. Damals war Polly noch ganz klein gewesen. Jetzt war Joan noch mit ihrer großen Liebe George unterwegs. Aber heute wollte sie zurückkommen – hoffentlich so rechtzeitig, dass sie es noch zum Weihnachtsmarkt schaffte.

»Das ist ja unverschämt früh!« Rilla stand in der Ladentür und riss sie aus ihren Gedanken. Sie hatte sich das Haar mit einem rot-weiß karierten Tuch aus dem Gesicht gebunden. Dazu trug sie einen wollenen Weihnachtspullover und dunkelblaue Jeans. Sie kam herein und stellte einen Karton auf den Ladentisch.

»Bevor ich die Flaschen auspacke, wollte ich dich erst fragen, welchen Stand wir haben. Lachlan ist noch bei Kitty oben im Haus. Kaum zu glauben, aber heute Nacht hat sie mal durchgeschlafen. Ich fühle mich, als wäre ich drei Wochen zur Kur gewesen.« Rilla strahlte über ihr ganzes sommersprossiges Gesicht. »Und gleich kommt Gillian und kümmert sich den ganzen Tag um Kitty, damit wir uns auf den Verkauf konzentrieren können.« Sie deutete auf den Karton. »Sobald Gillian da ist, bringt Lachlan das Bier her. Ich hab ihm gesagt, dass ich schon mal runtergehe und nach dem Rechten sehe, aber damit hab ich gemeint, dass ich abhaue, weil ich ungestört einen Kaffee trinken und dazu eins von Matts Schokocroissants essen will.«

»Klingt super. Tom und Gavin sind noch nicht da, aber ich mache dir einen Pulverkaffee.« Polly ging in ihr kleines Büro hinten im Laden. »Ich setze Wasser auf, und du ziehst los und schwatzt Matt ein bisschen Gebäck ab. Und frag ihn, ob sie da drüben auch Kaffee wollen.«

Ja, theoretisch war Kaffee eine gute Idee gewesen, dachte Polly zwei Stunden später, als sie in ihrem Büro nach einer Rolle Klebeband suchte, um die Lichterketten zu befestigen, die an den hölzernen Buden einfach nicht halten wollten. Sie warf einen Blick auf ihren Kaffeebecher, der halb ausgetrunken und inzwischen unappetitlich kalt auf dem Schreibtisch stand. Das angebissene Schokocroissant gleich daneben lag da, seit Gregor, der Metzger, seinen Anhänger rückwärts neben den Laden rangiert hatte. Er war schon in aller Frühe gekommen, um den Grill für das Spanferkel aufzubauen, und gleich darauf war Ben erschienen, der Holzschnitzer, der in der Galerie ausstellte, und hatte sie um irgendetwas gebeten. Jetzt war es kurz vor neun, und die Stände waren fast vollständig mit den regionalen Produkten bestückt. Alles sah sehr verlockend aus. Weil es am frühen Morgen so kalt gewesen war, hatte Polly sogar ihre fingerlosen Handschuhe angezogen, aber mittlerweile hatte sie eine Schicht Kleidung nach der anderen abgelegt und trug nur noch ein T-Shirt. Sie stand in der Ladentür. Am Himmel zeigte sich ein blassvioletter Streifen, und es sah aus, als könnte es im Laufe des Tages noch schneien. Während sie den Markt überblickte, spürte sie die Vorfreude, die in der Luft lag. Alles war bereit, jetzt fehlten nur noch die Besucher. Polly hörte Schritte hinter sich und drehte sich um. Gavin legte ihr einen Arm um die Schultern und drückte sie an sich.

»Was ist mit dir, *cariad*?« Er sah sie freundlich an.

Sie lächelte über das walisische Kosewort. Gavin gab ihr immer das Gefühl, dass alles in Ordnung war.

»Und wenn jetzt niemand kommt?« Polly biss sich auf die Lippe. »Und wir haben die Marktbeschicker hier, und es wird der totale Reinfall?«

»Und die Wahrscheinlichkeit, dass das passiert, ist wie groß?« Gavin legte den Kopf schräg.

»Fifty-fifty?«

»Für eine so kluge Frau kannst du manchmal ganz schön bescheuert sein, Polly. In Applemore ist weiter nichts los, es ist ein wunderschöner Wintertag, und alle müssen ihre Weihnachtseinkäufe machen. Ich verspreche dir, bevor du dich's versiehst, schnappst du dir einen Knüppel und versuchst, die Massen vom Hof zu scheuchen.«

Polly hatte vor Nervosität wieder Schmetterlinge im Bauch. »Hoffentlich hast du recht.«

»Vertraue mir, Schätzchen, ich bin Realist.«

Er drückte ihr noch einmal die Schultern und ging dann über den Hof in die Bäckerei. Gleich darauf kam er mit einem Tablett mit frischem Gebäck wieder. Der Duft nach Zimt und Vanille erfüllte das Café.

»Geh noch ein letztes Mal über den Markt und sieh dir alles an«, sagte er warnend, »in einer halben Stunde hast du nämlich so viel zu tun, dass du nicht mehr zum Atemholen kommst, da wette ich mit dir, und heute Abend sieht es hier dann aus, als wäre ein Heuschreckenschwarm eingefallen.«

Polly zweifelte zwar immer noch, beschloss aber, seinem Rat zu folgen. Sie nahm ihr Handy und machte Fotos für ihre Social-Media-Accounts. Da waren die Schwestern Susie und Jo mit ihren handgegossenen Duftkerzen, die Polly sonst im Laden verkaufte. Vor dem Stand roch es nach den ätherischen Ölen, die

die Schwestern verwendeten, es war ein unwiderstehlicher Weihnachtsduft aus Wintergrün und Eukalyptus. Außerdem konnte man bei ihnen Glasfläschchen mit Badeölen erwerben, in denen Rosmarinzweiglein schwebten, und kleine Gläser mit Cremes für Hände und Haut. Das alles stellten sie in einer umgebauten alten Scheune auf der Farm ihrer Familie her.

Rilla und Lachlan scherzten mit Beth, die gerade einen Arm voll Grün in den Werkraum neben der Galerie trug. Sie plante eine Ausstellung ihres Kranzbindekurses und wollte außerdem kleine Flechtkörbe mit knospigen Hyazinthen verkaufen, die zu Weihnachten blühen würden.

Während Beth weiterging, legte Rilla handbeschriftete Kärtchen neben die Musterflaschen ihres Gins. Sie brannten den Gin hier auf dem Gut in einer alten kupfernen Brennblase, die vor langer Zeit – wenn auch nicht ganz legal – schon einer ihrer Vorfahren benutzt hatte.

»Mit Kräutern und Botanicals, die hier auf Gut Applemore wachsen«, las Polly vor. Auf der anderen Seite des Tisches standen dicht an dicht die Flaschen mit Craftbier, das Lachlan seit kurzem wieder hier braute. Die Etiketten waren mit einer bewusst schlicht gehaltenen Aufschrift bedruckt. Polly lachte. »Ich hoffe, die explodieren nicht, so wie bei deinem ersten Versuch«, sagte sie.

»Das hoffe ich auch«, sagte ihr Bruder grinsend.

»Könnten sie denn jetzt noch zerplatzen? Müssen wir Susie und Jo vor fliegenden Bierflaschen warnen?«

Lachlan rieb sich das Stoppelkinn. »Nein, keine Gefahr. Diese Charge ist prima. Aber es ist doch nicht zu fassen, dass du an meiner Braukunst zweifelst.«

»Nicht zu fassen, dass du mich ausnahmsweise mal ernst nimmst.« Polly schmunzelte.

»Ach, du bist so eine Klugschnackerin.« Lachlan schüttelte den Kopf.

Polly kicherte und trat zurück, um weiter zu fotografieren. Als sie einen Schnappschuss von Matts Bäckerstand machen wollte, hörte sie Reifen auf dem Kies knirschen. Aufgeregt fuhr sie herum.

»Es geht los!« Rilla strich ihren Weihnachtspullover glatt und legte noch einmal die Kärtchen zurecht.

»Ich glaube, noch gerader kannst du sie nicht hinlegen.« Lachlan grinste. Er schloss seine Hand über ihrer und drückte sie sanft, und Rilla lächelte ihn an.

Polly wandte sich ab. Wieder einmal fühlte sie sich überflüssig, und sie wünschte sich, dass Harry auch da wäre. Aber er hatte am letzten Tag der Saison sicher viel im Hotel zu tun. Vermutlich guckte er dauernd auf die Uhr und freute sich auf morgen, wenn die letzten Gäste auscheckten und er die Türen abschließen und mit dem Renovieren loslegen konnte. Da war ihr kleiner Weihnachtsmarkt doch sicher das Letzte, was er im Sinn hatte.

Dreizehntes Kapitel

Durchs Fenster seines Restaurants beobachtete Harry, wie ein Fischerboot die Bucht verließ. Das Meer war spiegelglatt, und am Himmel zeigte sich ein merkwürdiges Blauviolett, so als könnte es bald schneien. Es war der perfekte Tag für Pollys Weihnachtsmarkt. Unwillkürlich drückte er ihr die Daumen, als er die Straße entlangsah, die zum Gut Applemore und zum Hofladen führte. Bestimmt hatte sie da oben schon stundenlang geschuftet. Hinter sich hörte er Katie und Phoebe plaudern, während sie die Schränke aufräumten. Sie zählten die Gläser und notierten die jeweilige Anzahl, weil sie vor der Renovierung Inventur machten. Jetzt waren nur noch drei Gäste im Hotel – Ivy Winter und Ben und ein stiller älterer Herr, der nach dem Frühstück mit einem Fernglas um den Hals verschwunden war. Er hatte erklärt, er wolle hinaus aufs Moor, weil er hoffte, dort seltene Vögel beobachten zu können. Morgen um diese Zeit würde Harry das ganze Haus für sich haben, allerdings würde es dann alles andere als ruhig sein, denn Kenny und seine Leute sollten gleich mit der Arbeit loslegen.

Zum Hämmern und Sägen der Handwerker würden in voller Lautstärke Radio Scotland und Fußballsendungen aus den Lautsprechern plärren. Doch im Moment sehnte er sich nicht nach Ruhe und Stille, nein, er wollte die Veränderungen vorantreiben, ohne auf Gäste Rücksicht nehmen zu müssen. Da er im Hotelbetrieb aufgewachsen war, war er gewohnt, dass die Bedürfnisse der Gäste immer Priorität hatten, und seit er denken konnte, war es das erste Mal, dass das Hotel Applemore schließen würde. Harry seufzte zufrieden. Sich einmal nicht um die unzähligen Wünsche der Gäste kümmern zu müssen würde eine große Entlastung sein.

»Wenn wir freitags- und samstagsabends öffnen wollen, damit die Leute sich Getränke holen können, müssen wir dann Gläser bereithalten?«, rief Phoebe.

»Nein, ihr könnt sie alle einpacken. Ich habe ja die Krüge für das Bier besorgt, und die gibt es ausschließlich zum Mitnehmen.«

Katie und Phoebe wechselten einen Blick. »Ich glaube, wenn du Murdo und Jock die Möglichkeit gibst, ihren Frauen für ein halbes Stündchen zu entkommen, dann lassen sie sich an den Picknicktischen draußen auf der Wiese nieder und gründen im Handumdrehen einen inoffiziellen Freiluftpub.«

Harry schüttelte den Kopf. »So hab ich das nicht gemeint, und die beiden wissen das. Ich biete den Verkauf nur an, weil die Leute hier so an ihren alten Gewohnheiten hängen. Sie können ihr Bier mit nach Hause nehmen und dazu *Coronation Street* oder *EastEnders* oder sonst was gucken.«

»Na gut«, sagte Phoebe mit einem Achselzucken. Die beiden Frauen waren so froh darüber, dass sie bis Weihnachten ihren vollen Lohn erhielten, dass Harry vermutete, er hätte alles sagen können, und sie hätten fröhlich zugestimmt. Er hatte das mit Rob besprochen, und beide waren sich einig gewesen, dass das Personal sich diese Zwangsferien ausgerechnet zur Weihnachtszeit nicht ausgesucht hatte. Deswegen hatten sie beschlossen, dass die gesamte Belegschaft nicht nur normal weiterbezahlt werden, sondern auch einen Weihnachtsbonus erhalten sollte, als Ersatz für die Trinkgelder, die sonst im Restaurant und an der Bar hereinkamen und normalerweise unter allen Mitarbeitenden verteilt wurden.

Die Tür öffnete sich, und alle drei drehten sich um.

»Na, wie geht's unserem Patienten?«, fragte Katie, als Conor mit dem Arm in der Schlinge hereinkam.

»Wird schon besser«, sagte er und bewegte die Finger, die aus dem Verband herausschauten. »Bis Weihnachten ist alles wieder gut.«

»Das Restaurant öffnet erst Ende Januar wieder, bis dahin hast du Zeit«, sagte Harry mit Nachdruck. »Und ich möchte nicht, dass du dich in dieser Zeit noch mal verletzt.«

»Also kein Wildwasserfahren in den Ferien?« Conor grinste herausfordernd.

»Nicht wenn du bei unserer Wiedereröffnung für eine Überraschung sorgen willst. Wenn das so weitergeht mit den neuen Followern, die Miss Winter uns besorgt, dann werden wir schon eine Weile im Voraus ausgebucht sein.« Harry musste zugeben, dass Ivy Winters Aufenthalt in Applemore erstaunliche Wirkung zeigte. Jedes Mal, wenn sie ein Foto postete, bekam das Hotel wieder neue Follower, und die Buchungsanfragen trafen überraschend schnell ein. Widerstrebend hatte er einräumen müssen, dass Phoebes Art, sich für ihr Idol ein Bein auszureißen, anscheinend Wunder gewirkt hatte. Er fragte sich, wie der nüchterne Jack mit seinem rauen Glasgower Humor und seiner pragmatischen Einstellung gestern den Ausflug in die Natur bewältigt hatte. Jack gehörte eigentlich nicht zu denen, die sich für jemanden wie Ivy Zeit nahmen.

»Wo wir gerade davon reden«, sagte Conor, während er seinen Arm in der Schlinge zurechtschob, »hat sie ausgecheckt, oder ist sie noch hier? Ich hab auf Instagram ihre Fotos von den Seehunden gesehen. Ihr müsst zugeben, dass sie ganz ordentliche Fotos macht.«

Harry nickte kurz. »Ja, und sie und Ben sind anscheinend gerade auf dem Weg zu Pollys Weihnachtsmarkt. Hoffentlich zaubert sie wieder und beschert den Budenbetreibern eine Menge neuer Kunden.«

»Cool«, sagte Conor. »Ich will auch gleich hin, wenn mich jemand mitnimmt. Mit einer Hand kann ich ja nicht Auto fahren. Ich meine, ich könnte schon, aber ...«

Harry hob die Hand. »Kommt gar nicht infrage. Du kannst bei mir mitfahren. Ich hab sowieso einen Grund gesucht, um mich da oben umzusehen.«

»Super.« Conor strahlte. »Sag Bescheid, wenn du so weit bist. Bis dahin beaufsichtige ich Phoebe und Katie beim Aufräumen.«

Zehn Minuten später brachen sie auf. Conor hatte etwas Mühe beim Einsteigen und brummte kurz, als er sich das Handgelenk am Türrahmen stieß.

»Bist du sicher, dass es bloß verstaucht ist?« Harry warf ihm einen Blick zu.

»Nein – das weißt du noch gar nicht? Ich war zum Röntgen, und anscheinend ist es angebrochen. Ohne Gips heilt es besser, haben sie gesagt, aber ich muss sehr vorsichtig sein. Der Arzt fand es allerdings merkwürdig, dass ich ohnmächtig wurde, aber ich hab ihm erklärt, dass ein voller Arbeitstag nach bloß vier Stunden Schlaf und ohne Essen schon mal zu so einem Sturz führen kann.«

»Aber jetzt ist Schluss mit dem Arbeiten bis zum Umfallen«,

warnte Harry. »Ich habe große Pläne für dich. Wenn wir Ende Januar mit den Renovierungen fertig sind, will ich ganz groß wieder eröffnen, mit Presse und allem Drum und Dran – vielleicht lade ich sogar Miss Winter dazu ein.«

»Klingt gut. Dann kannst du sie auch einladen, wenn wir den Caravan umgebaut und eingerichtet haben und zur Sommersaison dann den Seafood-Imbiss einweihen.« Conor schien den Gedanken spannend zu finden.

»Ja, und wenn wir unsere anderen Pläne weiterverfolgen, können wir …« Harry unterbrach sich mitten im Satz. Von Robs Plänen, das Gut Lochinver zu kaufen und im Gutshaus ein Luxusrestaurant mit Zimmern einzurichten, hatte er Conor bisher nichts erzählt.

»Was können wir dann? Und welche großen Pläne hast du für mich?« Conor sah Harry an. Sie bogen von der Landstraße auf den Fahrweg ab, der zum Hofladen führte.

Harry überlegte, wie viel er verraten sollte, denn er wollte Conor keine Hoffnungen machen, solange alles noch Luftschlösser waren. Er blickte zu dem großen Schild hoch, auf dem APPLEMORE NATURCAMPING UND HOFLADEN stand. Es war mit silbernen Sternen und Lichterketten geschmückt, die sanft im Wind schaukelten.

»Du wirst es rechtzeitig erfahren«, meinte er schließlich. »Ich sag mal, wenn das etwas wird, wirst du dich nicht langweilen.«

Conor hob die Augenbrauen und nickte. »Da bin ich gespannt.«

»Ja – und erzähl es nicht weiter.«

Conor lachte. »Was sollte ich denn weitererzählen? Ich meine, du hast mir ja nicht viel verraten.«

»Du weißt doch, wie die Gerüchteküche hier funktioniert. Deinetwegen mache ich mir keine Sorgen, aber denk mal an Leute wie Dolina. Wenn sie Wind davon bekommt, dass wir irgendwelche Pläne machen, verbreitet sich das wie ein Lauffeuer.«

»Ich weiß schon, Reden ist Silber, Schweigen ist Gold.« Conor hob den Zeigefinger seiner gesunden Hand und fuhr sich damit über die Lippen. »Ich sage kein Wort.«

Harry grinste. »Richtig so.«

Sie bogen um eine letzte Kurve, und Harry bremste.

»Guck dir das an!«, rief er erstaunt.

»Ja, und Polly hatte Sorge, dass es ein Reinfall werden könnte …« Conor stieß einen leisen Pfiff aus. Die Grasstreifen rechts und links vom Fahrweg waren komplett zugeparkt. Harry setzte zurück und stellte seinen Wagen schließlich hinter einem Pick-up mit dem Logo von Jacks Abenteuerzentrum ab. Er deutete auf die beiden Kindersitze hinten im Pick-up und die klebrigen kleinen Fingerabdrücke auf den Wagenscheiben.

»Sieht aus, als hätte Jack Stiefvaterverpflichtungen. Ich glaube, Beth führt irgendetwas Floristisches vor.«

Als sie auf dem Fahrweg zum Hofladen schlenderten, wehte ihnen der Duft nach Spanferkel entgegen. Ein Landrover fuhr langsam an ihnen vorbei, es war Lachlan. Er hupte zur Begrüßung, streckte einen Arm aus dem Fenster und winkte, dann gab er wieder Gas und brummte am Weihnachtsmarkt vorbei zum Applemore House hinauf.

»Das muss man Polly lassen, sie hat hier einen verdammt guten Job gemacht.« Sie waren am Eingang zum Weihnachtsmarkt stehen geblieben, und Conor staunte über die vielen Besucher, die sich im Hof drängten und die festliche Atmosphäre genossen.

Harrys Herz machte einen Satz, als er Polly entdeckte. Sie hatte die langen blonden Haare zum Pferdeschwanz gebunden, und an ihren Ohren baumelten kleine bunte Christbaumkugeln. Dazu trug sie einen knallroten Weihnachtspullover und Jeans. Harry beobachtete, wie sie sich mit breitem Lächeln zu Beths Zwillingen hinunterbeugte, ganz darauf konzentriert, was die beiden Kleinen gerade sagten. Als er merkte, dass Conor ihn mit wissender Miene von der Seite ansah, zwang er sich, den Blick abzuwenden.

»Also gut«, sagte er schnell. »Keine Ahnung, was du vorhast, aber ich könnte jetzt ein Brötchen mit heißem Spanferkel und Apfelmus gebrauchen.«

»Gute Idee.« Conor passte sich seinem Schritt an.

Die Warteschlange war lang, sie wand sich bis um die Ecke des Hofladens. Gregors Spanferkel waren in Applemore berühmt, und die Warterei machte niemandem etwas aus, weil alle wussten, wie knusprig die Kruste sein würde und wie köstlich und zart das Fleisch. Während Harry wartend neben Conor stand, knurrte ihm schon der Magen. Conor scrollte auf seinem Handy herum und tippte mehrere Nachrichten. Harry hoffte nur, dass er nicht gerade überall herumposaunte, er und Rob hätten heimliche Pläne für die Erweiterung des Betriebs. Doch dann verscheuchte er diese Befürchtung mit einem Kopfschütteln. Nein, Conor war absolut zuverlässig, das war ja einer der Gründe, warum sie ihn auch für die Zukunft als große Stütze betrachteten. Rob kümmerte sich gerade um die finanziellen Einzelheiten, er arbeitete mit einem befreundeten Makler in

Edinburgh zusammen, um ein Angebot für das Gut Lochinver zu machen. Sich vorzustellen, dass Rob so unfassbar viel Geld hatte, war schwierig, wenn man erlebte, wie entspannt und normal er war. Er und Charlotte passten perfekt zusammen. Harry dachte daran, wie glücklich sie vorgestern Abend ausgesehen hatten. Ganz aufeinander bezogen waren sie schließlich in der Nacht verschwunden und hatten ihn mit Polly, die gerade ihr katastrophales Date hinter sich hatte, allein gelassen. Harry verzog das Gesicht, als er daran dachte, wie er sich gefühlt hatte, als er von diesem Date erfuhr. Vielleicht musste er doch den Stier bei den Hörnern packen und Polly endlich sagen, was er für sie empfand – und damit vielleicht ihre Freundschaft aufs Spiel setzen. Und die Freundschaft mit Lachlan. Die Schlange rückte ein paar Schritte vor, denn eine größere Familie hatte gerade ihre Fleischbrötchen erhalten und zog nun lachend und schwatzend von dannen.

Die Aussicht, Polly mit einem anderen Mann zu sehen, war ... Harry blickte zu Boden und spürte, dass er die Fäuste geballt hatte. Kläre das, Robertson, sagte er sich im Stillen, du bereitest dich gerade auf einen Faustkampf mit einem nicht vorhandenen Sparringspartner vor. Reiß dich am Riemen, und zwar schnell.

»Alles klar?«

Eine tiefe Stimme mit Glasgower Akzent unterbrach Harry in seinen Grübeleien. Erfreut über die Ablenkung drehte er sich um. Vor ihm stand Jack, hochgewachsen, mit kurz geschorenem dunklem Haar, in seiner gewohnten Outdoor-Kleidung und mit Wanderstiefeln. An jeder Hand hatte er eins von Beths Kindern, und beide umklammerten mit ihrer jeweils anderen Hand einen kandierten Apfel.

»Rate mal, Harry«, sagte Edward und grinste mit seiner Zahnlücke zu ihm hoch, »was mir gestern Abend passiert ist.«

»Das ist nicht fair!« Lucy stampfte mit ihrem kleinen Fuß auf. »Meine Zähne wackeln kein bisschen, und jetzt ist die Zahnfee zu Edward gekommen, und ich hab sie nicht mal gesehen, weil ich geschlafen hab.«

»Ist das so?« Harry lachte.

»Aber ich glaube, sie kommt heute Abend vielleicht wieder«, sagte Lucy.

Bei dieser Vorstellung machte Edward große Augen. »Kann sein. Vielleicht könnte ich ihr einen Zettel schreiben, dass ich immer an meinem anderen Zahn wackle, damit er auch bald ausfällt.«

»Diese *Sie* könnte auch ein *Er* sein, das wisst ihr doch gar nicht.« Jack begegnete Harrys belustigtem Blick. »Es war ein langer Vormittag«, fügte er leise hinzu.

»Beth ist mit Blumendingen beschäftigt?« Harry sah über den Hof zu dem umgebauten Wirtschaftsgebäude, in dem sich jetzt die Galerie und das Atelier befanden, wo Beth ihre Kurse anbot.

»Genau«, sagte Jack betont, aber leise, damit die Zwillinge es nicht hörten. »Wir sind heute Morgen um halb sechs mit ihr aufgestanden. Zum Glück hatte die Zahnfee ihren – oder seinen – Besuch schon erledigt. Dann haben wir Frühstück gemacht, Beth in der Gärtnerei abgesetzt, damit sie alles vorbereiten konnte, und sind wieder nach Hause, da haben wir schätzungsweise vierundfünfzig Stunden Kinderkanal geguckt, Danksagungskarten für die geheimnisvolle Zahnfee gemalt, zum zweiten Frühstück Schoko-Bananen-Pfannkuchen gemacht und es dann irgendwie bis elf Uhr hergeschafft. Ich fühle mich, als hätte ich fünf Nächte nicht geschlafen, dabei ist noch nicht mal Mittag. Als Survival-Experte kann ich sagen, dass es leichter ist, eine Nacht im Freien zu kampieren und Regenwasser zu trinken, als so was hier als Job zu machen. Was auch immer sie den Lehrern und Lehrerinnen bezahlen, es ist bei weitem nicht genug.«

Harry und Conor prusteten los.

»Ich höre, dass du Pech gehabt hast?«, wandte Jack sich an Conor. »Hast du bei der Arbeit getrunken?«

»Na ja, so ähnlich.«

Die Schlange bewegte sich wieder vorwärts. Harry machte eine Kopfbewegung zu den Picknicktischen am Rand der Wiese hinüber. Einer war gerade frei geworden, weil eine vierköpfige Familie ihr Essen beendet hatte und nun mit den Armen voller Weihnachtseinkäufe zum Auto zurückging. Er hatte bemerkt, dass Conor sich die Schulter rieb. Offenbar schmerzte sie, auch wenn er behauptete, da wäre nichts.

»Geh schon mal und reserviere uns Plätze, ich bringe das Essen mit.«

Conor zog los, gefolgt von den Zwillingen, die gleich vergnügt auf die Bänke kletterten. Von den kandierten Äpfeln wurden vier Händchen und zwei kleine Gesichter immer klebriger.

»Und wie war euer Ausflug gestern?«

Jack schob die Hände in seine Gesäßtaschen und bog den Rücken durch. »Gut, doch, ich war ganz überrascht. Nach allem, was Beth erzählt hatte, hatte ich gedacht, ich müsste mich auf so ein prinzessinnenhaftes Glamourgirl einstellen, aber mit Ivy und Ben kann man richtig Spaß haben.«

»Tatsächlich?« Harry zog überrascht die Augenbrauen hoch.

»Ja. Als wir übers Moor gewandert sind, weil wir die Rehe sehen wollten, wurde sie von oben bis unten dreckig, und sie weiß eine ganze Menge über die Tiere und Pflanzen hier. Außerdem hat sie ein paar richtig gute Fotos gemacht.«

»Offenbar kann der Schein trügen.«

»Genau. Wir wissen ja alle, dass man in Applemore manchmal ein bisschen zu schnell über andere urteilt«, meinte Jack vielsagend.

»Hm.« Harry hatte aus nächster Nähe mitbekommen, wie kritisch die Dorfbewohner Jack beurteilt hatten, als er neu nach Applemore gekommen war, um das Abenteuerzentrum aufzubauen.

»Jedenfalls hat sie auf ihren Social-Media-Kanälen einen Link zum Zentrum gepostet, und ich hab jetzt schon eine Menge Anfragen bekommen, ich bin also ganz auf ihrer Seite. Mit diesen Dingen kennt sie sich wirklich aus.«

»Klingt, als hätte Ivy Winter ein neues Mitglied in ihrem Fanclub.« Harry grinste.

»Spotte du nur«, sagte Jack, als sie endlich vorne bei Gregor ankamen und ihre Bestellungen aufgeben konnten. »Aber ich sage dir, das Mädel hat wirklich was in der Birne.«

Vierzehntes Kapitel

»Ich hätte nie gedacht, dass ich das heute sagen würde, aber uns gehen allmählich die Vorräte aus«, sagte Rilla, als Polly an ihren Stand trat. Rillas Haarband war verrutscht, und ihre dunklen Locken ringelten sich um ihr Gesicht. Lachlan holte gerade die letzten Flaschen Applemore Gin aus den Kartons, die er am Morgen unter den Tisch gestellt hatte.

»Wollt ihr kurz ins Haus hochfahren und Nachschub holen?« Polly blickte sich um. Im Hof drängten sich die Besucher, und an allen Picknicktischen saßen Menschen, die Gregors Fleischbrötchen aßen und dazu heißen Apfelmost oder Glühwein tranken. Alle unterhielten sich fröhlich, und die Luft war von köstlichen Gerüchen erfüllt. Polly gestattete sich einen ganz kurzen Seufzer der Erleichterung. Es sah tatsächlich so aus, als hätte sie es geschafft. Der Weihnachtsmarkt war ein voller Erfolg.

»Oder du bleibst am Stand, und ich flitze schnell hoch?« Lachlan streckte sich und strich sich das Haar aus dem Gesicht.

In diesem Moment trat ein hochgewachsener, grauhaariger Mann mit einem struppigen Bart neben Polly und begann, Lachlan mit nasalem Edinburgher Akzent auszufragen. Er nahm eine Bierflasche in die Hand, begutachtete das Etikett und drehte sie, bevor er sie wieder auf den Tisch stellte.

»Wie hoch war der Stammwürzegehalt?«

Polly sah Rilla an, die aber nur mit den Schultern zuckte. Offenbar hatte auch sie keine Ahnung, worum es ging. Doch wenn Polly vor der Wahl stand, sich um einen Bierfreak zu kümmern oder aber den Markt zehn Minuten sich selbst zu überlassen, wusste sie sofort, welche Möglichkeit sie vorzog.

»Falls mich jemand sucht, ich hab mein Handy dabei«, sagte sie zu Rilla, nachdem diese ihr erklärt hatte, was gebraucht wurde und wo es zu finden war.

Als sie den Zündschlüssel in Lachlans Landrover umdrehte, stand plötzlich Harry neben dem Wagen. Er legte eine Hand aufs Dach, und in seinen Augenwinkeln bildeten sich Lachfältchen, als er sie ansah.

»Hallo, Polly. Bist du auf der Flucht?«

»Lachlan braucht mehr Bier – kaum zu glauben, aber sie haben schon fast alles verkauft.«

»Willst du damit sagen, dass das Bier deines Bruders ungenießbar ist oder dass dein Weihnachtsmarkt super läuft?«

»Letzteres.« Polly lachte. »Musst du nicht arbeiten? Du wolltest doch ein Hotel renovieren?«

»Phoebe und Katie räumen gerade die Bar auf, und bald ist es so weit. Übrigens ist dein Social-Media-Superstar anscheinend auf dem Weg hierher.«

Polly schluckte. »Im Ernst?« Nachdem sie gestern Morgen der in Tränen aufgelösten Ivy begegnet war, hatte sie die junge Frau nicht mehr gesehen, und weil die beiden morgen nach Manchester zurückfahren wollten, ging es jetzt um alles oder nichts. »Hoffentlich zaubert sie hier auch ein bisschen. Etwas kostenlose Werbung können wir gut gebrauchen.«

»Dann komme ich jetzt lieber mit und helfe dir mit dem Bier, was? Allein brauchst du zum Einladen doppelt so lange, und wenn du dann zurückkommst, ist Ivy womöglich schon wieder weg.«

»Das glaube ich nicht«, protestierte Polly, war aber dann still, weil Harry schon um den Wagen herumgegangen war und neben ihr auf den Beifahrersitz kletterte. Er schlug die Tür zu und blickte sie erwartungsvoll an.

»Und los geht's.« Harry grinste. »Packen wir's an, wie dein alter Vater immer gesagt hat.«

Auf halbem Weg zum Gutshaus hinauf mussten sie anhalten und abwarten, bis ein Grüppchen Schafe über den Fahrweg in den schützenden Wald gewandert war.

»Dürfen die denn hier herumlaufen?« Harry sah den Tieren nach.

Polly nickte. »Lachlan und Rilla haben Jimmy vor ein paar Wochen gebeten, sie herzubringen. Sie können nicht abhauen, denn vorne am Weg ist das Viehgitter, und das Waldstück ist eingezäunt.«

»Billiger als ein Rasenmäher?«

»So ähnlich.« Sie bogen um eine Kurve, und vor ihnen tauchte Applemore House auf. Die hohen, spitzen Türmchen hoben sich blass vom violetten Himmel ab. Polly fuhr den Landrover rückwärts an die Steintreppe zur Hintertür heran, damit sie die schweren Bierkisten nicht so weit tragen mussten.

»Ist es nicht toll, was Lachlan und Rilla aus dem alten Kasten gemacht haben?« Harry stieg aus und blickte am Haus hinauf.

Polly stellte sich neben ihn. »Sieht jetzt deutlich besser aus, oder?«

»Ich muss gerade daran denken, wie anders das Hotel erst aussehen wird, wenn wir fertig sind. Die Substanz ist gut, aber es braucht einfach eine Auffrischungskur.«

»Ich weiß, mir geht's genauso.« Polly gähnte. »Aber ich brauche ein bisschen mehr als einen neuen Anstrich und ein bisschen Isolierung gegen Feuchtigkeit. Ein paar Wochen auf den Malediven wären gut.«

»Dann musst du deinen Beruf wechseln und es so wie Ivy Winter machen. Ich hab auf ihrem Instagram-Account gesehen, dass sie dieses Jahr ungefähr sieben Mal in Urlaub war.« Harry trat zurück, während Polly die Hintertür aufschloss. In dem engen, dunklen Flur spürte sie Harrys Nähe und die Wärme, die sein Körper in der kalten Winterluft ausstrahlte.

»Rilla hat gesagt, das Bier steht in der alten Kühlkammer.« Sie hörte seine Schritte hinter sich auf den Steinplatten, als sie auf die große Holztür zugingen. Die Tür knarrte, als Polly sie aufschob. Damals, zur Zeit ihrer Großeltern, hatte der Raum als Speisekammer gedient, in der die Köchin Fleisch und Milchprodukte aufbewahrte, aber jetzt standen Lachlans Craftbier und der Gin hier, den er mit Rilla zusammen brannte.

Harry warf einen Blick in einen der Kartons.

»Okay, das ist Gin. Wenn du den nimmst –« Er hob den Karton hoch und reichte ihn Polly. »Ich schnappe mir einen Bierkasten.«

Die Flaschen klirrten leise, als die beiden sie zum Wagen trugen. Polly schob Hundeleinen und ein Paar alte Wanderstiefel zur Seite und beförderte den Gin hinten in den Wagen.

Sie arbeiteten schnell. »Meinst du, das reicht?«, fragte Harry.

»Ist wahrscheinlich mehr als genug«, sagte Polly mit einem Blick auf die sorgfältig gestapelten Kartons und Bierkästen. »Aber der ganze Nachmittag liegt noch vor uns.«

»Du hast das toll gemacht.« Harry sah sie nachdenklich an. »Deine ganzen Befürchtungen, dass es ein Schlag ins Wasser werden könnte – ich hab gewusst, dass du mit dem Markt einen Riesenerfolg haben würdest.«

Polly merkte, wie ihre Wangen vor Verlegenheit und Freude heiß wurden. »Danke.«

»Doch, wirklich«, sagte Harry, während sie wieder einstiegen. »Du bist großartig. Du hast das alles allein gewuppt.«

»Ihr kommt gerade rechtzeitig«, sagte Rilla, als Polly und Harry aus dem Wagen stiegen. »Dieser Mann, der Lachlan Löcher in den Bauch gefragt hat, hat eben unser letztes Bier gekauft.«

»Polly!«, rief Beth über den Hof, »kannst du gerade mal mit anfassen?«

»Eine sehr gefragte Frau«, scherzte Harry. »Ich helfe Rilla hier. Bis gleich.«

Polly lief zu Beth hinüber, etwas zögerlich, weil sie sich nur ungern von Harry trennte. Eben sprach ihn eine zierliche blonde Frau in einem dicken Islandpullover an, und auf einmal wurde sie eifersüchtig. Manchmal war ihr, als wären ihre Vorhaben im Leben alle von Erfolg gekrönt gewesen – bloß bei dem, was wirklich zählte, war sie gescheitert.

»Sorry.« Beth strich über ihre graue Schürze und schob sich das Haar hinter die Ohren. »Könntest du hier mit anfassen? Ich hätte Jack gebeten, aber er bringt gerade die Zwillinge nach Hause – die haben sich wegen dieser Zahngeschichte fast gegenseitig umgebracht.«

Beth deutete auf einige Jutesäcke. »Jack hat die Säcke mit dem Grünzeug für die Kränze hier abgeladen, aber bevor wir sie ins Atelier bringen konnten, sind Edward und Lucy ausgerastet.«

Die beiden Schwestern hoben die Säcke hoch. Polly fand sie erstaunlich leicht. Jemand hatte andere Musik aufgelegt, und jetzt trällerte Michael Bublé aus den Lautsprechern. »Aua!«, rief Polly, als ein Ilexblatt sie durch die Jute in den Finger stach. »Zahngeschichte?«

»Lucy ist krank vor Neid, weil die Zahnfee nicht auch zu ihr gekommen ist.«

»Ach, die arme Lucy.«

»Fang du nicht auch noch an. Ich versuche immer, ganz realistisch mit den beiden zu sein und ihnen zu erklären, dass mal der eine etwas bekommt und die andere nicht und dass sich das irgendwann ausgleicht.«

Das war typisch Beth. Sie war pragmatisch und hatte von Anfang an entschieden, Edward und Lucy als eigenständige Persönlichkeiten zu betrachten. Allerdings hatte sie ihren Entschluss, von den beiden nie als »die Zwillinge« zu sprechen, schon lange aufgegeben. Ihre Geschwister neckten sie manchmal noch deswegen.

»Danke dir«, sagte Beth, als sie den Inhalt der Säcke auf den langen Holztisch geschüttet hatten. Eilig verteilte sie Gartenscheren auf dem Tisch. »Ich habe einen Ehrengast im Kurs – drück mir die Daumen, dass es gut läuft. Irgendwie fühle ich mich heute Nachmittag ganz schön unter Druck.«

»Warum gerade heute Nachmittag?«, fragte Polly.

Gleich darauf klopfte es leise an der Tür zum Atelier, und eine zaghafte Stimme fragte: »Bin ich zu früh?«

»Nein«, sagte Beth, während sie noch ein paar Stücke Bindedraht abschnitt. »Komm rein, alles gut.«

Als Polly sich umdrehte, blieb ihr die Spucke weg.

»Hallo«, sagte Ivy Winter lächelnd.

»Hi.« Polly sah Beth an. Das musste der Ehrengast sein, von dem sie gesprochen hatte. Überraschenderweise trug Ivy heute kaum Make-up. Sie hatte ihr langes goldblondes Haar hinten zusammengebunden und sah jünger aus und lange nicht so einschüchternd wie auf ihren gestylten Fotos auf Instagram.

»Ist es okay, wenn ich ein paar Videos mache? Ich dachte, es könnte schön sein, wenn ich sie zu meinen Geschichten poste.«

»Oh ja, wow, klar, das wäre super.« Beth strahlte. »Sag mir einfach, wenn ich irgendwas tun soll.«

Polly erkannte ihre praktische, nüchterne Schwester nicht wieder. Offenbar hatte ihr der Besuch der Social-Media-Berühmtheit die Sprache verschlagen. Polly grinste. »Ich mache mal lieber weiter, denn gleich legt die Band los, und ich hatte den Musikern versprochen, sie groß anzukündigen, damit sie vielleicht für Partys engagiert werden. Viel Glück mit dem Kranzbinden! Ich komme nachher mal vorbei und gucke, wie es läuft.«

Beth warf ihr einen scharfen Blick zu und winkte. Ivy ordnete gerade die Dinge auf dem Tisch neu an, damit sie auf dem Foto gut aussahen, und bemerkte gar nicht, dass Polly das Atelier verließ. Es war merkwürdig, die Influencerin so – ja, so normal zu sehen. Ohne ihr stylisches Outfit, die schicke Frisur und das tadellose Make-up sah sie wie jede andere junge Frau aus.

Drüben bei dem alten Traktor, auf einer improvisierten Bühne aus Palettenstapeln, stimmten die Musiker ihre Instrumente. Sie hatten ein paar Mal in Harrys Bar gespielt, und als Polly jetzt über den Hof blickte, stand Harry bei ihnen. Er lehnte an dem alten Trecker, hatte ein Bein über das andere geschlagen und die

Hände in die Taschen geschoben. Als er aufblickte und sie entdeckte, glitt langsam ein Lächeln über sein Gesicht. Pollys Herz schlug schneller. Doch dann erstarrte sie vor Schreck, denn mit entschlossener Miene steuerte ein Mann auf sie zu. Giles. Wo war der bloß hergekommen? Und sie hatte gehofft, dass sie ihn nach dem misslungenen Date nie wiedersehen würde.

Polly duckte sich hinter Rillas und Lachlans Stand, machte sich so klein wie möglich und drückte sich an der Mauer des Hofladens entlang. Dann flitzte sie über den Hof und versteckte sich dabei immer wieder zwischen den Marktbesuchern. Ihr Ziel war Harry, der sie mit leicht verwirrtem Gesicht empfing.

»Ich brauche dich mal eben«, flüsterte sie und griff nach seiner Hand.

»Sorry, Jungs.« Er winkte Joe, dem Sänger der Band, der gerade seinen Gitarrengurt einstellte, entschuldigend zu. »Die Pflicht ruft.«

Polly zog den verblüfften Harry hinter sich her zur Bäckerei und murmelte, er müsse sich etwas ansehen. Dabei schaute sie sich mit Stielaugen um, weil sie wissen wollte, ob Giles ihnen folgte.

»Okay, und jetzt musst du mir erklären, was los ist«, sagte Harry, als sie in der offenen Tür zur Bäckerei stehen blieben.

»Da drüben«, flüsterte Polly, als könnte Giles sie sonst durch Stimmengewirr und Musik hindurch hören. Die Band begann gerade mit *»I'm Dreaming of a White Christmas«*.

Harry ließ den Blick über den Markt schweifen und versuchte herauszufinden, wovor Polly floh.

»Da ist Giles! Mein infernalisches Date.«

»Was will der denn hier?«

»Das ist es ja. Er hatte mir heute Morgen eine Nachricht geschrieben, dass wir einen schlechten Start hatten und dass wir uns vielleicht noch mal treffen sollten.«

»Hast du nicht gesagt, euer Date wäre grässlich gewesen?« Harry sah sie belustigt an.

»Ja, es war die Hölle.«

»Und was kapiert er an deinem Nein nicht?«

»Er kapiert einfach überhaupt nichts.« Polly löste ihren Pferdeschwanz und band ihr Haar zu einem strubbeligen Knoten.

»Das klingt, als hätte er einen Dachschaden.« Harry hatte Giles entdeckt und deutete mit dem Kopf in seine Richtung, um Polly auf ihn aufmerksam zu machen. »Wir müssen ihm klarmachen, dass du wirklich kein Interesse hast.«

»Genau. Ich meine, ich habe ihm ganz deutlich gesagt, dass ich kein Interesse habe, direkter kann man gar nicht sein, aber ...«

»Männer sind Idioten«, sagte Harry.

»Anwesende ausgenommen?« Polly lachte.

»Meistens.« Harry wurde nachdenklich. »Aber glaub mir, ich bin öfter ein richtiger Arsch gewesen, als ich zugeben möchte.«

»Du bist doch so ein lieber Kerl«, protestierte Polly.

»Nicht immer.«

Polly legte ihm den Zeigefinger auf die Lippen. »Psst. Jedenfalls – ach, Mist, jetzt kommt er her. Er hat mich entdeckt.«

Harry zog sie in den Eingang der Bäckerei, sodass sie für die anderen Marktbesucher nicht zu sehen waren, sondern nur für den rasch näher kommenden Giles. Als Harry Polly ansah, trafen ihre Blicke sich in schweigendem Einvernehmen, und Polly nickte kaum merklich.

»Da bist du j–«, begann Giles, unterbrach sich aber mitten im

Satz, denn gerade nahm Harry Polly in die Arme, um sie zu küssen.

»Oh. Ach so. Na dann.«

Pollys Herz wummerte so heftig, als ob es ihr aus der Brust springen und im Raum herumfliegen wollte. Harry hatte ihr einen hauchzarten Kuss auf den Mundwinkel gedrückt, seine Bartstoppeln streiften ihre Haut, und er hielt sie so eng umschlungen, dass es aus Giles' Perspektive aussehen musste, als würden sie sich leidenschaftlich umarmen. Polly spürte, wie sich Harrys Lippen an ihrer Wange zu einem Lächeln verzogen, als Giles kehrtmachte und in Richtung Parkplatz davonstapfte.

»Schön.« Harry machte einen Schritt zurück und hielt sie auf Armeslänge von sich. »Das müsste reichen«, sagte er mit verschmitztem Augenzwinkern. »Tut mir leid, besser hab ich's auf die Schnelle nicht hingekriegt.«

Polly lachte, und dabei wünschte sie sich nichts mehr, als wieder von ihm umarmt zu werden und jede einzelne köstliche Empfindung aufzusaugen, um sich immer wieder daran erinnern zu können. »Ich beschwere mich ja gar nicht«, sagte sie.

Harry sah sie an. »Wirklich nicht?«

Sie schüttelte wieder den Kopf, diesmal mit Nachdruck. »Ich bin froh, dass wir ihn verscheucht haben. Tut mir leid, dass ich dich benutzt habe, um ihn loszuwerden.«

Harry zuckte die Achseln. »Ich beschwere mich auch nicht. Dafür sind Freunde doch da, oder?«

»Genau.« Polly befreite sich aus seinem Griff. »Schön, ich stürze mich mal lieber wieder in die Arbeit.«

»Gut.« Harry schob die Hände wieder in die Taschen. »Und

ich sehe mal nach Conor und passe auf, dass er keinen Unsinn macht oder sich noch mehr Knochen bricht. Wir sehen uns später?«

»Auf jeden Fall.«

Fünfzehntes Kapitel

Polly blickte Harry nach, als er zur Band hinüberwanderte. Ohne aus dem Takt zu kommen, nickte der Sänger ihm mit einem kurzen Lächeln zu, bevor er in den Refrain von »*Wonderful Christmastime*« einstieg.

Ich hab keine wundervolle Weihnachtszeit, es ist zum Heulen, dachte Polly, drehte sich um und ging zu Beths Kurs zurück, aber sie fühlte sich grässlich. Es war, als hätte ihr jemand alles, was sie sich wünschte, eine Mikrosekunde lang auf einem Silbertablett angeboten, gerade so lange, dass sie erkennen konnte, ja, genau das wollte sie. Und dann war es im Nu wieder weg gewesen, der Moment war vorbei. Polly stieß einen langen, tiefen Seufzer aus und öffnete die Tür zum Atelier.

Beth stand mit einem Arm voll frischer grüner Efeuranken an der Stirnseite des Raumes. Sie lächelte Polly zu.

»Perfektes Timing. Meine Schwester Polly kommt gerade herein, sie kann uns helfen. Wir binden mit dem Draht das Grün auf die Unterlage, und wenn diese Basis dann gut aussieht, können wir sie schmücken. Polly, würdest du bitte Tipps geben, falls jemand Hilfe braucht?«

Polly zögerte kurz und überlegte, ob sie draußen etwas Nützlicheres zu tun hatte. Doch auf dem Markt schien alles gut zu laufen, alle Besucher waren zufrieden. Sie selbst hätte sich allerdings am liebsten zum Winterschlaf verkrochen, irgendwo, wo sie Harry nicht sehen musste. Und wo sie dem grässlichen Giles entgehen würde, der sich möglicherweise immer noch auf dem

Markt herumtrieb. Vor allem aber wollte sie Tom ausweichen, der ihr den Kontakt zu Giles vermittelt hatte und bestimmt etwas zu der Situation anzumerken hatte. Bisher war es ihr gelungen, das Thema zu vermeiden, aber eins war klar: Tom und Gavin, die Klatsch und Tratsch über alles liebten, würden überall verbreiten, dass sie Toms Vetter abgewiesen hatte, und außerdem würde Tom – Polly krümmte sich innerlich – vermutlich aller Welt verkünden, dass sie bei einer heimlichen Umarmung mit Harry erwischt worden war.

Es gab keine andere Lösung, sie würde das durchstehen und abwarten müssen, bis der Sturm vorbei war. Hoffentlich tauchte ganz schnell wieder etwas anderes auf, in das die Meute ihre Zähne schlagen konnte.

»Ich krieg diesen Lorbeerzweig nicht fest«, sagte Ivy Winter mit ihrem weichen Akzent. »Ich weiß schon, ich hätte Ben bitten sollen, hierzubleiben und mir zu helfen, er ist in solchen Dingen viel geschickter als ich.«

Polly beugte sich zu ihr. »Hier, du musst ihn so reinstecken.« Sie schob die Blätter zurecht und wickelte mit geübten Fingern den Bindedraht um einen Blattstiel.

»Bei dir sieht das ganz einfach aus«, sagte Ivy.

»Ich hab's schon tausendmal gemacht, das ist alles. Wenn ich das machen sollte, was du tust, würde ich total auf dem Schlauch stehen.« Polly sagte das ganz spontan, fragte sich dann aber, ob sie lieber so tun sollte, als wüsste sie nicht, wen sie vor sich hatte. »Wie möchtest du deinen Kranz denn haben? Soll er traditionell aussehen oder eher modern?«

»Es soll ein ganz traditioneller Kranz werden. Meine Großmutter hatte eine Freundin, die einen Blumenladen besaß, und in meiner Kindheit bekam sie immer einen Weihnachtskranz von dieser Freundin. Dies ist mein erstes Weihnachten ohne sie.« In Ivys Augen glänzten Tränen, gleich würden sie ihr über die Wangen laufen.

»Ach, das tut mir leid. Ich glaube, das erste Weihnachten ist am schwersten. Oder eigentlich von allem das Erste.«

»Genau.« Ivy nestelte an einem Mistelzweig herum, und zwei Beeren fielen ab und kullerten über den Tisch. »Tut mir leid, ich vermute, dass du auch jemanden verloren hast, weil du weißt, wie einem dann zumute ist.«

»Mein Dad ist vor ein paar Jahren gestorben. Meine Mutter – also, das ist etwas kompliziert. Sie ist weggezogen, als ich noch klein war, ich hab sie kaum gekannt. Deswegen war Dads Tod so schlimm für mich. Ich vermisse ihn immer noch sehr.«

»Das kann ich mir vorstellen. Ich hab meine Eltern gar nicht gekannt«, vertraute Ivy ihr an. Sie nahm ein Stück rotes Band und schnitt die Enden sorgfältig zurecht. »Deswegen war es so schwer für mich, als ich meine Großmutter verloren habe. Sie war meine einzige Verwandte, und jetzt gibt es nur noch Ben und mich.«

Ob Ivy deswegen gestern Morgen, als sie so früh aus dem Hotel gekommen waren, auf der Straße geweint hatte? Kummer hatte eine merkwürdige Art, sich gerade dann anzuschleichen, wenn man es am wenigsten erwartete. Polly half ihr, ein paar Ilexzweige anzudrahten und auf dem Kranz zu platzieren. Die roten Beeren glänzten wie Edelsteine.

»Du bist ein Glückspilz, dass du hier lebst. Es ist wahnsinnig schön.« Ivy hatte sich wieder gefasst.

»Ja«, sagte Polly mechanisch.

Ivy erzählte, wie sehr sie ihren Ausflug in die Natur mit Jack genossen hatten und wie gut ihr das schnuckelige Applemore Hotel gefiel.

»Wir sind in die Highlands gekommen, weil wir Großmamas Asche hier verstreuen wollten, weißt du. Vor vielen, vielen Jahren haben sie und Großpapa nämlich hier geheiratet.«

Polly, die von den Geschwistern Fraser am romantischsten veranlagt war, legte sich die Hand aufs Herz. »Ach, das ist wunderschön.«

»Ja, nicht? Wir haben sie beide mitgebracht – Großmama hat seine Urne die ganzen Jahre bei sich stehen gehabt, weil wir ihre Asche zusammen verstreuen sollten, und gestern Morgen haben wir die Urnen mit an den Strand genommen und das getan. Anschließend haben wir dann mit Jack den Ausflug gemacht. Er ist toll, oder? Er hat gesagt, ich sollte diesen Kurs bei Beth mitmachen, das würde mir gut gefallen.«

»Und wo ist Ben heute?«

Ivy kicherte. »Also, auch wenn alle glauben, dass er immer tut, was ich will – ich konnte ihn nicht überreden, einen Kurs mitzumachen, in dem Weihnachtskränze gebunden werden. Er ist auf einem von Jacks Mountainbikes zu irgendeinem Wald unterwegs. Jack hat ihm eine Landkarte mitgegeben, und er hat was zu essen dabei. Ich hoffe bloß, dass er sich nicht verirrt. Und für Felicity haben wir die Tierarzthelferin engagiert, sie kümmert sich den ganzen Tag um unsere Süße.«

»Ben verirrt sich bestimmt nicht.« Polly warf einen Blick zu Beth hinüber, die gerade einigen älteren Frauen aus dem Nachbardorf zeigte, wie man eine dekorative Schleife band. »Ja, ich kann schon verstehen, dass Kranzbinden nicht so sein Ding ist.«

»Es ist witzig, wir verstehen uns so gut, seit wir hier oben sind. Ich meine, wir verstehen uns sowieso gut, aber hier ist es, als wäre der ganze Druck von uns abgefallen. Deswegen haben wir uns entschieden, hier in Applemore zu heiraten, im Hotel.«

Sofort sah Polly vor sich, wie all die Stars, die sie auf Ivys sozialen Medien entdeckt hatte, ins Dorf strömten, und sie musste sich beherrschen, um nicht vor Begeisterung nach Luft zu schnappen.

»Wirklich?« Es sollte beiläufig klingen.

Ivy schwieg einen Moment und blickte träumerisch aus dem Fenster. »Ja – hier ist es so herrlich und so romantisch«, sagte sie dann. »Und außerdem fühle ich mich hier meinen Großeltern ganz nah, es fühlt sich also richtig an. Und das Schöne an Schottland ist ja, dass man überall heiraten kann, man muss dazu nicht in eine Kirche oder in ein Standesamt gehen.«

»Stimmt.« Polly nickte. »Und ihr denkt tatsächlich ans Applemore Hotel?«, fragte sie ungläubig. Sie hätte gedacht, dass Ben und Ivy einen großen Landsitz irgendwo in der Nähe mieten würden.

»Genau, hatte ich das nicht schon gesagt?«, sagte Ivy etwas verdutzt. »Meine Großeltern haben ihre Flitterwochen im Applemore Hotel verbracht. Das ist ja der Grund, weswegen wir hergekommen sind.«

»Ach, wie romantisch.« Polly seufzte. Beth hielt gerade einen fertigen Kranz hoch, um zu zeigen, wie man eine Schlaufe zum Aufhängen daran befestigte. Sie warf Polly einen Blick zu und drohte mit dem Zeigefinger, als wollte sie sagen: *Wir sind zum Kranzbinden hier, nicht zum Schwatzen.* »Hilfe«, sagte Polly, »meine große Schwester ermahnt uns gerade, dass wir nicht reden, sondern weiterarbeiten sollen. Hier, jetzt kleben wir etwas von dem Eukalyptus auf den Kranz.«

Sie machten sich erneut ans Werk und arbeiteten in einvernehmlichem Schweigen weiter. Als sie fertig waren, war der Moment der Nähe vorüber, und Polly wäre es peinlich gewesen, das Thema Hochzeit noch einmal anzusprechen. Ivy hielt ihren Kranz hoch, um ihn Beth zu zeigen.

»Was meinst du dazu?«

Sie hatte einen silbernen Draht mit winzigen Lichtern in den Kranz hineingeflochten, sodass er festlich glitzerte. Beth klatschte vergnügt in die Hände. »Du bist ein Naturtalent«, sagte sie.

Polly wurde gerufen, weil Gregors Helfer die Mülltüten nicht finden konnten. Sie brummelte etwas vor sich hin und verschwand, während Ivy mit schüchternem Lächeln Fotos von ihrem fertigen Weihnachtskranz machte.

Es war Nachmittag geworden, und der größte Ansturm war vorbei. Die Stände wirkten jetzt abgeräumt, und die Betreiber bemühten sich, ihre restlichen Waren so zu platzieren, dass sie auf die immer wenigeren Besucher, die sich noch aus Applemore und der Umgebung auf den Weg gemacht hatten, weiterhin ansprechend wirkten. Polly half, wo sie konnte. Sie holte das übrig gebliebene Grün aus dem Atelier und verteilte es auf den Verkaufstischen, um die Lücken zwischen Körbchen mit Duftkerzen, Annas köstlichen Schokobrownies und Rilla und Lachlans Flaschen mit hausgebranntem Gin zu füllen.

»Das muss ich dir ja lassen«, sagte eine vertraute Stimme hinter ihr. »Wenn du dir etwas vornimmst, dann klappt das auch. Dein Vater würde staunen, was du hier auf die Beine gestellt hast.«

»Joan!« Polly wirbelte herum und ließ eine lange Efeuranke fallen, als die alte Dame sie in die Arme nahm und an sich drückte. »Wo ist George? Wie war eure Reise?«

»Ach, einfach großartig. Er hat seine Brille vergessen und geht gerade zum Parkplatz zurück, um sie zu holen. Der Mann würde bestimmt noch seinen Kopf vergessen, wenn der nicht angewachsen wäre.«

Joan kicherte und schob ihre eigene Brille auf der Nase zurecht.

»Du hast dir eine neue angeschafft, sehe ich das richtig?«

»Ja.« Joan reckte sich in gespielter Eitelkeit. »Von einem italienischen Designer. Wie findest du sie?«

»Genial.« Polly wurde ganz warm ums Herz, als sie Joan noch einmal in die Arme nahm und fest drückte. »Ach, ich hab dich vermisst. Wie war es in Italien?«

»Ganz toll. Diese vielen schönen italienischen Männer!« Joan kicherte wieder, und ihre Augen blitzten. »Aber natürlich sah keiner von ihnen so gut aus wie mein George. Wenn man vom Teufel spricht – da kommt er.«

Ein großer, distinguiert wirkender Mann mit einer flachen Tweedkappe auf dem stahlgrauen Haar kam über den Hof auf sie zu. Polly hätte wetten können, dass er unter seinem praktischen Regenmantel Schlips und Kragen und darüber einen Pullover aus schottischer Lammwolle trug. Das war seine übliche Kleidung, noch aus der Zeit, als er an einer großen Schule in Aberdeen Naturwissenschaften unterrichtet hatte. Selbst heute noch, nachdem er schon jahrelang pensioniert war, bewirkte seine Gegenwart, dass Polly automatisch das Bedürfnis hatte, etwas gerader zu stehen, und kurz überlegte, ob sie ihre Hausaufgaben gemacht hatte. George war eher wortkarg, aber er hatte einen trockenen Humor, und wenn er einen Scherz machte, funkelten seine Augen, und sein leises Lächeln zeigte ihr, dass er sie nur neckte.

»Na, mein Fräulein«, sagte er jetzt, beugte sich zu ihr und gab ihr einen Kuss auf die Wange. »Sieh mal einer an! Als Joan sagte, dass du einen Weihnachtsmarkt planst, habe ich ein paar Buden und ein bisschen Lametta erwartet, aber das hier sieht aus wie eine Miniaturversion vom Hamburger Weihnachtsmarkt, den wir im letzten Jahr besucht haben. Bravo!«

Polly strahlte. »Ihr hättet den Markt heute Morgen sehen sollen, bevor alles leergekauft war. Jetzt sieht er doch ziemlich dürftig aus, und es sind auch kaum noch Leute da.«

»Jetzt mach dich mal nicht selbst schlecht«, sagte Jack. Er war mit den Zwillingen zurückgekommen. Ihre Gesichter klebten nicht mehr von den kandierten Äpfeln, und sie waren wieder guter Laune. Als sie George sahen, quietschten sie vergnügt und schleiften ihn gleich zur Band hinüber. Zur großen Freude der Kinder zog er für jedes einen Lutscher aus der Tasche.

»Schön, dass du wieder da bist«, sagte Jack zu Joan und gab ihr einen Kuss auf die Wange. »Allerdings weiß ich nicht, was Beth davon halten würde, dass George ihnen Süßigkeiten aufdrängt, nachdem sie gerade erst ihren Zuckerflash vom Vormittag überwunden haben.«

Joan legte den Zeigefinger an die Lippen. »Was Beth nicht weiß, macht sie nicht heiß. Hat sie viel zu tun?«

»Sie hat gerade einen Kranzbindekurs gegeben«, erklärte Jack stolz. »Der Kurs war voll. Sie musste sogar noch ein paar zusätzliche Teilnehmerinnen aufnehmen.«

»Sie hat das super gemacht«, ergänzte Polly.

»Und wo ist Charlotte?«

Polly runzelte die Stirn. »Das weiß ich gar nicht, ich dachte, sie wäre mit Rob hier. Vielleicht sind sie drüben im Midsummer House und arbeiten?«

»Wo wir gerade vom Midsummer House sprechen, wir haben uns in der Toskana mit Frances getroffen. Ihr geht's da prächtig, und sie brüstet sich immer noch mit ihren Fähigkeiten in der Partnervermittlung. Sie erzählt allen, wie sie ihren Neffen mit einer der Frasers von Applemore verkuppelt hat und dass die beiden ihr altes Haus jetzt zu einem Erholungsheim umbauen.«

»Süß, oder?«, sagte Jack lächelnd zu Polly.

»Niedlich«, meinte Polly, »allerdings hat Charlotte neulich abends, als sie schon ein paar Gin Tonics zu viel intus hatte, angedeutet, dass Rob und sie vielleicht schon vorher ...« Erschrocken hielt sie sich die Hand vor den Mund. »Ich habe nichts gesagt, vergesst das bitte sofort wieder.«

Joan hob die Augenbrauen zum Himmel. »Puh, das gäbe ja einen Riesenwirbel. Darüber musst du demnächst mal mehr berichten. Jetzt will ich erst mal Lachlan und Rilla begrüßen. Wo ist denn meine süße Kitty?«

»Oben im Haus mit einer Babysitterin. Ich glaube, die beiden genießen es gerade, dass sie mal ohne Kind sind.«

Joan rieb sich die Hände. »Na schön, jetzt ist Oma Joan ja wieder da«, sagte sie strahlend. »Wenn ich das Engelchen erst in die Finger bekomme, können sie eine Menge kinderfreie Zeit haben. Ich muss einen ganzen Monat Babyknuddeln nachholen.«

Polly und Jack sahen Joan liebevoll nach, als sie über den Hof eilte und gleich wieder weit die Arme ausbreitete, um Lachlan und Rilla gleichzeitig an sich zu drücken. Ein bärtiger Mann, der gerade an ihren Stand trat, konnte eben noch ausweichen, sonst hätte Joan ihn in ihre Umarmung mit eingeschlossen.

»Ein stiller Auftritt war das ja nicht gerade«, bemerkte Jack trocken. »Nicht mitzukriegen, dass Joan wieder da ist, wäre schwierig.« Er stupste Polly sanft in die Rippen. »Nur gut, dass George der starke, ruhige Typ ist. Ich wette, er kommt bei ihr kaum zu Wort.«

Polly kicherte. George saß inzwischen auf einer Picknickbank, Lucy tanzte vor seinen Füßen herum, und Edward saß neben ihm, lehnte sich mit dem Daumen im Mund an ihn und baumelte im Takt zu einer jazzigen Version von »*Jingle Bells*« mit den Beinen. Jack legte Polly den Arm um die Schultern und drückte sie brüderlich.

»Das hast du gut gemacht, liebes Kind«, sagte er in neckendem Tonfall, doch als sie zu ihm hochsah, erkannte sie an seinem Gesichtsausdruck, dass er es ernst meinte. Der taffe Jack aus Glasgow neigte nicht dazu, ein Lob auszusprechen, wenn es nicht wirklich gerechtfertigt war.

»Danke«, sagte Polly schlicht. Sie atmete tief durch. Es war so viel Arbeit gewesen, aber alle hatten an einem Strang gezogen, und zusammen hatten sie es geschafft. Genau deshalb lebte sie so gern in Applemore. Sie beobachtete, wie der Weihnachtsmarkt langsam zu Ende ging und die Standbetreiber zu Grüppchen zusammenkamen. In diesem Moment erkannte Polly, dass dieser Tag der Beginn einer neuen Tradition war, und ihr wurde klar, warum Ivy Winter – und vorher ihre Großeltern – sich in das Dorf verliebt hatten.

Sechzehntes Kapitel

»Na, Harry, Alter!«

Conor hatte die Tatsache ausgenutzt, dass er nicht fahren musste, und im Café kräftig dem Glühwein zugesprochen. Erst schwankte er leicht, dann sackte er ein wenig zur Seite und lehnte sich schräg gegen die Wand.

»Wo bist du denn abgeblieben«, lallte er und ließ zu, dass Harry ihm das verbundene Handgelenk vorsichtig wieder in die Schlinge legte, die ihm wie ein Schal um den Hals hing. »Danke«, nuschelte er.

»Kein Problem. Ich habe Matt eben noch bei den Regalen in der Bäckerei geholfen, wo ich schon mal hier war. Er hat alle Brote verkauft, und sie hatten schon länger ein bisschen umräumen wollen, und weil ich gerade ein bisschen Zeit hatte, dachte ich, wir erledigen das sofort.« Er warf einen Blick auf seine Uhr. »Aber jetzt müssen wir zurück.«

»Ich dachte, heute Abend gibt's nur für die allerletzten drei Gäste Dinner, und eigentlich ist das Restaurant geschlossen?«

»Stimmt«, sagte Harry. Bestürzt erkannte er, dass Conor es darauf abgesehen hatte, bis zum bitteren Ende oder bis zum Boden des Glühweinfasses – was immer zuerst kommen würde – im Café auszuharren. »Aber ich muss trotzdem zurück und Phoebe und Katie ablösen, und du siehst aus, als könntest du jetzt gut die Füße hochlegen, Sky Sport gucken und ein bisschen chillen.«

»Wer kann chillen?« Wie gerufen betrat Rob das Café.

»Der hier.« Harry deutete mit dem Daumen auf Conor. »Bevor er noch mehr Glühwein runterkippt und sich am Ende noch das andere Handgelenk bricht. Dann hätten wir nämlich wirklich ein Problem.«

»Ich bin kein P-p-problem.« Conor bekam einen Schluckauf und rutschte ein Stück an der Wand hinunter.

»Siehst du, was ich meine«, sagte Harry leise. Rob nickte grinsend.

»Wenn Harry jetzt wegmuss, kannst du in einer halben Stunde mit Charlotte und mir ins Dorf runterfahren. Abgemacht?«

Harry warf seinem Investor einen gespielt bösen Blick zu. »Wenn er dann sternhagelvoll ist ...«

Rob schüttelte den Kopf. »Ich kann dir versichern, dass ich genauso wenig Interesse daran habe, unseren Superkoch auszuschalten, wie du. Aber ich glaube –«, er schwieg kurz, während Conor sich hochwuchtete und leicht taumelnd zu Tom und Gavin hinüberging, die hinter der Theke aufräumten. »Wenn wir ihm einreden können, dass es seine eigene Idee ist, dann schaffen wir es vielleicht eher, ihn heil nach Hause zu bringen. Außerdem hat er mir neulich anvertraut, dass er wahnsinnig gern mal in meinem neuen Wagen mitfahren würde.«

Als Rob nach Applemore gekommen war, hatten die anderen ihn mit seinem blitzsauberen Range Rover aufgezogen, der mittlerweile außen dreckbespritzt und innen voller Hundehaare war, genauso wie alle anderen Autos der Frasers. Aber kürzlich hatte er Charlotte und sich ein schickes, teures Cabrio gegönnt.

»Ich hätte auch nichts dagegen, mal mitzufahren.« Harry lachte.

»Damit können wir uns befassen, wenn wir unseren Chefkoch wohlbehalten nach Hause gebracht haben.«

»Na schön«, sagte Harry. »Wo ist denn Charlotte? Ist sie nicht hier?«

»Doch, sie spricht draußen mit Polly und mit, wie heißt sie noch, mit unserem Glamourgirl.«

»Du meinst Ivy Winter?«, fragte Harry.

»Genau. Ich kann mir den Namen einfach nicht merken. Ist bestimmt ein Pseudonym.«

»Nein, sie heißt wirklich so, Phoebe hat mich aufgeklärt.« Harry folgte Rob in den Hof hinaus. Inzwischen war es dunkel geworden, und die kleinen Marktstände mit den Lichterketten sahen bezaubernd aus. Polly stand mit Charlotte am Stand von Rilla und Lachlan und plauderte fröhlich mit Ivy, die einen großen grünen Kranz in den Armen hielt. Zu ihren Füßen standen mehrere Einkaufstaschen. Harry rieb sich die Hände. »Wenn du irgendwas über sie wissen möchtest«, sagte er zu Rob, »von ihrer Schuhgröße bis hin zu ihrem Lieblingsgericht, brauchst du nur Phoebe zu fragen. Sie könnte über Social-Media-Stars eine Doktorarbeit schreiben.«

»Das ist mir alles zu hoch. Ich kann mir nichts Schlimmeres vorstellen, als mein ganzes Leben öffentlich auszustellen«, sagte Rob. »Aber immerhin hat sie den Hotelbetrieb jetzt in der Nebensaison ein bisschen angekurbelt. Hoffen wir mal, dass alle ihre Follower im nächsten Jahr auch buchen.«

»Ich frage mich, wie er das alles findet.« Harry deutete mit dem Kopf auf Ben, der gerade gekommen war und Ivy jetzt einen Arm um die Taille legte, sie an sich zog und ihr einen Kuss auf die Wange drückte. Dann schüttelte er Polly die Hand, und

Harry lächelte, als er Pollys Bemühen sah, ganz lässig zu wirken. Sie brachte einfach kein Pokerface zustande. In der kleinen Gruppe wurde etwas besprochen, dabei konzentrierten sich alle auf das Paar, und auf einmal strahlte Polly. Was auch immer Ivy und Ben gerade gesagt hatten, selbst die normalerweise so nüchterne Charlotte schien vor Freude ganz aus dem Häuschen zu sein, sie hielt sich die Hände an die Wangen, und ihre Augen leuchteten.

Gleich darauf winkte Charlotte die beiden Männer zu sich herüber. »Harry, Rob, ratet mal, was es hier für Neuigkeiten gibt!«

Die beiden tauschten einen Blick. »Wenn ich etwas gelernt habe«, sagte Rob und verdrehte die Augen, »ist es, dass Charlottes Rätsel normalerweise nicht so einfach zu lösen sind, wie man sich das wünschen würde.«

Harry, der Charlotte seit ihrer Kindheit kannte, nickte rasch. »So ist deine Liebste eben, ganz genau.«

»Ja, ich weiß.« Rob grinste. »Ich bin der, der sich entschlossen hat, sein ganzes Leben mit ihr zu verbringen. Und diesen Gesichtsausdruck kenne ich bei ihr. Da wittere ich Unheil ...«

»Oder Arbeit?« Harry lachte in sich hinein, während sie über den Hof gingen.

»Rob, das sind Ivy und Ben.« Wie immer nahm Charlotte die Zügel in die Hand. Harry blickte zu Polly hinüber, wie mochte es ihr gehen? Sie war die Jüngste in der Familie, und er hatte stets das Gefühl, dass sie sich immer wieder beweisen musste, um ernst genommen zu werden. Und so gern er ihre Geschwister auch hatte, ihm war oft, als müsse er Polly beschützen – und heute ganz besonders, weil sie so geackert hatte, damit der Weihnachtsmarkt ein Erfolg wurde.

»Das ist Rob, mein Partner«, sagte Charlotte, und Rob schüttelte Ben die Hand und nickte Ivy zur Begrüßung zu.

»Wie viele von euch gibt es denn?« Ivy kicherte. »Alle Leute, die ich hier kennenlerne, sind anscheinend irgendwie mit der Familie Fraser verbandelt.«

»Oh ja, den Frasers gehörte früher alles hier in der Gegend«, sagte Harry und zwinkerte Polly zu. »Bis sie irgendwann kein Geld mehr hatten und den größten Teil verkaufen mussten. Vor hundert Jahren hätten wir fleißig Kratzfüße gemacht, wenn wir ihnen begegnet wären.«

Ivy hob erstaunt die Augenbrauen, die dicht und dunkel waren, so wie ihre unglaublich langen Wimpern.

»Er macht bloß Witze«, erklärte Polly kopfschüttelnd. Mit blitzenden Augen warf sie Harry einen warnenden Blick zu. »Bloß dass seine Witze eigentlich nicht witzig sind.«

»Autsch!« Harry grinste.

»Aber sie hat recht«, sagte Lachlan. »Jedenfalls, es ist ganz einfach: Charlotte betreibt die Ferienhausvermietung, Beth führt die Gärtnerei, Rilla und ich versuchen, die Brauerei in Gang zu bringen –«

»Und das Naturcamping und die Ginbrennerei«, fügte Rilla hinzu.

»Und die auch, ja. Wir haben also alle wichtigen Bereiche abgedeckt. Außer Hotels. Das ist sein Job.« Lachlan deutete auf Harry.

»Bekenne mich schuldig«, sagte Harry und schob die Hände in die Taschen. Allmählich wurde ihm kalt, und er musste ins Hotel zurück. Sie waren ja wirklich nett – und Ivy erwies sich als gar nicht so primadonnenhaft, wie er erwartet hatte –, aber im Moment konnte er nur an den wunderbaren Moment denken, wenn er die Türen zusperrte und mit den Renovierungen loslegte. In seinem Kopf lief der Countdown, doch im Laufe des Tages schienen die Sekunden immer langsamer zu vergehen.

»Du bist immer noch hier?«, hörte er Jack belustigt fragen.

Harry drehte sich um. »Das ist wie im ›*Hotel California*‹, ihr wisst schon, in dem alten Song von den Eagles. *Such a lovely place.* Man kommt einfach nicht mehr weg.«

»Wenn ich du wäre, würde ich jetzt sofort abhauen. Die schrecklichen Zwei sind mit Joan und George auf dem Weg hierher.« Jack gähnte. »Ich sage dir, ich hab keine Ahnung, wie Lehrer ihre Tage durchstehen. Ich bin jedenfalls erledigt.« Er begrüßte Ben. »Wie war deine Radtour?«

»Super, danke. Morgen werde ich die Meilen vermutlich in den Beinen spüren.« Ben machte ein paar angedeutete Kniebeugen, als teste er seine Beinmuskulatur.

Sie unterhielten sich kurz über die Route, die Ben bei seinem Abenteuer auf dem Mountainbike gefahren war. Harry nutzte die Gelegenheit und stellte sich wie zufällig neben Polly. Er senkte den Kopf und näherte den Mund ihrem Ohr, sodass er den schwachen Blumenduft ihres Haars riechen konnte.

»Wie geht's dir?«, fragte er sie leise, damit die anderen ihn nicht hörten.

Polly sah zu ihm hoch. »Ganz gut. Bloß die Füße tun mir weh. Ich dachte, du wolltest nach Hause?«

Harry bemerkte, dass Charlotte das Gespräch wieder an sich gerissen hatte und jetzt angeregt mit Ivy und Ben sprach. Rob stand mit den Händen tief in den Gesäßtaschen daneben und nickte heftig.

»Ja, das wollte ich auch.« Harry hätte sie am liebsten in die Arme geschlossen und mitgenommen. »Aber wir mussten uns um Conor kümmern. Jetzt will ich aber endlich los.« Auch wenn Polly gesagt hatte, es gehe ihr gut, fielen ihm doch die Schatten unter ihren Augen auf. Sie war fix und fertig. Es war für alle ein langer Tag gewesen, aber der große Erfolg hatte jegliche Mühe gelohnt.

»Ach so.« Polly verzog den Mund zu einem verschwörerischen Lächeln. »Aber bleib noch einen Moment.« Sie hob einen Finger und wandte sich wieder der Gruppe zu. Ivy sah fragend zu Polly hinüber, und Polly nickte, nahm Harrys Arm und drückte ihn. »Wir haben eine kleine Neuigkeit«, sagte Ivy mit ihrem sanften Akzent. In ihren Wangen bildeten sich Grübchen, als sie nun Ben anlächelte, seine Hand nahm und sie vor und zurück schwang.

»Eine Neuigkeit?« Harry bemerkte, dass die anderen aus irgendeinem Grund nicht das junge Paar ansahen, sondern ihn.

Ben nickte. »Wir sind hergekommen, weil dieser Ort Ivy so viel bedeutet, und jetzt haben wir eine ganz besondere Bitte. Ich weiß, dass Sie so etwas normalerweise nicht machen, aber ...«

Eine Pause entstand, und Harry spürte deutlich, dass alle anderen wussten, was nun kommen würde. Bei der Aussicht auf eine weitere *Könnten-Sie-bitte*-Frage des Paares wurde ihm das Herz schwer. Er musste zugeben, dass die beiden entgegen seiner Vorurteile nicht so schlimm gewesen waren, wie er erwartet hatte – nein, eigentlich waren sie sogar recht nett –, aber wenn es um hausgebackene Hundekuchen und Zimmerservice-Wünsche ging, die nicht auf der Karte standen, war er mit seiner Geduld fast am Ende.

»Sprich weiter.« Harry bemühte sich, begeistert auszusehen, und hoffte, dass man ihm seine Erschöpfung nicht anmerkte. Morgen um diese Zeit ist alles vorbei, sagte er sich im Stillen.

»Ivys Großeltern haben im Applemore Hotel ihre Flitterwochen verbracht. Sie sind beide tot, aber Ivy – Ivy und ich – möchten bei unserer eigenen Hochzeit ihrer gedenken.« Ben sah Ivy an und verflocht seine Finger mit ihren. Ivy blickte mit glänzenden Augen zu Harry hoch.

»Wir möchten im Hotel Applemore heiraten.«

Erleichtert ließ Harry die Schultern sinken.

»Ist das alles?«

Die anderen schienen aufzuatmen. Die feierliche Freude, die in der Luft lag, war greifbar. Verdammt noch mal, war er denn so ein Scheusal? Wenn alle glaubten, er wäre so störrisch und knurrig, dass er eine vollkommen akzeptable Bitte ablehnen würde, brauchte er offenbar wirklich Urlaub. Eine Hochzeit im Hotel war doch eine optimale Möglichkeit, die Wiedereröffnung zu feiern.

»Das ist witzig, wir haben schon überlegt, ob wir Hochzeiten ausrichten wollen«, sagte er mit einem Blick zu Rob hinüber, der ein etwas merkwürdiges Gesicht machte. »Das Gute an Schottland ist ja, wie ihr vielleicht wisst, dass man überall heiraten kann, wenn man einen Standesbeamten findet, der die Zeremonie durchführt. Jedenfalls klingt das nach einer total schönen Idee.« Harry hob beide Daumen. »Cool. Ich bin dabei.«

Dann warf er wieder einen kurzen Blick auf seine Uhr, denn Phoebe und Katie hatten eigentlich längst Feierabend. Polly drückte ihm begeistert den Arm. Wer hätte geahnt, dass seine Zustimmung zur Ausrichtung der Hochzeit einer Influencerin sie so glücklich machen würde? Frauen konnten doch manchmal sehr merkwürdig sein. Verwirrt legte er den Kopf schräg. Sie strahlte ihn an.

»Oh, mein Gott.« Ivy legte voller Freude ihre manikürten Finger an die Wangen. »Ich kann gar nicht glauben, dass Sie sofort zugestimmt haben.«

»Das macht die Sache schön einfach.« Charlotte rieb sich die Hände. Sie wandte sich Rob zu. *Ich hab's dir ja gesagt*, drückte ihr Blick aus.

»Morgen Mittag checken wir aus – das ist doch richtig, oder?«, wandte Ivy sich an Harry.

»Ja.« Harry unterdrückte den Drang, bei dieser Aussicht die Faust in die Luft zu stoßen. »Morgen Mittag schließen wir.«

»Toll«, sagte Ben. Er hatte sein Handy aus der Tasche gezogen und tippte rasch. Dann sah er Charlotte an. »Ist es dir lieber, wenn wir die Schlüssel morgen holen?«

Sie schüttelte den Kopf. »Draußen am Cottage hängt ein Schlüsseltresor. Aber keine Sorge, ich bin morgen auch selbst da, dann können wir alles durchgehen.«

»Schlüssel?« Verwirrt blickte Harry von Charlotte zu Ivy.

»Für das Cottage«, sagte Charlotte, als würde sie mit einem absoluten Dummkopf reden.

»Sie können wohl kaum im Hotel wohnen, während es für die Hochzeit herausgeputzt wird, oder?« Polly zog ihn am Ärmel und sah ihn an wie jemanden, der auf der Leitung steht und nicht kapiert, worum es in einem Gespräch geht.

»Alles in Ordnung, Harry?« Jack grinste. »Du siehst irgendwie etwas belämmert aus.«

Rob lachte in sich hinein. Charlotte verschränkte die Arme

und sah Harry eindringlich an. Lachlan hob kurz die Augenbrauen und gab mit seinem Blick zu verstehen, dass nichts davon auf seinem Mist gewachsen war. Rilla war irgendwie verschwunden und räumte gerade eifrig ihren Stand auf, dabei vermied sie es, Harrys Blick zu begegnen.

Während Harry sich in der Runde umschaute und die Gesichter betrachtete, dämmerte ihm allmählich, dass er hereingelegt worden war.

»Wenn ihr sagt, eine Hochzeit …«

Siebzehntes Kapitel

»Eine Weihnachtshochzeit!« Ivy strahlte.

Polly blickte in den Himmel hinauf, der schon den ganzen Tag mit Schnee gedroht hatte. Jetzt war er tiefdunkel, und sie hätte schwören können, dass gerade eine Schneeflocke auf ihrer Stirn schmolz. Sie ließ Harrys Arm los, um sie fortzuwischen. Er wippte auf den Füßen, und sie sah, dass er versuchte, die richtigen Worte zu finden. Vielleicht war es keine gute Idee gewesen, ihn einfach mit ihrem Plan zu überfallen. Sie blickte zu Ivy und Ben hinüber, die immer noch lächelten, allerdings etwas verhaltener, während Harry die Neuigkeit sacken ließ.

»Moment mal«, sagte er schließlich.

Polly bemerkte, dass Rob ihm einen raschen Blick zuwarf und wie zur Warnung ganz kurz den Zeigefinger hob. Harry sah das ebenfalls und räusperte sich.

»Die Einzelheiten können wir später besprechen«, erklärte Rob ruhig. »Erst einmal herzlichen Glückwunsch, ihr beiden.« Dann legte er Harry den Arm um die Schultern und steuerte ihn über den Hof zu seinem Wagen.

Ivys Lächeln verwandelte sich in einen besorgten Schmollmund. »Alles in Ordnung mit Harry? Er schien nicht gerade begeistert zu sein.«

»Ach«, sagte Charlotte unbekümmert, »er ist Highlander, und die zeigen ihre Gefühle meistens nicht groß. Ich garantiere euch, dass er innerlich lächelt.«

Ivys Gesicht entspannte sich wieder. »Oh, das ist schön zu

hören«, sagte sie fröhlich. Sie nahm ihre Tüten mit den Einkäufen und reichte sie Ben. »Wollen wir zurück? Wir müssen nach Felicity sehen. Wir haben sie bei einer Hundesitterin gelassen«, erklärte sie den anderen.

Lachlan hob die Augenbrauen und unterdrückte ein Grinsen. »Ja, das machen wir mit unseren Hunden auch immer so.«

Als Ben und Ivy sich zum Gehen wandten, boxte Rilla ihn auf den Arm. »Immer musst du die Leute verarschen. Hundesitterin, also echt! Die schlafen doch alle tief und fest vor dem AGA.«

»Das hab ich doch gemeint.« Lachlan grinste.

»Er ist wirklich zum Verzweifeln.« Rilla warf Polly einen mitleidheischenden Blick zu.

Polly spielte mit. »Jetzt bist du für ihn zuständig«, sagte sie grinsend, aber in Gedanken war sie anderswo. Am liebsten wäre sie hinter Harry hergelaufen, weil er so bestürzt gewirkt hatte. Sobald sie die Marktsachen weggeräumt hatte, wollte sie schnell noch zum Hotel runterfahren.

*

Harry hatte gehofft, dass der letzte Abend vor der Schließung des Hotels eine ruhige, unspektakuläre Sache sein würde, aber die Dorfbewohner hatten anscheinend beschlossen, noch einmal richtig stilvoll auszugehen. Als Polly die Tür zum Restaurant aufstieß, schlug ihr lautes Stimmengewirr entgegen.

»Tür zu!«, rief Murdo. Er hielt ein schäumendes Bier in der Hand und war offensichtlich angeheitert. »Du lässt doch die ganze kalte Luft rein.«

»Schneit es noch?«, rief Phoebe, die hinter der Theke stand, ihr zu. Offenbar machte sie heute Überstunden. Sie hatte sich die Haare frisch gefärbt, jetzt waren sie blassrosa und grün, und rechts und links am Kopf hatte Phoebe sie zu Schnecken aufgedreht.

»Nein, es hat aufgehört.« Polly drängte sich an Old Jimmy vorbei. Der Farmer nickte ihr zu und verrückte seinen Barhocker ein wenig, um ihr Platz zu machen.

»Schade.« Phoebe sah sie fragend an. »Was möchtest du? Musst du noch fahren?«

Polly nickte. »Ich wollte auch gar nichts trinken, bloß kurz mit Harry sprechen. Ist er hier irgendwo?«

»Er schließt gerade im Keller ein neues Fass an. Ist ziemlich brummig.« Phoebe leerte ein paar Gläser ins Spülbecken und stellte sie dann in die Spülmaschine. »Guck doch mal nach ihm, vielleicht gelingt es dir, ihn aufzuheitern. Wenn jemand das kann, dann du.«

Polly ging durch die Hintertür hinaus und stieg die enge, düstere Kellertreppe hinunter. Als Erstes nahm sie den Geruch nach Hopfen und Bier wahr, dann spürte sie die Kälte. Harry lehnte an der hinteren Wand und starrte in die Luft. Sie war bereits unten angelangt, als er sich aus seiner Versunkenheit löste und sie bemerkte.

»Na, was geht in dir vor?« Polly blieb abwartend stehen.

Harry verzog das Gesicht und zuckte die Achseln. »Ich frage mich, wie ich mich breitschlagen lassen konnte, in einem geschlossenen Hotel eine Weihnachtshochzeit zu organisieren.«

»Niemand hat dich dazu gezwungen.« Polly wurde klar, dass Harry wirklich litt. Sie hatte ihn selten anders als fröhlich und zuversichtlich erlebt, und jetzt schmolz ihr das Herz. Sie ging zu ihm hinüber, stellte sich direkt vor ihn und sah ihm in die Augen. Er hob eine Augenbraue, und um einen Mundwinkel spielte ein winziges Lächeln.

»Ach, verflixt, Polly, ich kann dir keinen Augenblick böse sein.« Er schüttelte den Kopf und lächelte nun breit. »Du kannst einen wirklich um den kleinen Finger wickeln, Polly Fraser.«

Trotz der Kälte wurde Polly warm, als sie sein Gesicht sah, das markante Kinn und seinen breiten, großzügigen Mund. Als sie spürte, wie sich die Wärme in ihrem Innern in eine ziehende Sehnsucht verwandelte, trat sie einen Schritt zurück. »Das glaube ich kaum«, sagte sie zögernd.

»Also gut.« Er stieß sich von der Wand ab, an der er immer noch gelehnt hatte. »So gern ich auch mit dir hier in diesem ungeheizten Keller bleiben und dieser unsäglichen Horde da oben aus dem Weg gehen würde – ich fürchte, das ist keine Option. Gehen wir?«

Als Gentleman ließ er sie mit einer Handbewegung vorangehen. Polly huschte die Treppe hinauf und lief direkt in Conor hinein, der offenbar von der Toilette kam. Er drehte sich gerade noch rechtzeitig zur Seite, um sein verletztes Handgelenk zu schützen.

»Ich dachte, Rob hätte dich nach Hause gebracht?« Harry klang etwas ärgerlich.

Conor sah richtig mitgenommen aus. »Ich wollte bloß checken, ob du das Abendessen einigermaßen hingekriegt hast.« Er rieb sich mit der gesunden Hand die Nase. »Hallo, Polly, alles klar?«

»Ja, danke.« Sie drehte sich nach Harry um und sah an seiner düsteren Miene, dass er alles andere als begeistert war.

»Ich habe bloß für Ivy, Ben und Mr Jacobs, den Vogelbeobachter, gekocht«, sagte er, »das hatte ich heute Mittag schon vorbereitet, und ich habe natürlich die Küche wieder sauber gemacht.«

»Okay«, sagte Conor, »und du hast ein Messer auf dem Abtropfgestell liegen lassen. Von wegen Arbeits- und Gesundheitsschutz und so.«

»Raus«, brummte Harry, lachte aber dabei.

Conor trollte sich in Richtung Theke, wo er in einer Gruppe von Dorfbewohnern, die er seit Jahren kannte, verschwand.

»Wenn es um die Küche geht, ist Conor ein Kontrollfreak«, sagte Harry kopfschüttelnd.

»Das musst du gerade sagen.« Polly lachte. »Du bist bloß so schlecht gelaunt, weil du in aller Stille schließen wolltest und deine Stammgäste beschlossen haben, noch mal schön zu feiern.«

»Das kannst du laut sagen.«

Polly setzte sich an die Theke und beobachtete, wie Harry mit gelassener Miene Bier zapfte und Drinks einschenkte und dabei auf keine Weise zu verstehen gab, dass er lieber etwas anderes tun würde. Das gehörte dazu, wenn man im Gastgewerbe arbeitete – und Polly wusste, dass er seinen Job liebte, auch wenn er heute Abend so abweisend gewesen war. Daher sollte es nicht allzu schwierig sein, ihn zu überreden, die Weihnachtshochzeit für Ivy und Ben auszurichten.

Harry nutzte eine Pause, um sich ein Glas Limo einzuschenken. Wenn er hinter der Theke arbeitete, trank er nur selten Alkohol. Ohne zu fragen, schenkte er auch Polly ein Glas ein, und als er es ihr reichte, strich er über ihre Finger. Sie schloss die Hand um das kalte Glas und versuchte, sich darauf zu konzentrieren und das Gänsehautgefühl, das die Berührung seiner Finger ausgelöst hatte, zu ignorieren. Das war einfach Blödsinn. Harry war ein alter Freund und weiter nichts. Sie holte tief Luft und sah ihn an.

»Okay«, sagte sie. »Ich bin mit einem Auftrag hergekommen.«

»Aha?« Er wirkte etwas erschrocken.

»Ja. Nachdem du vorhin nach Hause gefahren warst, habe ich noch mit Charlotte und Rob gesprochen –«

»Mit Rob.« Harry stieß ein etwas geringschätziges Prusten aus und schüttelte den Kopf. »Ich weiß nicht, ich fürchte, ich hab da vielleicht einen Fehler gemacht.«

Polly musterte ihn. Er hatte die Augen zusammengekniffen und blickte zu dem Tisch am Kamin hinüber, wo Rob und Charlotte sich vergnügt mit Ivy und Ben unterhielten.

»Was für einen Fehler?«

»Dass ich ihn als Investor mit ins Boot genommen habe.« Harry schwieg einen Augenblick, nur seine Lippen bewegten sich, während er nach den richtigen Worten suchte. Polly war klar, dass er vorsichtig formulieren wollte, um Rob, den Partner ihrer Schwester, nicht vor ihr zu beleidigen.

»Ja?«, sagte sie nur.

»Ich bin hier aufgewachsen – mit allen Vor- und Nachteilen. Als Teenager hab ich hinter den Kulissen gearbeitet, dann bin ich zur Uni, und als ich wieder nach Hause kam, musste ich mich damit arrangieren, dass meine Eltern das Hotel auf ihre Weise betrieben. Dabei wusste ich, dass ich vieles zum Besseren verändern könnte, aber mir waren die Hände gebunden. Meine Eltern wollten um jeden Preis alles beim Alten lassen – nicht, dass ich sie nicht lieb gehabt hätte, aber –«, er deutete auf die Bar und die ausgeblichene Deko, »du weißt schon, was ich meine.«

»Klar.« Polly griff nach zwei Bierdeckeln, stellte sie auf und versuchte, sie gegeneinander zu lehnen. »Und jetzt kannst du alles so machen, wie du es für richtig hältst.«

»Genau, das war der Plan. Außer dass Rob – ich meine, er ist ein toller Kerl und alles –, aber er ist Feuer und Flamme für diese Weihnachtshochzeit, und ich glaube, er hat keine Ahnung, was da alles dazugehört. Für ihn geht's bloß darum, dass diese Art von Publicity nicht mit Geld zu bezahlen ist – aber ich denke nur, wenn wir diese Sache in den Sand setzen, wäre auch das blitzschnell in den sozialen Medien, und das wäre wirklich das Letzte, was wir gebrauchen können.«

Polly legte ihm spontan die Hand auf den Arm. Als ihr bewusst wurde, was sie da tat, drückte sie sanft und zog die Hand verlegen wieder zurück.

»Warum solltest du die Hochzeit in den Sand setzen?«

»Na schön, es sind ja bloß Kleinigkeiten, zum Beispiel soll die Bar auseinandergenommen werden, die Zimmer sollen renoviert werden, die Küche wird stillgelegt ...« Harry zuckte die Achseln, musste aber lächeln. »Ich weiß nicht, warum ich mir Stress mache. Wenn ich darüber spreche, klingt es, als wäre das alles zu bewältigen, oder?«

»Es ist gar nicht so schwierig. Du müsstest bloß ein Doppelzimmer und die Bar fertigmachen, mehr brauchst du nicht.«

»Und die Küche. Sie wollen doch auch etwas essen, oder?«, sagte Harry.

»Die Küche lässt du erst mal so, wie sie ist.« Polly stützte die Ellbogen auf und zählte die einzelnen Punkte an den Fingern ab.

»Beth kann sich um den Blumenschmuck kümmern, Anna kann Kuchen backen, Charlotte hat den beiden schon das Cottage vermietet –«

»Na gut, da hast du recht«, räumte er ein. »Trotzdem, ich kapiere das nicht.«

»Was kapierst du nicht?«

»Mir scheint, diese Ivy Winter taucht auf, schnippt mit den Fingern, und ihr fresst der Frau alle aus der Hand. Wie kann das sein?«

»Und was hat Rob gesagt?«

»Als er vorhin kam, war er Feuer und Flamme. Das ist die große Chance für uns, hat er gesagt, ein Sprungbrett für unsere weiteren Pläne und das ganze Blabla. Ihr lasst euch alle von dieser Influencerin einwickeln.«

»Aber findest du das nicht auch einleuchtend?«

»Doch, doch, das hat Hand und Fuß, das ist ja gerade das Problem. Aber wir haben nur vier Wochen, um das ganze Haus auf den Kopf zu stellen. Ende Januar soll die Neueröffnung sein, und du weißt genauso gut wie ich, dass Renovierungsarbeiten immer doppelt so lange dauern und doppelt so teuer sind, wie man sich das ursprünglich vorgestellt hat.«

Polly gab ihm einen sanften Stoß vor die Brust. »Du, Harry Robertson, bist heute Abend ein echter Miesepeter. Ein müder Miesepeter. Und es passt dir gar nicht, dass sich deine Pläne in letzter Minute ändern sollen.«

Harry hob die Hände. »Bekenne mich schuldig.«

»Konntest du ihn davon überzeugen, dass das die größte Chance ist, die wir bisher hatten?«

Polly drehte sich um. Rob und Charlotte standen Hand in

Hand hinter ihr, ihre Wangen waren von der Hitze des Holzfeuers gerötet.

»Aha, du solltest mich also überzeugen?« Harry warf Polly einen scharfen Blick zu. »War das der Auftrag, von dem du vorhin gesprochen hast?«

Polly grinste. »Und zufällig finde ich, dass sie recht haben. Und das findest du doch auch, du alter Muffelkopf.«

Harry stöhnte. »Ist ja schon gut. Ich finde, ihr seid alle wahnsinnig, und wenn die ganze Sache schiefgeht, werde ich mit größtem Vergnügen verkünden, dass ich euch das vorhergesagt habe, aber – na schön. Irgendwie werden wir das wuppen.«

Rob grinste. »Siehst du«, sagte er zu Charlotte, »ich hab doch gesagt, überlass das nur Polly. Sie wird ihren Charme spielen lassen und ihn zur Vernunft bringen.«

Polly spürte, wie ihre Wangen brannten und sie so rot wurde, als hätte auch sie ein paar Stunden am Feuer gesessen. Sie senkte den Kopf. »Das war nicht mein Charme«, sagte sie, »das war gesunder Menschenverstand.«

Rob und Charlotte wechselten einen Blick. Harry schüttelte lachend den Kopf.

»Murdo, was kann ich für dich tun? Noch ein Bier?«

»Ja, das wäre nett. Ich muss auf Vorrat trinken, bevor du uns hier im Regen stehen lässt. Nicht zu fassen, dass du bis Ende Januar schließen willst. Was soll ein Mann bloß machen, wenn er nicht in seinen Pub entfliehen kann?«

»Ach«, Harry sprach mit Murdo, sah dabei aber Polly an. Seine Augen funkelten, und sein Gesicht sagte ihr, dass er vollkommen nachgegeben hatte. »Was das angeht …«

Achtzehntes Kapitel

»Und damit ist es geklärt?« Rilla hob Kitty aus ihrem Hochstuhl und setzte sie auf den Fußboden, wo die Kleine sofort anfing, ein Spielzeug mit einem Kochlöffel zu bearbeiten, hellauf begeistert von dem Krach, den sie produzierte.

»Im Grunde ja.« Polly griff sich eine Handvoll Hundeleckerlis aus dem Glas neben dem AGA und steckte sie in die Tasche. »Wenn du mich fragst, hatte es ein bisschen was von einem Revierkampf. Harry und Rob lernen gerade, zusammenzuarbeiten, und Harry fühlte sich überfahren, als Rob fröhlich einer Weihnachtshochzeit zustimmte, während er selbst doch das Hotel für die Renovierung schließen wollte.«

»Nicht so laut, mein Schatz«, Rilla ersetzte den Holzlöffel durch einen Teddybär, den Kitty vernügt in die Arme nahm. »Das ist ein toller Sound, aber nicht, wenn Mummy gerade mit Tante Polly spricht.« Leiser fügte sie hinzu. »Das war entsetzlich laut, aber egal. Dann kann es also losgehen?«

»Ja. Harry hat Kenny ordentlich Dampf gemacht, er soll sich als Allererstes um den Barbereich kümmern, und jetzt stehen alle in den Startlöchern. Ich hab auch eben mit Beth gesprochen, sie hat schon Ideen für Ivys Brautstrauß.«

»Ist ja süß.« Rilla wischte den Hochstuhl ab und warf den Lappen Richtung Spülbecken. Er blieb am Rand hängen und rutschte dann auf den Fußboden hinunter, wo Hugh, der Spaniel, den Rilla einst herrenlos aufgenommen hatte, ihn ins Maul nahm und zu der Hundematte vor dem AGA trug. Mit einem tiefen Seufzer legte er sich hin, nahm den Lappen behutsam zwischen die Pfoten und blickte mit resigniertem Gesicht zu den Frauen hoch.

»Und es macht dir wirklich nichts aus, mit der ganzen Meute loszuziehen?«

Polly schüttelte den Kopf. »Ich brauche Bewegung. Das Problem mit dem Hofladen ist, dass ich eigentlich nie eine Pause mache, und heute will ich mich draußen mal richtig durchpusten lassen. Wahrscheinlich habe ich einen langen Strandspaziergang genauso sehr nötig wie die Hunde.«

Rilla kraulte jedem der drei Hunde kurz den Kopf, was zu einem Trommelwirbel der Schwänze auf dem Fußboden führte.

»Damit hast du bei ihnen einen Stein im Brett – und bei mir auch. Die Kleine bei diesen Temperaturen mit nach draußen zu nehmen ist furchtbar umständlich, und wenn wir dann auf halbem Weg durch den Wald sind, braucht sie eine frische Windel, und niemand will bei der Kälte ausgezogen werden, stimmt's, Kitty?«

Kitty sah mit gerunzeltem Näschen und schelmischem Lächeln zu ihrer Mutter hoch und schüttelte den Kopf.

»Also dann, ihr drei. Lasst uns den Strand erkunden.«

Polly verließ die heimelige, warme Küche von Applemore House, wickelte sich ihren roten Wollschal fester um den Hals, stellte den Kragen ihres Steppmantels hoch und zog sich die Handschuhe an. In der vergangenen Woche war es ungewöhnlich frostig gewesen. Normalerweise waren die Winter in Applemore nicht besonders kalt, aber in den letzten Tagen und Nächten waren die Temperaturen unter null gesunken, Bäume und Wiesen waren bereift gewesen, und alles hatte geglitzert und atemberaubend schön ausgesehen. Mit knirschenden Schritten ging sie den gefrorenen Fußpfad entlang, der zum Zauntritt führte. Während sie hinüberstieg, wuselten die Hunde schon vorweg. Die Sonne stand tief und schien blass durch den Dunst, und Pollys Atem bildete Wolken, während sie weiterging. Das erinnerte sie an Kindertage, als sie mit ihren Geschwistern im Wald herumgerannt war und sie gespielt hatten, sie wären Dampfloks. Es war eine wilde, freie Kindheit gewesen, sie hatten tun können, was ihnen gefiel, hatten bei jedem Wetter am See herumgeplantscht oder am Strand gespielt, und Joan hatte nur freundlich den Kopf geschüttelt, wenn sie wieder mal durchnässt und schlammverkrustet nach Hause kamen. Ihr Vater war liebevoll, aber zerstreut gewesen, und seine Rolle als Vater schien ihn eher zu verwundern, obwohl er vier Kinder hatte. Harrys Eltern dagegen waren tagaus, tagein in Hotel und Restaurant beschäftigt gewesen, sie waren freundlich, aber auf andere Weise abgelenkt. Mittlerweile waren sie zufriedene Ruheständler und lebten in einem kleinen Bungalow in Auchterarder. »Das ist auch gut so«, hatte Harry vor ein paar Tagen gesagt, »wenn sie von dieser Weihnachtshochzeit erfahren würden, würden sie durchdrehen.«

Immerhin schien Harry sich jetzt darauf eingelassen zu haben. Polly hatte am Vortag, als sie im Dorf gewesen war, kurz bei ihm hereingeschaut, um zu sehen, wie die Arbeiten vorangingen. Als sie die Tür öffnete, empfing sie ein Tohuwabohu aus Rufen, dem Kreischen einer Kreissäge und lauter Musik aus Kennys Baustellenradio. Harry war von Kopf bis Fuß mit Sägemehl bedeckt, die Haare standen ihm zu Berge, und sein Gesicht war trotz der Kälte draußen schweißüberströmt. Er hatte Polly angestrahlt und ihr begeistert gezeigt, dass die alte Vertäfelung bereits abgerissen war und draußen im Container lag.

Polly marschierte weiter, vorbei an Hecken, die mit bereiften Spinnennetzen, roten Beeren und blauschwarzen Schlehenfrüchten geschmückt waren. Ein Rotkehlchen trippelte vor ihr her, zwitscherte hell und flog auf einen Baumstumpf. Während Polly ihren Schnürsenkel neu band, legte es den Kopf schräg und beäugte sie keck. In der Ferne hörte sie das klagende Muhen von Jimmys Kühen, die sich vermutlich am Gatter versammelt hatten und darauf warteten, in die Scheune gebracht zu werden. Dort wurden sie vor dem Melken mit Silage und dem nach Sirup duftenden Futter versorgt. Hier glichen sich die Tage wie ein Ei dem anderen. Manchmal wäre Polly deshalb am liebsten ins Auto gesprungen und zu den Lichtern der Großstadt geflohen, aber heute wurde ihr ganz warm ums Herz, und es machte sie einfach nur fröhlich.

Mabel, Martha und Hugh freuten sich genauso. Sie rannten im Zickzack vor ihr her und folgten mit den Nasen am Boden und wedelnden Schwänzen interessanten Duftspuren. Sie fanden es herrlich, mal wieder aus dem Haus zu kommen, wo Kitty – ihr größter Fan – sie ein kleines bisschen zu sehr liebte. Polly musste lachen, als sie sich an das Gesicht des armen Hugh erinnerte. Kitty hatte ihn zum Abschied so fest gedrückt, dass er leichte Glubschaugen bekommen hatte. Nachdem Rilla ihn befreit hatte – was nicht ohne Kittys wütendes Geheul möglich gewesen war –, war der Hund durch die Küche geschossen und hatte hoffnungsvoll an der Tür zum Flur gekratzt.

Auf dem Weg zum Strand beobachtete Polly ein paar Schafe, die wegliefen, als sie näher kam. Sie hatten auf dem Machair geweidet, dem fruchtbaren, für die Gegend typischen Grasland, das an den Sandstrand angrenzte. Im Sommer war es mit seltenen Wildblumen übersät, und alle möglichen Vögel nisteten dort, die jedes Frühjahr in die Highlands kamen. Jetzt allerdings war das Gras mit Schafkötteln gesprenkelt. Gerade wälzte Mabel sich so genießerisch darin, als würde sie in einem erstklassigen Spa eine Massage bekommen.

»Mabel, du bist echt der Horror!«, rief Polly. Sie zog einen Handschuh aus und holte ein Leckerli aus der Tasche. »Komm her, ich hab hier was für dich.«

Mabel war die pummeligste von den drei Spaniels und sollte eigentlich ständig Diät halten. Jetzt sprang sie auf die Füße und kam mit begeistertem Schwanzwedeln angetrottet.

»Eins kriegst du jetzt und eins, wenn wir am Strand sind.«

Der Wind schlug Polly ins Gesicht, als sie auf den weißen Sandstrand hinunterging. Laut klatschend brachen die Wellen am Ufer, in der Ferne jedoch leuchtete das Wasser türkis, fast wie in den Tropen. Dabei war es aber so kalt, dass selbst die Spaniels, die eigentlich liebend gern schwammen, gehörigen Abstand von der Brandung hielten.

Polly hob ein Stück Treibholz auf und warf es so weit, wie sie konnte. Martha galoppierte hinterher und hatte es so schnell erreicht, dass sie schon damit zurückkam, als die anderen beiden Hunde erst die halbe Strecke gelaufen waren. Die kluge Mabel blieb sofort stehen.

»Gut gemacht, Martha.« Polly nahm der Hündin das Treibholz aus dem Maul. Da stieß Hugh plötzlich ein überraschtes Bellen aus und jagte in die entgegengesetzte Richtung davon. Polly fuhr herum, weil sie vermutete, dass der Hund hinter einem Reh her war, denn die Tiere wanderten häufig an den Strand hinunter. Sie stellte jedoch zu ihrem Erstaunen fest, dass an diesem eisigkalten Nachmittag noch jemand anders einen Strandspaziergang machte.

Als die Gestalt näher kam, erkannte Polly, dass der andere Wanderer eine Frau war. Sie trug einen langen, hellbeigen Steppmantel und eine rosa Pudelmütze mit dazu passenden Handschuhen. Hugh, der Menschen genauso sehr liebte wie sein Fressen, stürmte auf sie zu. Polly wollte auch losrennen, denn sie vermutete, dass der Hund die fremde Frau in seiner Begeisterung von oben bis unten abschlecken würde.

»Hallo!« Polly winkte.

»Hi«, rief die Frau.

Jetzt erkannte Polly, dass es Ivy war, die ihr da so warm eingepackt entgegenkam. Hugh schnupperte schon hoffnungsvoll an ihren Taschen, und Mabel gesellte sich zu ihm, während die schüchterne Martha sich an Pollys Seite hielt.

»Wahrscheinlich riechen sie Felicity.«

Polly blickte den Strand entlang. »Hast du sie nicht mitgenommen?«

Ivy kicherte. »Nein, Felicity ist kein Hund für Spaziergänge, eher einer für die Handtasche. Sie würde erfrieren, wenn ich sie an so einen Strand wie diesen hier mitnehmen würde.«

»Vermutlich ist heute nicht gerade Shih-Tzu-Wetter, oder?« Polly lachte. »Du bist hier ziemlich weit vom Dorf weg. Bist du den ganzen Weg zu Fuß gegangen?«

Ivy schüttelte den Kopf. »Ich hab das Auto bei Jacks Abenteuerzentrum geparkt und bin dann dem Fußweg gefolgt.« Sie runzelte die Stirn. »Das ist hier doch nicht privat, oder?«

»Nein, nein.«

»Puh. Ich hatte einfach Lust, ein Stück zu laufen, um den Kopf freizukriegen und Luft zu schnappen.«

»Und jetzt sind wir da und stören deinen Frieden und deine Ruhe.« Polly rief die Hunde zu sich und gab jedem ein Leckerli.

Ivy lachte. »Nein, ich finde es nett, euch zu treffen. Es ist wunderschön hier, aber so menschenleer – das ist für mich ganz ungewohnt. Verstehst du, was ich meine? Du empfindest das wahrscheinlich anders, schließlich lebst du hier.«

»Das stimmt.« Polly passte sich an Ivys Schritte an. »Aber ich verstehe dich gut. Viele Leute reagieren so. Ich glaube, man gewöhnt sich daran, aber das heißt nicht, dass ich mich nicht manchmal nach dem Stadtleben mit allem Drum und Dran sehne.«

»Das habe ich mich vorhin gefragt. Ich meine, man kann hier nicht einfach schnell mal zu McDonald's gehen oder sich eine Wellness-Behandlung gönnen.«

Polly kicherte, als sie an Mabels lustvolles Wälzen dachte. »Nee, das geht nicht. Ich meine, möglich wäre es schon, aber man müsste dazu nach Inverness fahren, und ehrlich gesagt, die Burger da reichen an Conors Burger nicht heran. Hast du mal einen probiert?«

»Ja, die sind oberlecker. Harry war so lieb, uns welche aufs Zimmer bringen zu lassen.« Sie warf Polly einen Seitenblick zu. »Du bist ein Glückspilz, er ist wirklich ein Schatz.«

Polly blinzelte heftig. »Oh – nein, wir sind nicht –«

Ivy legte sich die Hand auf den Mund. »Ach, sorry, ich hatte einfach angenommen, ihr – na, wie auch immer. Ich und meine große Klappe. Ben sagt, ich verbringe zu viel Zeit damit,

Leute zu beobachten und mir Geschichten über sie auszudenken.«

Eine große Welle brach und überraschte Hugh, der an einem Klumpen Seetang geschnuppert hatte. Er sprang etwas zu spät zurück und sauste den Strand hinauf, bis er außer Reichweite des eisigen Wassers war. Dann blieb er stehen und schüttelte sich empört.

»Sich Geschichten ausdenken klingt schön. Vielleicht solltest du Bücher schreiben?«

Ivy wirkte nachdenklich. »Witzig, aber das wollte ich schon immer. Früher habe ich nach der Schule, wenn ich bei meiner Großmama am Tisch saß, kleine Geschichten geschrieben.«

»Nichts hindert dich daran.« Polly zog sich die Mütze über die Ohren, die vor Kälte allmählich gefühllos wurden, und schloss den Reißverschluss ihres Mantels bis zum Kinn. Sie warf einen Seitenblick auf Ivy, die es irgendwie schaffte, elegant auszusehen, auch wenn sie in mehrere Schichten Kleidung eingehüllt war. Überrascht sah Polly, dass sie sich eine Träne abwischte.

»Sorry«, sagte Ivy und rieb sich mit dem behandschuhten Zeigefinger die Nase. »Schon komisch, wie der Kummer einen überfällt, wenn man nicht damit rechnet. Ich fühle mich gut, dann kommt der Kummer, und plötzlich ist mir, als hätte mir jemand in den Magen getreten.«

»Du brauchst dich nicht zu entschuldigen«, sagte Polly voller Mitgefühl. Sie drückte Ivy den dick gepolsterten Arm. »Ich weiß, wie das ist. Es dauert ewig. Eigentlich hört es nie richtig auf. Man lernt einfach, damit zu leben.«

Ivy schniefte noch einmal. In stillem Einvernehmen kehrten die beiden Frauen um und gingen am Strand entlang zu den Felsen, die Schutz gegen den Wind boten. Dort war es auf einmal windstill, und sie brauchten nicht mehr zu rufen, um sich zu verständigen. Ivy setzte sich auf einen glatten Felsblock.

»Ist das okay für dich?«, fragte sie. »Ich meine, du kannst weitergehen, wenn du möchtest, ich bin einfach – ich hatte vergessen, wie ermüdend es ist, durch Sand zu laufen.«

»Und noch dazu bei Sturm und Wind.« Polly setzte sich neben sie. »Meine …« Sie hatte immer Mühe, Außenstehenden zu beschreiben, welche Rolle Joan in ihrem Leben einnahm, denn die alte Dame war so viel mehr als die frühere Haushälterin der Familie und auch mehr als eine Freundin. »Also, Joan, die mich quasi aufgezogen hat, sagt immer, dass Kummer sich nicht nur auf der psychischen Ebene auswirkt, sondern genauso auch auf der körperlichen. Er macht richtig müde.«

»Das stimmt.« Ivy nickte eifrig. »Als Großmama gestorben war, dachte ich, ich würde verrückt – ich hab wahnsinnig viel geschlafen, und wenn ich aufwachte, war ich immer noch todmüde. Das ist mit ein Grund, weshalb wir hergekommen sind – nicht nur wegen der Hochzeit, sondern weil wir beide fanden, dass es Zeit für eine Pause war.«

Die Hunde umkreisten sie, weiterhin auf Spurensuche. Martha sauste mit erhobenem Schwanz los, um ein Stück getrockneten Seetang zu fangen, das der Wind vor sich hertrieb. Polly spürte durch ihre Jeans hindurch die Kälte des Steinblocks, und allmählich wurde ihr Po gefühllos, aber es faszinierte sie, dass Ivy sich ihr anvertraute. Mit ihrem hübschen Elfengesicht sah sie ganz anders aus als auf den Fotos in den sozialen Medien, für die sie sich total aufbrezelte.

»Es muss schön sein, nicht ständig … vor der Kamera …« Polly wählte ihre Worte sorgfältig, weil sie nicht kritisch klingen wollte. »Ich meine, ich hab mir deine Videos und die Fotos angeguckt. Das sieht nach einer Unmenge Arbeit aus.«

»Wirklich?« Ivy sah sie überrascht an. »Ich bin immer erstaunt, wenn jemand das sagt. Irgendwie vergesse ich, dass da draußen Menschen sind. Sonst könnte ich diese Arbeit nicht machen.«

»Aber du hast doch mehrere Hunderttausend Follower.« Jetzt war Polly erstaunt.

»Ich weiß, aber ich vergesse, dass die real sind. Selbst wenn sie Kommentare hinterlassen, fällt es mir schwer, mir vorzustellen, dass es sich um echte Menschen handelt. Außer natürlich, wenn sie ekelhaft sind. Dann sind sie für mich realer, weil ich das Gefühl habe, sie haben mich ertappt und sie wissen, dass ich nicht weiß, was ich da eigentlich tue.« Ivy lachte ein wenig bitter.

Polly war überrascht, das von einer jungen Frau zu hören, die so vertraut mit den sozialen Medien und so selbstbewusst war. Sie wäre niemals auf den Gedanken gekommen, dass Ivy Winter unter dem Hochstapler-Syndrom litt.

»Das muss schwer sein.« Polly tätschelte Mabel, die sich nach all der Anstrengung hechelnd an ihr Knie geschmiegt hatte und jetzt den Kopf auf ihr Bein legte.

»Ja, manchmal schon. Ben ist einfach toll. Wir haben die Abmachung, dass er alle Kommentare checkt, bevor ich sie lese, weil manche Leute richtig gemein sein können.«

»Das ist wirklich lieb von ihm.«

»Oh, und er macht noch viel mehr. Im Grunde managt er alles hinter den Kulissen – früher hat das jemand anders gemacht, aber der hat uns abgezockt und viel Geld verbraten, deswegen haben wir uns entschlossen, es zusammen zu machen.«

»Das klingt nach einer idealen Partnerschaft.« Polly spürte plötzlich ihre Einsamkeit. Wenn sie abends allein in ihr kleines Cottage kam ... ja, sie hatte ihre Familie, und Harry war auch da, aber – er war ein Freund. Hätte er jemals zu erkennen gegeben, dass er sich für sie als Frau interessierte, dann wäre vielleicht alles anders gewesen

»Ben ist ein Schatz. Deswegen möchte ich, dass wir jetzt hier heiraten – nicht bloß, weil es mir etwas bedeutet, an dem Ort zu heiraten, an den meine Großeltern so schöne Erinnerungen hatten, sondern auch, weil er – Ben ist meine Familie, und ich möchte das offiziell machen.«

»Das ist so schön. Ich freue mich sehr für euch beide.« Polly sah Ivys gerötete Wangen und lächelte. »Du siehst aus, als würdest du frieren. Wollen wir gehen?«

Gemeinsam wanderten sie am Strand entlang zurück, jetzt zum Glück mit Rückenwind.

»Was du gesagt hast, hat mich überrascht«, sagte Polly nach einer Weile. »Es klingt, als würde deine Arbeit gar nicht so viel Spaß machen, wie ich gedacht hatte.«

»Ach, versteh mich nicht falsch. Wenn man zu spannenden Veranstaltungen eingeladen wird, zum Beispiel zu Premieren oder Vorstellungen von neuen Kosmetikprodukten, ist das schon toll. Aber irgendwann ist es auch nicht mehr so interessant, dann ist es bloß noch mühsam, sich aufzudonnern und durch die ganze Stadt oder sogar nach London zu müssen.«

»Ich hätte nichts dagegen, mal für eine Weile mit dir zu tauschen. Es klingt jedenfalls viel aufregender, als bloß über den

Hof zum Hofladen zu spazieren und mir immer denselben Dorfklatsch anzuhören, den dann bis zum Mittag zehn verschiedene Kundinnen wiederholt haben.«

»Aber du würdest doch nicht aus Applemore wegziehen wollen?«, fragte Ivy erschrocken.

Polly winkte ab. »Nein. Oder doch? Vielleicht?«

Beide lachten.

»Ich habe richtig geschuftet, um den Hofladen in Gang zu bringen. Deswegen kann ich mir nicht vorstellen, einfach abzuhauen. Hier ist mein Zuhause.«

Ivy nickte. »Das ist es. Ich habe das Gefühl, dass ich in den letzten Jahren sehr hart gearbeitet habe, um die ganze Sache aufzubauen. Aber jetzt bin ich damit fertig. Ich weiß nur noch nicht, was ich als Nächstes machen werde.«

»Nein? Aber du hast doch die vielen Follower, und du bist berühmt.«

»Das letzte Hemd hat keine Taschen, oder?« Ivy verzog das Gesicht. »Es ist seltsam. Großmama starb, und nach dem Begräbnis dachte ich, jetzt würde ich normal weiterarbeiten und wieder so leben wie bisher. Aber das ist jetzt neun Monate her, und es ist, als ob ... Mir ist klar geworden, dass ich das nicht kann. Etwas hat sich verändert, und ich bin nicht mehr mit dem Herzen dabei.«

Sie stapften hintereinander auf dem schmalen Pfad zurück. Böiger Wind fuhr zwischen sie und machte eine weitere Unterhaltung schwierig. Und als sie den Wald erreichten, empfand Polly es als aufdringlich, noch einmal an ihr Gespräch von vorhin anzuknüpfen. Sie sann darüber nach, wie eigenartig es war, dass man sich mit einer Fremden manchmal leichter austauschen konnte als mit einem Menschen, den man schon jahrelang kannte. Und besonders merkwürdig erschien ihr, als sie sich zum Abschied mit einem Lächeln zuwinkten, dass dieser Austausch bei ihr alle möglichen Gefühle ans Licht gebracht hatte, die sie, solange sie denken konnte, verborgen gehalten hatte.

Neunzehntes Kapitel

»Ich hoffe bloß, dass diese windigen Handwerker aus Inverness im Midsummer House anständige Arbeit leisten.«

Kenny krempelte die Hemdsärmel hoch und riss die dritte Dose Cola light an diesem Vormittag auf. Harry sah zu Rob hinüber, der mit einem Thermobecher Kaffee gekommen war und jetzt auf einem umgedrehten Fass saß und rasch etwas auf einem völlig eingestaubten Laptop tippte.

»Hast du das gehört?« Harry stupste ihn mit dem Knie an.

»Was denn?« Rob blickte auf und schloss den Laptop. Sein dunkles Haar war verwuschelt, und sein Hemdkragen stand offen.

»Ich hab gesagt, ich hoffe, dass die da drüben bei euch anständig arbeiten.« Kennys graue Locken standen ihm wie ein Heiligenschein vom Kopf ab, und wenn er lachte, so wie jetzt, verschwanden seine Augen fast in dem runden, rotbackigen Gesicht.

»Ich bin ziemlich sicher, dass sie nicht so gut arbeiten wie deine Leute hier«, sagte Rob, »aber leider können wir euch ja nicht teilen, damit ihr auf zwei Baustellen gleichzeitig präsent seid – so gern ich das auch tun würde.«

»Stimmt.« Kenny trank einen großen Schluck. »Vielleicht fahre ich heute Nachmittag mal hin und gucke mir an, was die da so treiben.«

»Ausgezeichneter Plan.« Rob stand auf. »Aber da knallt Charlotte mit der Peitsche, deswegen werden sie sich wohl kaum trauen, irgendwelchen Unfug zu machen. Ich jedenfalls würde mich nicht mit meiner Liebsten anlegen, ihr etwa?«

Harry prustete los. »Dafür kenne ich sie schon viel zu lange. Die armen Handwerker haben keine Ahnung, dass sie es mit einer Naturgewalt zu tun haben.«

»Ja, sie war nicht besonders begeistert, als ich gesagt habe, ich wüsste nicht, warum wir nicht gleichzeitig im Hotel und im Midsummer House renovieren sollten.«

»So was ist hier im Dorf ungewöhnlich, das gebe ich zu«, sagte Kenny. Er fegte Sägemehl unter der Kreissäge weg. »So viel Aufregung sind wir nicht gewohnt.«

»So sind eben diese Überflieger aus der Großstadt«, sagte Harry neckend.

Rob grinste gut gelaunt. »Bloß, weil wir uns nicht im Schneckentempo vorwärtsbewegen, wie das sonst in Dörfern üblich ist. Eigentlich ist dir das doch ganz recht.«

»Wie auch immer.« Harry schüttelte den Kopf. Er war nicht nachtragend und hatte seinen Groll darüber, dass Rob ihn quasi zu der Weihnachtshochzeit genötigt hatte, verwunden. Schließlich war dieses Fest wirklich eine wunderbare Gelegenheit für kostenlose Werbung. Die ganze Sache erschien ihm bloß etwas hektisch, und er hatte doch gern alles perfekt, schließlich bürgte er mit seinem Namen. Rob war auf der Baustelle mit eingesprungen und machte sich vergnügt die Hände schmutzig, indem er half, das alte Mobiliar auszuräumen, zu zerlegen und in den Container draußen zu befördern. Obwohl er ein glamouröses Leben in der Großstadt gewohnt gewesen war, hatte er sich in Applemore gut eingelebt. Er und Charlotte waren bis über beide Ohren verliebt, und es war schön, das mitzuerleben.

Wenigstens die beiden hatten sich gefunden. Er selbst jedoch musste akzeptieren, dass er entweder seine Gefühle für Polly beherrschen oder aber ein Risiko eingehen musste, falls er etwas in diese Richtung unternehmen wollte. Harry griff nach dem Akkuschrauber und arbeitete weiter an einer Schranktür. Er fing die herausgedrehten Schrauben in der Hand auf, bis die Tür hinunterrutschte und er sie mit dem Knie stoppte.

Seit der Schulzeit waren Lachlan und er beste Freunde gewesen. Wie um Himmels willen sollte er ihm jetzt erklären, dass er in seine jüngste Schwester verliebt war? Damit würde er womöglich die Freundschaft aufs Spiel setzen.

»Da wir gerade von Erfolgstypen aus der Großstadt sprechen«, unterbrach Rob ihn in seinen Gedanken, »wir haben Besuch.«

Harry drehte sich so schnell um, dass er sich an der nächsten Schranktür den Kopf stieß.

»Vorsicht!«, rief Ivy.

»Pass auf, Mädchen!«, warnte Kenny. »Wer hier reinkommt, braucht einen Helm.«

Ivy blickte von einem zum anderen, und als sie sah, dass keiner der Männer einen Helm trug, trat sie ein.

Donald, einer von Kennys Lehrlingen, hatte zugehört, und jetzt nahm er eilig seinen Helm vom Haken und setzte ihn etwas schief auf. Mit offenem Mund sah er Ivy an.

»Mund zu, Mann, sonst fliegt dir 'ne Fliege rein.« Kenny lachte.

»Augenblick.« Rob wischte sich die Hose ab und fuhr sich durchs Haar. »Harry, hast du eben mal einen Moment Zeit? Ich war gestern bei Ivy und Ben im Cottage, um nach der Dusche zu sehen, und da haben wir uns unterhalten und eine Idee gehabt.«

»Ich komme.«

Rob stand bereits mit Ivy und Ben, die gegen die Kälte warm eingemummelt waren, draußen vor der Tür. Die Sonne schien vom strahlend blauen Himmel. Wären die abgestorbenen Pflanzen in den Hängekörben nicht gewesen, dann hätte es Frühling sein können. Harry nahm sich vor, die Pflanzen gleich nach dem Gespräch in den Container zu werfen.

»Ich hab gestern am Strand zufällig Polly getroffen«, sagte Ivy, »und das hat mich zum Nachdenken gebracht. Ich nehme mir gerade eine Art Auszeit von den Social Media, aber wir haben gedacht, wir könnten eure Auftritte noch ein bisschen aufpolieren.«

Harry kratzte sich den Kopf. »Aufpolieren?«

»Geniale Idee, oder?« Rob strahlte ihn an.

»Wir möchten uns etwas verändern, vielleicht einen Gang höher schalten«, erklärte Ben. »In den letzten Jahren haben wir ein bisschen dazugelernt, aber –«, er lächelte Ivy zu, »also, wir haben uns überlegt, dass jetzt der richtige Zeitpunkt sein könnte, etwas Neues zu machen, bei dem wir nicht so in der Öffentlichkeit stehen. Die Firma haben wir ja schon, es ist also eine natürliche Weiterentwicklung, wenn wir anfangen, für andere Firmen ihre Auftritte in den sozialen Medien zu managen und uns auch um das Marketing und solche Dinge zu kümmern.«

Ivy nahm ihr langes Haar zusammen, drehte es und schob es über die Schulter zurück. Sie sah Harry erwartungsvoll an. »Damit will ich nicht sagen, dass eure Social-Media-Präsenz nicht gut ist«, ergänzte sie.

»Nein, so was sagt niemand.«

Harry erkannte, dass sein Schweigen die anderen glauben ließ, sie müssten die Pausen mit Gerede füllen.

»Sorry, ich bin gerade etwas baff.« Er sah zu Rob hinüber und überlegte, wie er ihm telepathisch die Frage nach der Bezahlung stellen könnte. Rob erwiderte seinen Blick mit nichtssagender Miene.

»Das klingt toll«, begann Harry, »aber wir sind ein bisschen – also, unsere jetzige Website hat der Vetter von einem Autoschrauber in dem Büro neben der Werkstatt gemacht. Und auch wenn euch das jetzt vielleicht überrascht, wir sind etwas –« Er nickte in Richtung des Lärms, der aus dem Restaurant kam. Es war ein dumpfes Wummern, als würde etwas mit einem Vorschlaghammer zerschlagen.

»Ach so, nein«, sagte Ben, als ihm klar wurde, worauf Harry hinauswollte. Er schüttelte den Kopf. »Natürlich umsonst. Sozusagen als Probelauf. Ich meine, ihr habt euch doch beide Beine für uns ausgerissen. Außerdem wäre es ein interessantes Experiment für uns, mal zu sehen, was wir verändern können, wenn wir hier ein paar schöne Fotos machen und vielleicht ein bisschen vom Feeling vor und nach den Renovierungsarbeiten einfangen.«

Harry musste schmunzeln, als er daran dachte, wie Kenny darauf reagieren würde, wenn er mitbekäme, dass seine Arbeit für das *Feeling* entscheidend war. »Ernsthaft? Das klingt – super, ja. Ich meine, genial!«

Ivy nickte. »Ich weiß, das kommt ein bisschen aus heiterem Himmel, aber Polly und ich hatten gestern am Strand ein echt gutes Gespräch, und daraufhin habe ich darüber nachgedacht, was wirklich wichtig ist.«

Harry wollte sie gerade fragen, wie es Polly ging, besann sich dann aber. »Cool«, sagte er stattdessen.

»Polly ist toll«, fügte Ivy hinzu. »Es ist witzig, sie hat gesagt, sie würde gern mit mir tauschen und mal in der Stadt leben.« Bei der Erinnerung daran kicherte Ivy.

»Wirklich?« Harry blieb die Spucke weg.

Ivy schüttelte den Kopf und legte zwei gepflegte Fingerspitzen an die Lippen. »Ach, wahrscheinlich hat sie das nur so dahingesagt.«

Rob warf ihm einen merkwürdigen Blick zu. »Ich kann mir nicht denken, dass Polly irgendwo anders leben will als hier, du etwa?«

Harry hob eine Schulter und sagte möglichst beiläufig: »Wer weiß?« Dann wandte er sich ab, und schon im Hoteleingang sagte er: »Danke, das klingt nach einer sehr schönen Idee. Rob, kann ich es dir überlassen, die Einzelheiten zu klären? Ich hab Kenny versprochen, ihm hier noch zu helfen.«

Rob nickte. »Klar.«

Harry betrat das Haus durch den Hoteleingang und blieb einen Moment im Empfangsbereich stehen. Das alte hölzerne Treppengeländer hatten sie mit dicken Tüchern umwickelt, damit es bei den Arbeiten nicht beschädigt wurde. Er lehnte sich dagegen und stieß einen tiefen Seufzer aus. Falls er noch ein Zeichen gebraucht hatte, musste es das wohl sein. Wenn Polly Interesse an ihm hätte, würde sie nicht im Traum daran denken, Applemore zu verlassen und in eine Stadt zu ziehen. Es war höchste Zeit, dass er sich auf das konzentrierte, was in seiner Macht stand, und das bedeutete, dass er das Hotel renovierte und sich den Tatsachen stellte.

Zwanzigstes Kapitel

»Puh, bin ich müde.« Polly ließ sich auf Joans Sofa fallen und schob eins von den unzähligen Kissen zur Seite. »Die gesamte Bevölkerung der Highlands war heute zum Shoppen bei mir im Hofladen. Ich hätte nie gedacht, dass ich so was mal sagen würde, aber wenn ich mir noch ein einziges Weihnachtslied anhören muss, werde ich wahnsinnig.«

Joan lachte in sich hinein, während sie ein Tablett auf den kleinen Couchtisch stellte. »Dann greif zu, und danach geht's dir bestimmt ein ganzes Stück besser.«

Auf dem Tablett stand alles, was Polly von ihren Abendessen aus Kindertagen kannte. Joan hatte Hühnersuppe mit Lauch gekocht und Brot mit knuspriger Kruste gebacken, in Scheiben geschnitten und dick mit Butter bestrichen. Dazu gab es Highland Cheddar aus der Käserei ganz in der Nähe und eine Kanne Tee, gewärmt von der gehäkelten Haube, die Joan schon seit Menschengedenken benutzte. Auf einem Tellerchen daneben lag ein ganzer Stapel der kleinen schottischen Pfannkuchen, die Joan immer in der Grillpfanne backte. Sie erinnerten Polly an Winternachmittage, an denen sie neben dem AGA auf der Arbeitsplatte gesessen und Joan beim Kochen zugesehen hatte, während ihr Vater in seinem mit Büchern vollgestopften Arbeitszimmer herumhantiert oder in der Werkstatt David bei seinen Erfindungen geholfen hatte. Polly seufzte glücklich und ließ zu, dass Joan ihr ein gepolstertes Knietablett reichte und einen Teller Suppe daraufstellte.

»Ich komme mir vor wie ein kleines Mädchen.«

»Wenn du dich nach einem langen Tag nicht ein bisschen verwöhnen lassen kannst, stimmt etwas nicht. Ihr Mädchen schuftet alle viel zu sehr, wenn du mich fragst. Jedenfalls musst du für die Pferderennen nachher wieder ganz bei Kräften sein, ich brauche dich!«

Polly stöhnte. »Ich begreife nicht, warum ich mich zum Helfen hab einspannen lassen.«

»Na ja, deine Schwestern haben es irgendwie geschafft, sich davor zu drücken, und Lachlan hilft schon an der Bar, also musste jemand einspringen.« Joan griff zur Fernbedienung. »Wollen wir mal in meine Quizsendung reinschauen?«

Polly lächelte. Joans kleine Rituale waren in Stein gemeißelt. Insgeheim fragte sie sich, wie George, der vor fünfzehn Jahren Witwer geworden war, es geschafft hatte, sich damit zu arrangieren. In dieser Woche besuchte er seine Tochter in Inverness. Gerüchte, dass er diesem Fundraising-Unsinn aus dem Weg gehen wolle, seien völlig aus der Luft gegriffen, hatte er Polly augenzwinkernd anvertraut, aber jedenfalls konnten Joan, Dolina und Greta sich auf diese Weise als Dreierteam mit Volldampf der guten Sache widmen. Sie wollten ganz Applemore zusammentreiben und allen die Taschen leeren, bevor die Dorfbewohner wussten, wie ihnen geschah.

»Ich habe Dolina gesagt, dass wir heute Abend ein vernünftiges Ziel brauchen. Ausreden gibt's nicht. Wir bieten ein schönes Programm, das Mindeste ist also, dass jeder mal in seine Tasche greift.«

»Aber bald ist Weihnachten.« Polly griff nach einer Scheibe Brot und biss mit einem wonnevollen Seufzer hinein.

»Ganz genau, und wenn jeder uns fünf Pfund geben würde, hätten wir die Summe zusammen, die wir für das Klettergerüst für den Schulhof brauchen.« Joan grinste. »Das Hotel ist ja geschlossen, also sparen alle das Geld, das sie sonst im Pub ausgeben würden.«

Joan warf Polly einen Blick zu. »Da wir gerade vom Pub reden, du hast noch gar nichts von Harry erzählt. Wie kommt er mit dem Renovieren voran? Ich bin neulich auf dem Weg zum Laden am Hotel vorbeigekommen, und da hörte man von drinnen ein fürchterliches Krachen und Poltern. Mrs Mackay hat gesagt, das geht jetzt von morgens bis abends so.«

Polly zuckte die Achseln. »Ich hab ihn ein paar Tage nicht gesehen. Oder doch, neulich war ich kurz im Hotel, aber da hatte er zu tun.«

Er war ein bisschen komisch gewesen, doch das hätte Polly Joan gegenüber niemals zugegeben, weil es eine ganze Kette von gluckenhaften Fragen nach sich gezogen hätte, und ihr war auch so schon mulmig genug zumute. Sie hatte den Kopf durch die Tür gestreckt und nach Harry gerufen, aber er hatte ihr bloß flüchtig zugewinkt, kurz gegrüßt und sich dann entschuldigt, er müsse wieder an die Arbeit. Polly hatte sich zurückgezogen, merkwürdig verletzt, und seitdem war Harry wie vom Erdboden verschluckt gewesen.

»Ich denke mal, er wird heute Abend dabei sein. Das will ich ihm auch geraten haben«, sagte Joan. »Murdo und die anderen Männer aus dem Dorf konnte ich nur überreden zu kommen, weil ich ihnen versprochen habe, dass es heute Abend eine inoffizielle Bar gibt, auch wenn die Umgebung nicht so glamourös ist wie sonst.«

»Ich glaube nicht, dass man Harrys Bar im Moment als glamourös bezeichnen kann.« Polly lachte, denn sie dachte an den mit Sägespänen übersäten Fußboden und an die Gipskartonplatten, die an den Wänden lehnten. »Jedenfalls nicht, so weit ich das sehen konnte.«

»Ja, aber bald ist dann alles wie neu. Und dann werden alle nur noch Augen für die Hochzeit von dieser Ivy Sowienoch haben«, spöttelte Joan.

»Sie ist richtig nett«, protestierte Polly. »Eigentlich ist sie ganz normal.«

»Ach so.« Joan schürzte die Lippen. »Aufgedonnert bis zum Gehtnichtmehr, und dann macht sie dieses Schmollmündchen. Ich hab auf Instagram Fotos von ihr gesehen.«

»Du klingst heute Abend erschreckend ähnlich wie Dolina«, warnte Polly lachend. »Ich fürchte, du warst zu viel mit ihr zusammen.«

Joan riss entsetzt die Augen auf. »Oje. Also, wenn das so ist, muss ich mich besonders anstrengen.«

Sie stand zu ihrem Wort. Vier Stunden später, als die zugige Memorial Hall mit allem geschmückt war, was der Dorfausschuss in die Finger bekommen hatte, und die uralten Ölradiatoren so viel Hitze abgaben, wie sie nur konnten, öffneten die Frauen einer ungeduldigen Schlange von Dorfbewohnern die Tür zur alljährlichen Rennabend-Spendenaktion. Alle schwatzten und erzählten, während sie Joan und Polly, den beiden Garderobenfrauen, ihre Mäntel reichten.

»Was soll das heißen, ich muss fünfzig Pence für meinen Mantel bezahlen?« Kenny hatte seine Kappe abgenommen, sodass ihm das krause Haar jetzt zu Berge stand. Empört sah er Joan an.

»Du bezahlst die fünfzig Pence nicht für deinen Mantel, sondern für deinen Garderobenzettel. Am Ende des Abends bekommst du dein Geld wieder.« Bevor er wusste, wie ihm geschah, gelang es Joan irgendwie, ihm seine Winterjacke abzunehmen und sie auf einen Bügel zu hängen.

»Das ist Raub am helllichten Tage«, murrte Kenny, als er das Zettelchen einsteckte.

»Es ist für einen guten Zweck«, strahlte Joan. Sie wandte sich wieder Murdo zu, der neben ihr gewartet hatte.

»Was ist denn, Murdo?«

»Greta sagt, der Backofen spinnt.« Murdo zwinkerte Polly zu. »Wahrscheinlich ist er ohnmächtig geworden, weil er Gretas Würstchen im Schlafrock backen soll.«

»Lass sie das bloß nicht hören. Sie hat die ganze Woche lang daran gearbeitet.« Joan lachte. Sie nahm einem jungen Paar die Mäntel und die langen Schals ab, und die beiden winkten einem weiteren Paar zu, das sich gerade an einem der runden Tische niederließ und lachend die Plastikbecher darauf begutachtete. Polly kannte viele der jungen Leute, weil sie mit ihnen vor der Schule wartete, wenn sie die Zwillinge abholte.

»Sofort, ich kümmere mich darum.« Joan hängte zwei weitere Mäntel auf den klappbaren Metallständer. Murdo, der im gleichen Moment wie Polly bemerkte, dass der Ständer wackelte, griff zu und drückte den Verschluss an der Seite fest.

»Wenn der zusammenbricht, gibt's großes Theater«, brummte er. »Du musst die vielen Fünfzig-Pence-Stücke nachher alle wieder rausgeben, Polly. Pass gut auf die Mäntel auf.«

Mrs Drummond, die Schulleiterin, stand am anderen Ende des Saales und dirigierte ein paar Lehrer, die versuchten, den

Projektor stabil aufzustellen. Jemand schaltete einen Lautsprecher ein, und in voller Lautstärke kreischte ein Rennkommentator seine hektischen Sätze durch den Raum.

Mrs Drummond machte eine Handbewegung. »Du musst zurück zum Anfang, wir sind hier gleich so weit!«, rief sie mit ihrer durchdringendsten Schulleiterinnenstimme. Polly blickte zu Mr Drummond hinüber, der an einem Tisch saß und auf einem Laptop herumtippte und so friedlich und entspannt wirkte, wie seine Frau streitbar und herrisch war. Als er kurz aufblickte, lächelte sie ihm bestätigend zu. Obwohl sie so unterschiedlich waren, schienen sie ein perfektes Paar zu sein, sie liebten sich offenbar heiß und innig. Niemand in Applemore hätte abgestritten, dass Mrs Drummond die kleine Dorfschule ein großes Stück vorangebracht hatte. Sie hatte die Fördergelder von der Regierung bis auf den letzten Penny ausgeschöpft und immer wieder zusammen mit Eltern und Lehrern Veranstaltungen organisiert, um Geld für Klassenfahrten und die Ausstattung der Schule zu sammeln. Der Rennabend war eine ganz neue Idee. Polly beobachtete, wie Mrs Drummond jetzt mit einem Heftchen Lose für die Tombola und einem Glaskrug loszog.

Immer noch strömten Leute herein und gaben ihre Mäntel ab, und häufig rundeten sie die fünfzig Pence für die Garderobe auf. Mittlerweile erklang aus den Lautsprechern festliche Musik, und Lichterketten beleuchteten den von den Grundschülern gebastelten Fensterschmuck.

Polly rollte den ersten Garderobenständer zur Seite, und als sie den nächsten holte, sah sie Ivy und Ben Hand in Hand in der Tür stehen. Die beiden wirkten etwas verdutzt.

»Hi«, sagte Polly, als Ben Ivy aus dem Mantel half und ihn

herüberreichte. Sie riss ein Ticket ab, schob einen Teil auf den Haken des Kleiderbügels und reichte Ben den anderen Teil. Als sie ihm das Wechselgeld auf sein Zwei-Pfund-Stück herausgeben wollte, schüttelte er den Kopf. »Das passt schon«, sagte er. »Wir sind hergekommen, weil Charlotte und Rob gesagt haben, es wäre ein Erlebnis.«

Polly kicherte. »Da haben sie nicht unrecht. Jedenfalls ist es die beste Möglichkeit, in das echte Dorfleben hier einzutauchen. Da werdet ihr ganz schnell wieder in die Großstadt abdüsen.«

»Hallo, meine Liebe!« Joan war zurückgekehrt, nahm strahlend Ivys Hand und schüttelte sie kräftig. »Wie schön, dass wir uns endlich persönlich kennenlernen. Ich habe so viel von Ihnen gehört.«

Polly warf Joan einen warnenden Blick zu.

»Wirklich?« Ivy runzelte leicht die Stirn.

»Oh ja!«, sagte Joan. »Ich hab Ihre Videos im Internet gesehen und so.«

Polly trat Joan auf den Fuß.

»Was war denn los?«, sagte Joan kurz darauf, als Ivy und Ben durch den Saal zu Charlotte und Rob hinübergingen.

»Nichts.« Polly kicherte. »Ich hab noch nie gehört, dass du deine vornehme Telefonstimme auch im echten Leben einsetzt.«

»Pscht.« Joan schüttelte die Faust. »Du hast doch gesagt, ich sollte nett zu ihr sein. Und das war ich, oder?«

»Ich hab nur gesagt, mach es nicht so wie Dolina. Dass du Theater spielen sollst, hab ich damit nicht gemeint.«

»Jetzt mach, dass du wegkommst!«, sagte Joan und wandte sich den letzten Besuchern in der Schlange zu. »Lass uns loslegen.«

Einundzwanzigstes Kapitel

Harry stand an der Tür und begutachtete, wie weit sie gekommen waren. Draußen war es dunkel, und die Handwerker hatten längst Schluss gemacht, aber er hatte allein noch weitergearbeitet, weil er die Baustelle für die nächste Phase tipptopp in Ordnung haben wollte. Bisher hatten sie anscheinend nichts anderes getan, als alles rauszureißen, und weil der ganze Schutt und das Holz nach draußen in den Container gewandert waren, konnte Harry die Theke jetzt im Rohzustand sehen. Der abgetretene Teppichboden mit dem Tartanmuster war entfernt worden, und die Bodendielen darunter hatte er gefegt. Kennys Maler hatte bereits die Wände neu verputzt, und sobald der frische Putz getrocknet war, sollten sie gestrichen werden – die Farbeimer standen in einer Ecke bereit. Auch das altmodische Kaminsims hatten sie herausgerissen und durch einen Sturz aus dunkel gebeiztem Holz ersetzt, und die scheußliche Backsteinumrandung im Stil der 1970er Jahre war ebenfalls verschwunden. Statt des offenen Feuers würden sie in Zukunft einen Holzofen nutzen, was viel weniger Staub und damit auch weniger Putzen bedeutete, eine Erleichterung für alle. Die neuen Möbel waren bestellt – Massivholztische und, weil das gerade modern war, unterschiedliche Stühle und einige große, weiche Sofas, auf denen man sich zurücklehnen und aus dem Fenster auf den kleinen Hafen blicken konnte.

Er stellte sich den Saal mit einem großen Weihnachtsbaum in der Ecke vor, mit winzigen weißen Lichtern geschmückt, und dazu überall Beths geschmackvolle Blumengestecke. Das würde die richtige Umgebung für eine Hochzeit sein – auch wenn er nie gedacht hätte, dass er jemals in einem Hotel, das erst zur Hälfte fertig renoviert war, eine Hochzeit organisieren würde. Er stieß einen Seufzer aus und schüttelte leise lächelnd den Kopf. Die Wahrheit war, dass er sich niemals so ins Zeug gelegt hätte, wenn Polly nicht gewesen wäre. Mit ihrer fröhlichen Entschlossenheit hatte sie ihn überzeugt, dass sie dieses Event auf die Beine stellen konnten. Er sah auf seinem Handy nach der Uhrzeit. Ja, er musste los, denn er hatte Lachlan versprochen, beim Fundraising für die Grundschule die Bar zu machen. Eine WhatsApp von Lachlan hatte ihn noch einmal daran erinnert: *Wenn du nicht auftauchst, bist du tot.* Harry grinste. Wahrscheinlich hatte Mrs Drummond so lange genörgelt, bis Lachlan kapituliert hatte. Oder hatten Dolina oder Greta oder Joan den armen Kerl bekniet? Schwer zu entscheiden, welche der Frauen furchterregender war. Eine Windbö vom Meer peitschte gegen die Fensterscheiben, und kurz darauf prasselten Hagelkörner dagegen. Draußen war es eisig kalt. Das Licht wurde kurz schwächer, und er blickte hoch – vermutlich setzte das stürmische Wetter den Stromleitungen zu.

Harry machte die Lichter unten aus und lief nach oben, um rasch zu duschen und sich umzuziehen.

Zehn Minuten später schlüpfte er in seine Winterjacke, stellte den Kragen gegen den heftigen Wind hoch und sprang auf sein Fahrrad. Wenn er nicht mit dem Auto fuhr, konnte er wenigstens etwas trinken, und sicherlich würde ihn dann am späteren Abend jemand nach Hause bringen.

Dass in der Memorial Hall, die vor hundert Jahren etwas außerhalb von Applemore auf einer Anhöhe erbaut worden war, etwas los war, war schon von weitem zu hören. Laute Jubelrufe und Gelächter schallten aus dem alten Gebäude. Als Harry die Hügelkuppe erreichte, sah er die Fenster in der Dunkelheit leuchten. Überall am Straßenrand parkten Autos, was in der Facebook-Gruppe des Dorfes morgen sicherlich eine ganze Litanei von Beschwerden nach sich ziehen würde. Er stellte sein Rad neben der Halle an einer Stechginsterhecke ab, fluchte, als er sich dabei in den Finger stach, und steckte ihn in den Mund, um das Blut zu stillen.

»Gerade noch rechtzeitig!«, rief Lachlan ihm durch den ganzen Saal zu, als er die Tür aufschob. Vor der Durchreiche zur Küche stand eine lange Schlange, und er erhaschte einen Blick auf Polly, die auf der anderen Seite gerade ein voll beladenes Blech aus dem Backofen holte. Sie hatte das Haar zum Pferdeschwanz gebunden und trug eine festliche rote Bluse. Joan und Dolina schenkten Tee und Kaffee ein.

»Sorry, ich bin aufgehalten worden.« Harry schob seine Jacke unter den Tisch, der als Theke diente, und krempelte die Ärmel hoch. Eine Gruppe vergnügter Eltern trat an die improvisierte Bar. »Was darf es sein?«

In der halbstündigen Pause ging eine erstaunliche Menge an Alkohol über die Theke. Zwischen den ersten beiden Rennen hatte es eine Verlosung gegeben, und es war offensichtlich, dass manche Leute sich bereits an ihren alkoholhaltigen Gewinnen gütlich getan hatten.

»Was sehen meine entzündeten Augen?«, sagte Murdo, als er Harry hinter der Theke entdeckte. »Obwohl wir hier nicht im Applemore Hotel sind?«

»Bier vom Fass haben wir hier leider nicht«, sagte Harry. »Aber möchtest du mal Lachlans neues Flaschenbier probieren? Das wird dich nicht umbringen, da bin ich mir ziemlich sicher.«

»Pass bloß auf!« Lachlan lachte. »Ich habe gerade eine große Bestellung an einen Craftbier-Pub in Inverness ausgeliefert. Es geht aufwärts!«

»War doch nur ein Scherz.« Harry grinste. »Wie geht's denn so, Murdo?«

Murdo nickte. »Nicht schlecht. Die Mädels haben heute Abend einen großartigen Job gemacht, das muss ich ja zugeben. Mein Pferd ist im ersten Rennen Zweiter geworden, und ich habe zwanzig Pfund gewonnen, das hat sich also ordentlich gelohnt.«

»Und das Geld gibst du gleich weiter an unsere Spendenkasse«, sagte Greta, die gerade hinter ihren Mann getreten war. Erschrocken drehte er sich um, und alle lachten über sein bestürztes Gesicht.

»Ach ja. Ja, natürlich.« Ihm sprangen fast die Augen aus dem Kopf, als Greta ihm jetzt die flache Hand hinstreckte und darauf wartete, dass er ihr das Geld überreichte. Murdo holte sein Portemonnaie aus der Tasche, zog widerstrebend den Geldschein heraus und überreichte ihn seiner Frau mit gespielt betrübter Miene.

»Also doch kein Bier für dich?« Lachlan grinste.

Murdo schüttelte den Kopf. »Kein Alkohol heute Abend. Ich bin im Dienst.«

»Damit geht uns die Hälfte der Einnahmen verloren«, scherzte Harry und beeilte sich dann, ein Paar zu bedienen, das auf ein Bier und einen Wein im Plastikbecher wartete.

»Pass bloß auf, mein Junge«, Murdo grinste. »Sonst komme ich nicht in deine schicke neue Bar, wenn du eröffnest.«

»Da bin ich aber gespannt.« Harry lachte.

»Meine Damen und Herren, bitte begeben Sie sich alle wieder auf Ihre Plätze und bereiten Sie sich auf das nächste Rennen vor!«, rief Mrs Drummond. Da einige Besucher hofften, noch einen Drink zu ergattern, bevor die Bar geschlossen wurde, bedienten Lachlan und Harry jetzt auf Hochtouren. Die beiden Freunde arbeiteten wortlos Hand in Hand, und während Mrs Drummond eindringlich zur Eile mahnte, konnten sie alle Durstigen noch mit Getränken versorgen und dann zurück an die Tische scheuchen, bevor die Schulleiterin mit einer Strafpredigt begann, weil sie den Ablauf des Abends ausbremsten.

»Das wird in den kommenden achtzehn Jahren oder so dein Leben sein«, sagte Harry, als Lachlan sich gegen die Wand lehnte und in den gut gefüllten Saal hineinsah. Mr Drummond hatte Probleme mit der Verbindung zum Beamer, und das Rennen, das gerade begonnen hatte, stoppte und startete immer wieder, als würden Standbilder von den Pferden gemacht.

»Wie meinst du das?« Lachlan begann, die Bartheke abzuwischen.

»Spendenaktionen für die Grundschule, Familiensachen und der ganze Kram.«

»Ich weiß nicht, ob dir das schon aufgefallen ist«, erwiderte Lachlan trocken, »aber du hast weder Frau noch Kinder, und trotzdem trägst du hier deinen Teil bei. Guck mal, sie haben sogar Ivy und Ben eingespannt.«

Harry folgte Lachlans Blick. Ivy und Ben saßen an einem Tisch mit Charlotte und Rob, der Tierärztin Fiona, der Künstlerin Mel, die in der Galerie ausstellte, und der anderen Fiona, die Charlotte bei der Ferienhausvermietung unterstützte. Als Mel sich zur Seite beugte, entdeckte Harry auch Polly. Sie hatte sich dazugesetzt und lachte gerade über etwas, das Ivy sagte. Widerstrebend wandte er den Blick ab, denn er spürte, dass Lachlan ihn ansah, und befürchtete, dass sein Gesicht seine Gefühle verraten könnte.

»Sie hat mir erzählt, dass sie hier so gern an allem teilnimmt, weil es sie an ihre Oma erinnert«, sagte Lachlan.

»Wer, Polly?«

Lachlan warf ihm einen merkwürdigen Blick zu. »Nein, Ivy Winter. Sie ist bei ihrer Oma aufgewachsen, andere Verwandte hatte sie nicht. Und dass Dolina und die anderen Frauen sich jetzt wie die Glucken um sie kümmern, findet sie toll.«

»Du lieber Himmel, hat sie denn das ganze Dorf verhext?«, brummte Harry.

»Was meinst du damit?«

»Keine Ahnung, das Dorf scheint alles zu geben, um sie glücklich zu machen. Ganz Applemore ist verrückt geworden.«

»Und du bist derjenige, der in einem halbrenovierten Hotel ihre Hochzeit ausrichtet, weil sie unbedingt da feiern will«, sagte Lachlan mit hochgezogenen Augenbrauen.

»Als ob ich das nicht wüsste.« Harry stöhnte. »Aber das spornt alle an, im Rekordtempo zu arbeiten, das ist immerhin etwas.«

Dolina kam zu ihnen herüber. Wie üblich hatte sie leicht tadelnd die Lippen geschürzt.

»Ich sag euch mal was, dieser Rennabend wäre besser organisiert, wenn Morag Drummond nicht so ein Kontrollfreak wäre.

Sie muss ihre Finger einfach überall drinhaben.« Dolina verschränkte die Arme vor ihrem üppigen Busen. »Hätte der halbe Saal sich nicht mit deinem Bier volllaufen lassen, Lachlan, dann würden sich jetzt alle beschweren. Ich weiß nicht, warum sie den Laptop nicht in Gang kriegt –«

»So, jetzt klappt es, ich bitte um Entschuldigung für die Verzögerung«, sagte die Schulleiterin mit einem giftigen Blick in Dolinas Richtung, so als wäre ihr klar, dass sie mal wieder herumlamentierte.

»Zu viele Köche«, murmelte Harry leise. Dolina starrte ihn aufgebracht an und stapfte zu ihrem Tisch zurück.

Doch Harry hatte nur noch Augen für das Rennen. »Ich hab zehn Pfund auf die Nummer neun gesetzt«, erklärte er.

Die Stimme des Kommentators wurde lauter und hektischer. Einige Zuschauer schlugen vor Aufregung auf die Tische und feuerten ihre Favoriten, die mit fliegenden Schweifen und aufgerissenen Augen über den großen Bildschirm galoppierten und mutig die hohen Hürden nahmen, lautstark an.

»Und jetzt das Finish! Bobby Jane versucht ein letztes Mal, in Führung zu gehen, auf der Innenseite holt Hamburg Boy auf, nein, Hamburg Boy fällt zurück, und Bobby Jane macht Boden gut ...«

»Na los, Hamburg!«, rief Lachlan mit geballten Fäusten und beugte sich vor, als würde er das Pferd selbst reiten.

Doch da wurde der Bildschirm plötzlich schwarz, und ein allgemeines Stöhnen ging durch den Saal. Mr Drummond zog einen schwarzen Pieper aus der Hosentasche, warf einen kurzen Blick darauf und sah dann zu seiner Frau hinüber. Die Schulleiterin hob ergeben die Hände. Hohe, hartnäckige Pfeiftöne schallten durch den Raum. Harry beobachtete, wie Mel unter den Tisch griff und einen identischen Pieper aus ihrer Handtasche zog. Sie stieß ihren Stuhl zurück und gab ihrer Freundin rasch noch einen Kuss auf den Kopf, bevor sie zum Ausgang stürzte. Murdo und einer der Väter folgten ihr in aller Eile.

Zweiundzwanzigstes Kapitel

Verwirrt sah Ivy zu Polly hinüber. »Was ist denn los?«

»Einen Moment, meine Damen und Herren, gleich geht es weiter«, sagte Mrs Drummond sanft. Sie stand jetzt vorn im Saal, während Dolina vor dem Laptop saß, aufmerksam und angespannt wie ein Jagdhund, der auf einen Befehl von seinem Herrchen wartet. Eine Hand lag wartend auf der Maus.

»Die drei sind Feuerwehrleute auf Abruf«, erklärte Polly.

Ben beugte sich interessiert vor. Charlotte gab Rob einen Kuss und eilte zur Toilette, wohl um die unerwartete Pause zu nutzen.

»Was bedeutet das?«, fragte Ivy.

»Vielleicht ist dir das Gebäude am anderen Ende des Dorfes aufgefallen? Das nach der Reihe von Cottages kommt, wenn man zum Gutshaus Applemore und zum Hofladen hochfährt? Das ist unsere Feuerwache. Unsere Feuerwehrleute sind alle aus dem Dorf, und einige von ihnen sind immer in Abrufbereitschaft, das sind für sie Teilzeitjobs. Eine Feuerwache, die ständig mit fest angestellten Leuten besetzt ist, wäre in unserem kleinen Dorf nicht gerechtfertigt, aber unsere Feuerwehrleute sind alle ausgebildet, und sie haben ihre Pieper bei sich, wenn sie im Dienst sind. Dann müssen sie in den Startlöchern stehen. Die Einsätze sind ganz unterschiedlich, von brennenden Häusern bis zu Katzen auf Bäumen, aber das gehört alles dazu.« Polly trank einen Schluck von dem Wein, den sie bei der Tombola gewonnen hatte. Er war scheußlich, aber sie biss die Zähne zusammen. Sie würde diesen Abend nur überstehen, wenn sie sich betäubte, denn Harry auf der anderen Seite des Saals wich anscheinend immer ihrem Blick aus. Bisher hatte sie drei Plastikbecher von dem Gesöff geleert, die erhoffte Benommenheit ließ jedoch auf sich warten. Sie wandte sich wieder Ivy zu. Nein, sie würde einfach nicht mehr zu ihm hinsehen.

»Krass. Die Leute müssen sehr mutig sein.« Ivy drückte Ben die Hand. »Das könntest du auch machen, wenn du hier leben würdest.«

Ben wirkte etwas erschrocken. »Kann sein«, sagte er. »Aber in Manchester gibt es eine Berufsfeuerwehr.«

»Okay, sorry für die Unterbrechung. Hoffen wir mal, dass der Einsatz heute Abend nichts Größeres ist, und lassen Sie uns die Daumen drücken, dass niemand zu Schaden kommt. Aber jetzt wollen wir uns wieder unserer wichtigen Angelegenheit zuwenden und beobachten, wie unsere Streitrösser die Ziellinie überqueren.« Mrs Drummond klang noch munterer als sonst, doch Polly sah, wie die Schulleiterin nervös die Tür im Auge behielt. Vermutlich würde sie keine Ruhe finden, bis ihr Mann gesund zurückgekehrt war.

»Und da, auf der letzten Achtelmeile stürzt Hamburg Boy überraschend!«, rief der Kommentator. Lachlan stöhnte laut auf, und Harry stieß ihn lachend in die Rippen. Polly seufzte. Nicht eine Sekunde lang sah Harry zu ihr herüber. Sie heftete den Blick wieder auf den Bildschirm.

Ivy entschuldigte sich, weil sie zur Toilette wollte, und Ben goss sich den Rest aus der Weinflasche, die er an der Bar gekauft hatte, in seinen Becher. Dann sah er Polly an.

»Ivy hat mir erzählt, dass du an eine Veränderung denkst?«

»Tatsächlich?« Polly schob sich eine Haarsträhne hinters Ohr und wandte sich Ben zu. Gerade kam Joan mit einem Arm voller Tombolagewinne vorbei.

»Ja – ich meine, ich kann verstehen, warum du so gerne hier lebst. Ivy hat sich ja richtig in euer Dörfchen verliebt.«

»Und du?« Polly nippte an ihrem sauren Wein.

Ben zuckte die Achseln. »Ich bin durch und durch Stadtmensch. Also, wenn du wirklich hier wegwillst – ich hab einen Kumpel, der besitzt ein paar kleine Läden für Kunsthandwerk und solche Dinge, wie du sie auch verkaufst. Er möchte sich vergrößern, und du wärst die perfekte Mitarbeiterin. Wenn du möchtest, lege ich bei ihm ein Wort für dich ein.«

Polly lehnte sich überrascht zurück. »Eine ganze Kette«, sagte sie leise.

Ben nickte begeistert. »Genau. Ich meine, du hast deinen Hofladen aus dem Nichts aufgebaut und zum Laufen gebracht, und noch dazu hier am Arsch der – ich meine, hier mitten in der Pampa.«

Polly kicherte. »Da hast du recht.«

»Du könntest es einfach versuchen. Unterhalte dich wenigstens mal mit ihm.« Ben zog sein Handy aus der Tasche. »Ich schicke ihm jetzt eine Nachricht, dass er ein Treffen mit dir vereinbaren soll.«

Polly öffnete den Mund und schloss ihn wieder. Als sie nach dem Tod ihres Vaters ihren Job als Kindermädchen in London aufgegeben und nach Applemore zurückgekehrt war, hatte sie nichts zu tun gehabt und war orientierungslos gewesen. Doch sie hatte die Nähe ihrer Familie genossen und dann schon bald den Hofladen gegründet. Seitdem jedoch hatten ihre Geschwister alle Partner gefunden und waren inzwischen sehr mit ihrem eigenen Leben beschäftigt. Natürlich hatte sie Freundinnen, aber – sie suchte den Saal kurz nach Harry ab, konnte ihn aber nirgends entdecken. Lachlan klappte gerade den Tisch zusammen, den sie als provisorische Bar verwendet hatten. Im Applemore House wartete Rilla auf ihn, und die kleine Kitty schlief wahrscheinlich fest in ihrem Bettchen. Rob und Charlotte liebten sich und machten Pläne für die Zukunft. Beth und Jack hatten heute Abend niemanden zum Babysitten finden können, daher saßen sie wahrscheinlich zu Hause vor dem Feuer, hatten die Füße hochgelegt, guckten Netflix und tranken dazu eine schöne Flasche Rotwein. Sie selbst hatte Erfolg mit ihrem Hofladen, aber – gab es in diesem Dorf für sie noch irgendwelche Entwicklungsmöglichkeiten?

»Na, was meinst du dazu?«, unterbrach Ben sie in ihren Gedanken.

»Okay«, sagte Polly, jetzt wieder mit ihrer gewohnten Impulsivität. »Kann losgehen. Bis Weihnachten läuft allerdings gar nichts – im Laden ist gerade wahnsinnig viel zu tun.«

»Kein Problem.« Ben tippte auf seinem Handy herum. Als Ivy zurückkam, rutschte er etwas zur Seite, tippte aber weiter, anscheinend antwortete er schon auf eine Nachricht.

»Das ist geklärt.« Er sah auf. »Tyler, so heißt mein Kumpel, freut sich. Ich hab ihm geschrieben, dass ich den Kontakt zwischen euch herstelle, und dann kannst du im neuen Jahr nach Manchester fahren und bei einem netten Essen mit ihm reden.«

»So einfach ist das?« Polly war erstaunt.

»So einfach.« Ben nickte.

»Wovon redet ihr gerade?« Interessiert sah Ivy die beiden an.

»Das erzähle ich dir später, Liebes.« Der kurze Kontakt zur Außenwelt hatte Ben neue Energie gegeben.

»Okay, mein Schatz.« Ivy schien das Warten nichts auszumachen.

Polly überlegte, dass es spannend sein würde zu erfahren, was Ivy und Ben für die Zukunft planten. Dass beide Geschäftssinn besaßen, war klar, aber Ben bezog offenbar deutlich mehr Inspiration und Energie aus dem Stadtleben, während Ivy hier in der dörflichen Umgebung aufzublühen schien. Vielleicht würden noch einige Wochen in Applemore auch Ivy zufriedenstellen, sodass sie sich dann auch wieder nach den Lichtern der Großstadt sehnte? Und bis dahin – Polly schüttelte sich kurz vor Aufregung – bis dahin musste sie selbst sich überlegen, was sie zu einem Geschäftsessen in Manchester anziehen sollte. Polly trank ihren Wein aus. Vielleicht war es genau das, was sie brauchte.

Dreiundzwanzigstes Kapitel

Joan fischte die Gewinnzahlen für die zweite Verlosung des Abends eine nach der anderen aus dem großen Glaskrug, in den sie am Nachmittag ordentlich zusammengefaltet hineingewandert waren.

»Und wieder ein Gewinn – blau, Nummer vierundsechzig.« Fröhlich winkte sie mit dem Zettelchen. »Haben wir irgendwo eine blaue Vierundsechzig?«

»Die hab ich!« Ivy blickte kurz auf ihren Zettel hinunter, dann sprang sie vor Freude auf. »Hier!«

»Glückwunsch!« Joan strahlte sie an, während sie ihr eine Flasche violettes Badeöl überreichte, die aus der Arche Noah zu stammen schien.

»Ich könnte schwören, dass ich das Zeug bei der letzten Tombola auch schon gewonnen habe«, sagte Fiona ganz leise zu Polly, während Ivy sich zwischen den Tischen hindurch zu ihnen zurückschlängelte. »Sie hat das ganze Jahr lang im Flurschrank gestanden.«

Ivy freute sich anscheinend so sehr über ihr Badeöl, als hätte sie ein Wellness-Wochenende gewonnen. Fiona reckte den Hals und betrachtete die Flasche einen Moment, dann nickte sie.

»Vermutlich hat Mel sie rausgerückt, als Dolina rumgegangen ist und Spenden gesammelt hat.«

Polly platzte los. Doch dann blickte sie durch den Saal zu Lachlan hinüber, der offenbar etwas von ihr wollte. Charlotte stand neben ihm. Sie wirkte sehr nervös und winkte Polly zu sich.

»Sorry, bin gleich wieder da«, sagte Polly und drängte sich zu ihren Geschwistern durch. »Was ist denn los?«

Lachlan schob sich das dunkle Haar aus dem Gesicht und runzelte besorgt die Stirn. Charlotte legte Polly die Hand auf den Arm. Jetzt wurde Polly flau im Magen. Da stimmte etwas ganz und gar nicht.

»Es brennt …«, begann Charlotte.

»Der Notruf kam aus dem Hotel«, fügte Lachlan ergänzend hinzu.

Vierundzwanzigstes Kapitel

Polly stürzte in den finsteren Abend hinaus. Der Wind heulte in den Bäumen, und der Mond war hinter einer dichten Wolkendecke versteckt. Starker Regen peitschte auf sie hinunter, und ihre Bluse war schnell durchnässt.

»Komm!« Lachlan packte sie am Arm und zog sie zu seinem Landrover. Sie sprang hinein, schlug die Tür zu, und er trat aufs Gas und schoss so schnell vom Randstreifen auf die Straße, dass ihr keine Zeit blieb, den Sicherheitsgurt anzulegen.

Schon während der Fahrt ins Dorf sahen sie das merkwürdige Licht über der Hauptstraße und eine Rauchwolke, die von unten orange angestrahlt wurde. Lachlan stoppte in der Straße neben dem kleinen Buchladen und sprang aus dem Wagen, während Polly bereits auf das Löschfahrzeug zurannte, das mit blitzendem Blaulicht vor dem Hotel stand.

»Was ist passiert? Wo ist Harry?« Polly packte Conor am Ärmel, der in einem klatschnassen Hoodie, Crocs und mit seinem bandagierten Handgelenk auf sie zukam.

»Der ist drinnen.«

»Was?« Polly spürte, wie sich alles in ihr zusammenzog.

Gleich darauf lief Mel an ihr vorbei, eingepackt in ihre Ausrüstung, sodass über der schwarzen Gesichtsmaske nur die Augen sichtbar waren. Am liebsten hätte Polly sie festgehalten und um eine Antwort angefleht, aber ihr war klar, dass sie Mel nicht bei der Arbeit stören durfte.

Der lange Schlauch war abgewickelt und durch die Eingangstür ins Gebäude gelegt worden. Polly stellte sich auf die Zehenspitzen, um einen Blick ins Innere werfen zu können. Wo war Harry denn bloß? Wie konnte er eben noch beim Rennabend gewesen und dann im nächsten Moment verschwunden sein?

Sie ballte die Fäuste und spürte, wie ihre Fingernägel sich in die Handflächen bohrten. Sie versuchte, tief durchzuatmen, um sich zu beruhigen. Falls ihm etwas passiert war, würde sie –

»Harry!« Aus dem Durchgang neben dem Haus tauchten die Umrisse seiner breiten Schultern auf, und Polly stürzte auf ihn zu. Erst jetzt erkannte sie, dass er Pickle in den Armen hielt. Die Katze war triefend nass und fauchte mit weit aufgerissenem Maul. Dann starrte sie Polly an und knurrte wütend.

»Das heißt in der Katzensprache offenbar danke.« Harry hatte das sich windende Tier fest im Griff. »Ich hab sie hinten rausgeholt.«

Pickle zappelte in seinen Armen wie ein Fisch auf dem Trockenen und schaffte es schließlich, sich zu befreien. Sie machte einen großen Satz und sauste mit gesträubtem Fell und erhobenem Schwanz davon.

Einen Moment lang sah Polly Harry nur an, ihr fehlten die Worte. Dann spürte sie Blicke im Rücken und drehte sich um. Charlotte, Rob und Lachlan standen hinter ihr und beobachteten sie. Plötzlich war sie verlegen, denn die drei kannten sie nur allzu gut. Mit der gleichen Empörung, die Pickle gezeigt hatte, starrte Polly zurück. Lachlan sah Charlotte fragend an, und Charlotte runzelte die Stirn. In diesem Augenblick hätte Polly beiden eine knallen können.

»Ich bin froh, dass dir nichts passiert ist«, sagte sie kraftlos zu Harry.

Er sah sie an und verzog die Lippen zu einem schiefen Lächeln. Sein Gesicht war rußverschmiert, und seine Haare trieften vom Regen. Er schwieg, als ihre Blicke sich trafen. Trotz der geschäftigen Feuerwehrleute und der herbeiströmenden Dorfbewohner kam es Polly so vor, als wären sie in diesem Moment die einzigen Menschen, die im Regen vor dem Hotel standen.

»Also«, hörte sie gleich darauf Charlotte sagen, »vermutlich brauchst du ein Bett für die Nacht.«

»Er kann im Pförtnerhaus übernachten«, sagte Polly bestimmt.

Harry nickte kurz. »Wäre das okay?«

»Ja klar.« Polly trat zurück, um einem Feuerwehrmann Platz zu machen, der den Schlauch wieder einrollte.

»Wie groß ist der Schaden?«, fragte Harry ihn und wischte sich mit dem Arm den Regen vom Gesicht.

»Nicht so schlimm, wie es zuerst schien. Zum Glück hat Mrs Mackay die Alarmanlage gehört, das halbe Dorf war ja oben in der Memorial Hall beim Rennabend.«

Harrys Stimme war rau vor Rührung. »Ich kann euch allen gar nicht genug danken.«

Mel kam zu ihnen. Sie nahm ihre Maske ab, rieb sich die Nase und sah am Hotel hinauf. »Das hätte viel schlimmer werden können. Du bist glimpflich davongekommen. Und du brauchst dich nicht bei uns zu bedanken. Gehört alles zum Service«, sagte sie mit einem Lächeln und machte sich wieder an die Arbeit.

Der Regen ließ etwas nach. Polly suchte unter einem geliehenen Regenschirm Schutz, der im Wind immer wieder umschlug. Sie beobachtete, wie die Feuerwehrleute rasch und effizient aufräumten, alles wieder in den Feuerwehrwagen luden und dann lachend und plaudernd zu der kleinen Feuerwache zurückfuhren. Nach dem Adrenalinstoß während des Einsatzes waren sie jetzt offenbar hellwach. Allmählich löste sich auch die Zuschauermenge auf. Lachlan nahm Harry kurz in die Arme und verabschiedete sich dann, weil er zu Rilla und Kitty nach Hause wollte, und Charlotte und Rob, die von der ganzen Sache immer noch etwas mitgenommen schienen, nahmen sein Angebot an, sie nach Hause zu bringen.

»Schön«, sagte Harry schließlich, »jetzt sind wohl nur noch du und ich übrig.«

»Was für ein Abend.«

Harry stöhnte. »Das war eigentlich nicht so geplant.«

Schweigend stand Polly neben ihm. Durchnässte Haarsträhnen schlugen ihr ins Gesicht, und sie strich sie zurück und wandte sich Harry zu. Für einen langen Moment blickte er gedankenverloren aufs Meer hinaus.

Als der Regen wieder stärker wurde, drehte er sich um und klimperte mit seinem Schlüsselbund.

»Wollen wir?«

Polly nickte.

»Morgen früh kommen wir wieder her und gucken uns an, wie die ganze Sache bei Tageslicht aussieht. Im Moment können wir nicht mehr viel tun.«

Fünfundzwanzigstes Kapitel

Harry sah zu, wie Polly auf den Beifahrersitz rutschte und den Sicherheitsgurt anlegte. Er hatte sie am Rennabend von der anderen Seite des Saals aus verstohlen beobachtet. Wie schön sie gewesen war, als sie mit Ivy und Ben gelacht und ihr Gesicht vor Freude geleuchtet hatte! Sie hatte alles getan, damit die beiden sich willkommen und in die Veranstaltung einbezogen fühlten. Das war typisch für sie, und als sie von dem Brand erfahren hatte, war sie sofort mit Lachlan zum Hotel gekommen, und ihr Gesicht war ... Harry runzelte die Stirn und rieb sich mit zwei Fingern die Nasenwurzel.

»Alles okay?«

Er spürte ihre Hand auf der Schulter und blickte auf. Sie sah ihn besorgt an.

»Hast du Rauch in die Augen gekriegt? Meinst du, wir sollten dich untersuchen lassen?«

Harry schüttelte den Kopf und ließ den Motor an. »Alles in Ordnung. Ich brauche bloß einen Drink und eine Dusche.«

»Das kannst du beides bei mir haben.«

Auf der Fahrt zum Pförtnerhaus hinauf schwieg Polly, was ungewöhnlich für sie war. Das Geräusch der Scheibenwischer wirkte hypnotisierend, und Harry fuhr ganz mechanisch und hielt vor ihrer Haustür. Erst da schüttelte sie sich, schoss aus dem Wagen, schloss die Tür auf und bat ihn herein, alles in Sekundenschnelle.

»Tut mir leid, hier ist es ein bisschen unordentlich.« Polly nahm einen Armvoll Klamotten vom Sofa und packte sie auf einen Sessel. »Ich hatte nicht mit Gästen gerechnet.«

Sie knipste ein paar Lampen an und schaltete die Deckenleuchte aus, sodass das Zimmer warm und einladend wirkte. Die Unordnung hatte etwas Gemütliches – auf dem Sofatisch stapelten sich Bücher und Zeitungen, und das Kaminsims war mit einer Girlande aus Beerenzweigen geschmückt, die Beths Handschrift trug. An einem buschigen Christbaum in der Ecke glitzerten Weihnachtskugeln. Polly hatte offenbar schon Geschenke eingepackt, sie lagen in bunten Stapeln unter dem Bäumchen.

»Als ›Gäste‹ kannst du mich wohl kaum bezeichnen.« Harry schmunzelte. »Wenn du dich um die Drinks kümmerst, bringe ich das Feuer wieder in Gang.«

»Willst du nicht vorher duschen? Du bist doch klatschnass.« Polly hatte die Hand schon an der Türklinke und sah ihn sanft mit ihren blauen Augen an. Sie hatte einen Rußfleck auf der Wange.

Jetzt im Licht erkannte Harry, dass auch sie völlig durchnässt war. Ihre rote Bluse klebte am Körper. Im Bemühen, das zu übersehen, biss er die Zähne zusammen und wandte sich ab.

»Alles gut, ehrlich.«

Als sie kurz darauf aus der Küche zurückkam, hatte er die restliche Glut im Kamin angefacht und mit geübter Hand Kleinholz und Scheite aufgeschichtet. Die Flammen loderten wieder hoch, und als Harry sich aufrichtete, spürte er durch den durchnässten Stoff seiner Jeans die Hitze.

»Hier. Trink das, und dann kannst du unter die Dusche springen.«

Harry nahm das schwere Glas entgegen und sah auf die bernsteingoldene Flüssigkeit hinunter, die nach diesem dramatischen Abend Wärme und Frieden versprach. Er ließ sie einen Moment im Glas kreisen, bevor er den ersten Schluck trank und das Brennen auf der Zunge spürte.

»Das hab ich gebraucht.«

Polly hockte sich mit ihrem Glas auf die Sofalehne und sah in die Flammen. Harry folgte ihrem Blick.

»Das mit Pickle ist ja unglaublich«, sagte sie nach einem Moment und begann zu lachen. »Ihr Gesicht war ein Bild der Empörung.«

»Diese verflixten Katzen.« Er schüttelte den Kopf. »Da riskiert man sein Leben, um sie zu retten, und was kriegt man dafür?« Er schob die Ärmel hoch und betrachtete seine zerkratzten Unterarme.

»Die meisten Menschen haben nach einem Brand eine Rauchvergiftung, aber du hast Kratzwunden.«

»Ich trag's mit Fassung.« Er grinste.

»Verglichen mit der Alternative würde ich das auch tun.« Polly trank von ihrem Whisky und verzog das Gesicht. »Igitt. Ich denke immer, mir schmeckt das Zeug, das stimmt aber gar nicht.«

»Das ist ein guter Whisky.« Harry leerte sein Glas.

»Ja, er ist bestimmt gut.« Sie reichte ihm ihr Glas, und er spürte, wie ihre Finger sanft die Kratzer auf seinem Arm nachzeichneten. »Dagegen sollten wir irgendwas tun.«

Harry zuckte die Achseln. »Ich glaube, eine Dusche reicht.«

»Ach so.« Polly sprang auf. »Tut mir leid – natürlich!«

»Geh du zuerst.« Er machte eine Armbewegung. »Ich bin hier gut aufgehoben, ehrlich.«

Als Polly fort war, setzte er sich aufs Sofa, beobachtete die

Flammen und starrte dann einfach in die Luft. Die Zeit verging, ohne dass er es bemerkte, und scheinbar schon nach wenigen Momenten kehrte Polly in Jeans und einem grauen Sweatshirt zurück. Ihr Haar war feucht, und das heiße Wasser hatte ihre Wangen gerötet.

»Komm, ich hole dir Handtücher.«

Harry folgte ihr in den Flur, wo sie die Handtücher aus dem Schrank nahm.

»Sie passen leider nicht zusammen, und mit deiner schicken Hotelwäsche können sie nicht mithalten.«

»Das ist mir doch so was von egal.« Er hob die Augenbrauen. »Hast du jemals erlebt, dass ich auf solche Dinge Wert lege?«

»Nein, nie.«

In Pollys winzigem Bad duschte man in der Badewanne. Nachdem sie geduscht hatte, war der kleine Raum noch voller Dampf, und der Spiegel war so beschlagen, dass Harry sich darin nicht sehen konnte. Er zog sich aus, ließ seine Klamotten auf den Boden fallen und stieg in die Wanne. Mit geschlossenen Augen ließ er das heiße Wasser über sein Gesicht laufen und überlegte. Wie war es bloß zu dem Brand gekommen? Murdo hatte gesagt, es würde eine Untersuchung geben, und morgen würden Sachverständige und Leute von der Versicherung kommen, Formulare ausfüllen und sich einen Weg durch die Brandstätte suchen. In Harrys ungeschulten Augen hatte es gar nicht so schlimm ausgesehen, aber das hieß nichts. Er rieb sich mit beiden Händen das Gesicht und stöhnte bei dem Gedanken, was auf ihn zukam. Dann griff er nach dem Shampoo. Im Moment konnte er nicht mehr tun, als den Gestank nach Rauch und die Dreckschicht von sich abzuwaschen.

Sechsundzwanzigstes Kapitel

»Polly?«

Sie hörte den Ruf aus dem Bad und sprang vom Sofa auf, wo sie gesessen und in die Flammen gesehen hatte.

»Komme schon!«

Als Polly in den Flur trat, blieb ihr fast das Herz stehen. Nackt bis auf ein Badetuch um die Hüften stand Harry in der Badezimmertür. Eine Dampfwolke umgab ihn.

»Wir haben das nicht richtig durchdacht.« Er deutete auf seinen bloßen Oberkörper.

Polly griff nach dem Türrahmen. Hier stand Harry, breitschultrig und muskulös, und sah sie mit verlegenem Lächeln an. Eigentlich war das alles, was sie sich jemals erträumt hatte, allerdings nicht unter diesen Umständen. Lass dir bloß nichts anmerken, sagte sie sich streng.

»Bin gleich wieder da.« Sie hob den Zeigefinger. »Warte kurz.«

Sie schnappte sich die Schlüssel, zog Gummistiefel und Regenmantel an und rannte zum Hofladen hinüber. Die Alarmanlage piepte kurz, als sie den Code eintippte. Rasch machte sie Licht und lief zur hinteren Wand. Sie zog ein T-Shirt vom Bügel und riss die Etiketten ab, dann griff sie in das Regal, wo ordentlich gefaltet die Trekkinghosen lagen. Harrys Größe konnte sie nur erraten.

Zwei Minuten später kam sie zurück. Harry saß, immer noch in das Badetuch gewickelt, auf dem Wannenrand. Sein Haar stand in feuchten Büscheln hoch. Er erhob sich, und Polly sog scharf die Luft ein. Sie hatte ihn früher schon mit bloßem Oberkörper gesehen, bei der Arbeit mit Lachlan im Wald oder wenn sie an heißen Sommertagen auf den Booten Unsinn gemacht hatten, aber jetzt war das irgendwie anders – intimer. Stumm reichte sie ihm die Kleidungsstücke.

Er schüttelte das T-Shirt auseinander und prustete vor Lachen. »Na, das ist mal was anderes.«

»In der Not frisst der Teufel Fliegen«, sagte Polly, während Harry mit hochgezogener Augenbraue das T-Shirt musterte. Die Grundfarbe war ein metallisches Dunkelgrau, und auf der Vorderseite war eine minimalistische Zeichnung vom Kopf einer Highland-Kuh aufgedruckt.

»Ach, glaub mir, ich bin dir wirklich dankbar.« Er zog sich das T-Shirt über den Kopf, und sie reichte ihm die Hose.

Als Polly reglos stehen blieb, sah er sie fragend an.

»Was ist denn?«

Er nahm die Hose entgegen, und Polly hob die Hand an den Mund. Wenn er jetzt vor ihr das Badetuch löste, zeigte er, na ja, alles.

Sie spürte, wie ihre Wangen brannten, und zog sich zurück. »Sorry, hab auf der Leitung gestanden.«

Harry warf ihr einen merkwürdigen Blick zu und schob dann die Tür mit dem Fuß zu. Polly ließ sich gegen die Wand sinken und schloss die Augen.

Kurz darauf erschien er, barfuß und mit leisem Grinsen. »Na, wie sehe ich aus?«

»Perfekt.« Polly ging ihm voran durch den Flur zurück ins Wohnzimmer. Sie war sich jeder einzelnen Bewegung so deutlich bewusst wie noch nie. Das ist Harry, versuchte sie sich zu sagen, aber irgendwie ließ er das kleine Cottage winzig erscheinen, und als er sich vor dem Kamin aufs Sofa fallen ließ, schien der Platz neben ihm zu schrumpfen. Polly hatte eine Flasche Wein geöffnet, und er beugte sich vor, schenkte die beiden Gläser voll und reichte ihr eins. Sie ließ sich neben ihm nieder, zog die Beine unter sich, blieb aber angespannt.

»Prost.« Harry neigte sein Glas ihrem entgegen, und beim Anstoßen klangen sie leise.

Als Polly ihr Gewicht verlagerte, streifte sie mit dem Fuß sein Bein. Sie riss den Fuß zurück, als wäre seine Haut flüssige Lava, zog ihn wieder unter sich, griff nach einem Kissen und nahm es in die Arme. Beide lehnten sich zurück und schauten in die Flammen.

»Ich bin froh, dass du gekommen bist«, sagte Harry schließlich. Polly drehte sich zu ihm, und sie sahen sich in die Augen. Er wandte den Blick nicht ab.

»Ich dachte –«, sie zögerte kurz. »Als Lachlan sagte, dass es brennt, und ich gesehen habe, dass du nicht da warst, da dachte ich kurz …«

»Wenn es um dich gegangen wäre«, sagte Harry leise, »hätte ich es genauso gemacht.«

Polly blickte ins Feuer. Als sie Harry wieder anschaute, betrachtete er sie immer noch mit dem gleichen konzentrierten Blick. Das Herz klopfte ihr bis zum Hals, so als wäre sie den ganzen Weg von Applemore nach Hause gerannt. Wie hypnotisiert griff sie nach seinem Arm und zeichnete erneut die Kratzer nach.

»Hätte schlimmer kommen können«, sagte er mit halbem Lächeln.

»Pscht.« Polly griff nach seinem Handgelenk, umfasste es mit ihrer warmen Hand, und jetzt war es Harry, der den Atem anhielt. Er beugte sich vor und stellte sein Glas neben ihrem ab. Dann lehnte er sich wieder zurück, legte seine große Hand über ihre und sah sie fragend an. Fast unmerklich rückte Polly dichter an ihn heran, und gleich darauf hatten ihre Finger sich ineinander verschränkt. Mit der anderen Hand streichelte Harry ihr die Wange. Dann ließ er die Hand an ihrem Hals hinuntergleiten, umfasste ihre Schulter und zog sie zu sich, bis sein Mund nur noch einen Herzschlag von ihrem entfernt war. Einen ganz kurzen Moment hielt er inne. Polly legte ihm eine Hand um den Nacken und spürte, wie seine Lippen sanft über ihren Mund strichen, ganz weich im Gegensatz zu den rauen Bartstoppeln auf seinem Kinn. Er löste seine Hand aus ihrer, streichelte ihr über den Rücken und zog sie noch dichter zu sich. Ihren Namen murmelnd, küsste er ihr Kinn und ihren Hals, und dann schloss er sie sanft in die Arme.

Siebenundzwanzigstes Kapitel

Schlagartig war Harry wach. Er musste ein paarmal blinzeln, um zu sich zu kommen. Ein Wecker lärmte – den Klang kannte er nicht –, und die Zimmerdecke war ihm fremd. Sein Schlaf war so tief gewesen, dass sich das Aufwachen anfühlte, als erwache er nach einem Jahrhundert wieder zum Leben. Daher brauchte er einen Moment, um sich umzudrehen, und erst da wurde ihm plötzlich klar, dass die cremefarbenen Wände zu Pollys Schlafzimmer gehörten. Sie saß in eine Decke gewickelt neben ihm und hielt ihr Smartphone in der Hand, das sie zum Glück abgestellt hatte.

»Guten Morgen«, sagte er, und sie wandte sich um.

Er erhaschte einen Blick auf die lange Linie ihres Rückens und die Rundung ihrer Hüfte, bevor sie die Decke fester um sich zog. Sie strich sich das Haar aus dem Gesicht und hinter die Ohren und sah ihn prüfend an. Harry war das Szenario am Morgen danach nicht unbekannt – er erfasste die Situation und griff sich seine neue Trekkinghose von der Kommode, auf der sie nach einem schwungvollen Wurf übernachtet hatte.

»Weißt du was? Ich ziehe mir eben die Hose an, und dann mache ich uns Kaffee, während du dich anziehst. Vermutlich gibt's einen Grund dafür, dass dein Handy dich morgens um –«, er warf einen Blick auf sein eigenes Handy, »– halb sieben geweckt hat.«

»Ich erwarte um halb acht eine Lieferung«, sagte Polly etwas verlegen. »Sorry, ich hatte den Wecker vergessen.«

»Kein Problem«, sagte Harry und manövrierte sich in seine Hose. Es war ziemlich klar, dass es keine Wiederholung der nächtlichen Ereignisse geben würde. »Gibst du mir mal das T-Shirt rüber?«

»Hier.« Aber Polly sah ihm immer noch nicht richtig in die Augen. »Ich komme gleich nach.«

Harry füllte den Wasserkessel und nahm zwei Becher aus der Spülmaschine. Er hörte das Wasser im Bad laufen, und kurz darauf erschien Polly, gekämmt und in ihrem Polohemd mit dem Hofladen-Logo. Dazu trug sie ihre Jeans von gestern Abend. Sie hielt ein Paar rot und blau gestreifte Socken in der Hand.

»Schöne Socken«, sagte Harry, nahm die Milch aus dem Kühlschrank, goss etwas davon in die Kaffeebecher und reichte ihr einen.

»Danke.«

»Ich –«, begann er.

»Wegen –« Polly stockte im gleichen Moment.

»Hör mal«, begann Harry erneut. Er schob sich mit einer Pobacke auf den Küchentisch hoch und sah auf Polly hinunter. Sie hielt ihren Kaffeebecher in beiden Händen und starrte hinein, als fänden sich darin die Lösungen aller Probleme auf der Welt. »Es tut mir leid wegen letzter Nacht. Nein, es tut mir nicht leid.« Er schüttelte den Kopf. Das hier tat ihm leid. Was immer hier gerade vor sich ging.

»Ich glaube, wir hatten beide einen kleinen Schock.« Polly trank einen Schluck Kaffee. »Ich meine, du hättest doch sterben können.«

»Ja.« Er nickte schmunzelnd. »Katzenkratzer können tödlich sein. Das ist eine wenig bekannte Tatsache.«

Polly kicherte, und das Eis war gebrochen. »Du spinnst doch.«

»Das stimmt«, sagte Harry. »Weißt du, ich will auf keinen Fall, dass diese vergangene Nacht irgendetwas zwischen uns beiden kaputtmacht. Du bist meine beste Freundin, Polly. Das war wahrscheinlich ein Übergangsritus, oder?«

»So wie in *Harry und Sally*?«

»Genau.« Harry nickte, obwohl er sich nur vage an den Film erinnern konnte.

Polly sah ihn argwöhnisch an. »Wann hast du *Harry und Sally* zum letzten Mal gesehen?«

»Keine Ahnung«, er zuckte die Achseln, »aber ich hab den Film gesehen.«

Harry war sich ziemlich sicher, dass das in Sydney mit seiner australischen Ex-Freundin gewesen war, aber er würde Polly gegenüber niemals zugeben, dass er außerdem mit ziemlicher Sicherheit ein ganzes Stück vor dem Ende eingeschlafen war. Bei einem *Star Wars*-Film wäre ihm das nicht passiert.

»Schön. Dann ist das ja geklärt.« Polly zog die Nase kraus, so wie sie es immer tat, wenn sie sich nicht anmerken lassen wollte, dass ihr etwas zu schaffen machte. Harry verfluchte sich, weil er sie einfach zu gut kannte. »Als Nächstes müssen wir uns um eine ganz bestimmte Kleinigkeit kümmern, nämlich um Ivys Hochzeit.«

Falls Harry noch eine letzte Spur Hoffnung gehegt hatte, dass die Ereignisse der vergangenen Nacht sich wiederholen lassen könnten, waren Pollys Worte jetzt so wirkungsvoll wie ein Eimer eiskaltes Wasser. Er sah sie an, und als ihm klar wurde, dass er vor lauter Panik wegen des Brandes die Hochzeit völlig vergessen hatte, fiel ihm vor Schreck die Kinnlade herunter.

»Die müssen wir absagen, oder?«, sagte er schließlich. »Auch wenn sich der Schaden in Grenzen hält, können wir das Haus unter keinen Umständen für eine Hochzeit vorbereiten. Wir haben nur noch anderthalb Wochen.«

Polly runzelte die Stirn. »Für Ivy wäre das die totale Katastrophe.«

Harry hob beide Hände. »Ich wünschte, wir könnten ihr das irgendwie ersparen.«

Er sah zu, wie Polly noch einen Schluck Kaffee trank und ihren Becher dann wieder auf den Tisch stellte.

»Ich fahre dich jetzt besser zum Hotel zurück.«

Es war noch dunkel draußen, und in Pollys Auto war es eiskalt. Der Gegensatz hätte nicht größer sein können – die Atmosphäre spiegelte seine Stimmung perfekt wider. Finsternis und Kälte nach dem herzlichen Empfang und dem warmen Feuerschein gestern Abend.

»Ich kann da aber nicht im T-Shirt ankommen«, sagte Harry, als sie den Motor anließ.

»Weißt du was? Wir fahren schnell bei Lachlan vorbei und holen dir ein paar Sachen von ihm.« Polly bog links ab statt rechts und fuhr zum Gutshaus Applemore. Es erhob sich vor ihnen in der Dunkelheit, und die Türmchen waren vor dem heller werdenden Himmel schon zu erahnen. Sie kurvte um die weite Auffahrt herum und parkte vor der Treppe, die zur Hintertür hinaufführte. Im ersten Stock brannte Licht, und als sie durch die Stiefelkammer in den Flur traten, begrüßte sie ein warmer Lichtschein aus der Küche.

»Harry!« Mit vom Schlaf verwuscheltem Haar stürzte Rilla auf ihn zu und schloss ihn in die Arme. Sie trug eine blau-weiß karierte Schlafanzughose und ein altes T-Shirt von Lachlan.

Kitty saß in ihrem Hochstuhl und nuckelte an einer Banane. Harry begab sich schnurstracks an den warmen AGA.

»Gott sei Dank, dass dir nichts passiert ist. Ich hab mir solche Sorgen gemacht. Als Lachlan gestern Abend zurückkam, konnten wir ewig nicht einschlafen, weil wir uns vorgestellt haben, was hätte passieren können.«

Harry lächelte Kitty zu, die ihn anstrahlte und als Willkommensgruß mit ihrer Banane winkte.

»Mir geht's gut, keine Sorge. Aber ich bin ein bisschen –« Er deutete auf seine Hose und sein T-Shirt.

»Ja, draußen ist kein Wetter für kurze Ärmel – es sei denn, du willst australische Weihnachten spielen.« Rilla lachte.

»Auf keinen Fall. Ich wollte fragen, ob ich mir von Lachlan was zum Anziehen leihen kann, bis ich wieder ins Hotel darf. Ich muss abwarten, bis die Feuerwehr alles überprüft hat, und vermutlich habe ich dann noch ewig mit Sachverständigen und Schadensregulierung und so was zu tun.«

Rilla warf Polly einen komischen Blick zu, und Harry tat, als würde er das nicht bemerken, weil er vermutete, dass diese Kommunikation nicht für seine Augen gedacht war.

»Klar, das geht. Lachlan ist gerade unter der Dusche. Ich laufe eben hoch und hole dir ein paar Sachen und sag ihm, dass du hier bist. Habt ihr schon gefrühstückt? Möchtet ihr Kaffee?«

Polly sah auf die Wanduhr. »Ich kriege gleich eine Lieferung.«

»Ich will dich nicht aufhalten, Polly.« Rilla hatte die Hand schon auf dem Türgriff. »Willst du gleich wieder los? Wir können Harry doch ins Dorf runterfahren, wenn wir gefrühstückt haben. Und auf dem Weg bringen wir dir ein Speckbrötchen vorbei.«

»Ja, warum nicht?« Polly sah fragend zu Harry hinüber. »Wenn dir das recht ist?«

»Selbstverständlich. Danke für –« Er wollte sich gerade für die Nacht bedanken, zögerte aber. Rilla musste merken, dass etwas in der Luft lag, es war greifbar. Als er Polly schweigend ansah, senkte sie den Kopf und spielte mit ihren Haaren.

»Kein Problem«, sagte sie dann.

»Ich gehe Lachlan holen, okay?«, sagte Rilla etwas zu forsch.

»Ich komme nachher im Hotel vorbei und gucke, wie es läuft«, sagte Polly. Sie schoss aus der Tür und ließ ihn am AGA stehen, während Kitty das Geschehen mit ernstem Gesicht betrachtete.

Fünf Minuten später kam Lachlan in die Küche und packte einen Stapel Kleidungsstücke auf den Tisch. Er betrachtete Harrys Outfit mit erhobenen Augenbrauen, sagte aber nichts, sondern ging zum Kühlschrank, holte eine Packung Frühstücksspeck heraus und riss sie auf.

»Rück mal 'n Stück«, sagte er zu Harry und schob die Pfanne auf die Kochplatte. Während Harry zusah, wie Lachlan die Speckscheiben aus der Packung zog und sie in der Pfanne zurechtlegte, meldete sich sein Magen. Lachlan drehte sich um und sah ihn einen langen Moment wortlos an. Harry fragte sich, ob er ihm gleich eine reinhauen würde, weil er mit Polly im Bett gewesen war.

»Ich –«, begann er.

»Gott sei Dank, dass dir nichts passiert ist. Ich glaube, wir haben letzte Nacht kein Auge zugetan, stimmt's, Rilla?«

Rilla lächelte. »Jedenfalls haben wir kaum geschlafen. Aber das Gute war, dass wir so die Gelegenheit hatten, alles Mögliche zu besprechen.«

Harry wurde ganz mulmig zumute.

»Ich habe gestern, nachdem ich zurückgekommen war, noch mit Rob gesprochen. Er wollte dich nicht anrufen, weil er dachte, dass du ...«

»Weil er dachte, dass du wahrscheinlich genug am Hals hast«, beendete Rilla Lachlans Satz.

»Jedenfalls, wir haben einen Plan ausgeheckt. Nach diesem herben Rückschlag ist es einfach unmöglich, dass du im Hotel eine Hochzeit ausrichtest, aber wir haben da eine geniale Idee.«

»Wer hat eine Idee?« Harry kratzte sich den Kopf. Es war erst kurz nach sieben, und die Ereignisse des Abends schienen ihn jetzt einzuholen.

»Ich. Und Rob. Also, eigentlich wir alle.« Lachlan duckte sich, weil Rilla ihm ein Geschirrtuch an den Kopf warf.

»Eigentlich war es meine Idee«, sagte sie, während sie Kitty mit einem Waschlappen Gesicht und Händchen abwischte. »Die arme Ivy, sie hat ihre Oma verloren und ein schlimmes Jahr hinter sich. Wir alle wissen, wie das ist, wenn man einen lieben Menschen verliert. Und es ist ja offensichtlich, wie viel es ihr bedeutet, hier in Applemore zu heiraten. Also haben wir uns überlegt, dass wir ihr die zweitbeste Möglichkeit anbieten wollen.«

Lachlan blickte lächelnd zu Rilla hinüber.

»Und die wäre?« Harry ging wieder aus dem Weg, als Lachlan jetzt die Pfanne schüttelte. Köstliche Düfte nach Speck stiegen auf, und sein Magen knurrte erwartungsvoll.

»Ivy und Ben können hier heiraten. Das zweite Wohnzimmer schön herzurichten wird nicht viel Mühe machen – Lachlan kann noch einen Weihnachtsbaum fällen, den schmücken wir dann, und Beth kann das Grün und die Blumengestecke beisteuern.« Rilla schwenkte zur Demonstration den Arm.

»Aber –«, setzte Harry an.

»Keine Diskussion. Was für einen Sinn hat es, so ein Riesenhaus zu bewohnen, wenn wir es in einem Fall wie diesem nicht für andere öffnen können?« Lachlans Tonfall ließ keinen Widerspruch zu.

Harry war tief bewegt. »Was soll ich da sagen? Ihr beide seid …«

»Braune Soße oder Ketchup?«

Lachlan grinste Harry an. »Das sollst du sagen. Ich finde, du musst jetzt Prioritäten setzen. Und irgendwas sagt mir, dass du einen langen Tag vor dir hast.«

Eine Dreiviertelstunde später saß Harry angekleidet, satt und mit dem Gefühl, wieder halbwegs ein Mensch zu sein, neben Lachlan im Auto und war unterwegs ins Dorf. Er sah Lachlan von der Seite an, denn halb rechnete er damit, dass sein ältester Freund jetzt endlich von Polly anfangen würde, weil sie unter sich waren. Doch Lachlan sagte kein Wort. Er summte den Song im Radio mit, drehte die Nachrichten lauter, als die Berichte vom Sport kamen, und schimpfte leise über die Verfassung seiner Fußballmannschaft. Im ersten Morgenlicht hielt er vor dem Hotel. Von außen wirkte es, als wäre nichts geschehen.

»Wollen wir drinnen mal gucken?«

»Murdo hat gesagt, wir sollten auf ihn warten, um sicherzugehen, dass es ungefährlich ist.« Harry blieb stehen, holte aber die Schlüssel aus der Tasche.

»Komm, wir können durch den Seiteneingang rein – lass uns mal sehen, wie groß der Schaden ist.«

Lachlan folgte ihm ins Gebäude. Ein schmaler Streifen Tageslicht beleuchtete die Theke. Auf den ersten Blick wirkte sie fast unbeschädigt, doch dann schaute Harry hoch. Neben der Bar war ein Stück der Decke eingebrochen.

»Na ja, das ist nicht groß.«

»Hab ich nicht gesagt, ihr sollt das Haus nicht betreten?«

Beide drehten sich um, als sie Murdos Stimme hörten. Er trug wieder seine Feuerwehruniform und stand mit mehreren anderen Männern in der Tür.

Harry hob die Hände. »Meine Schuld. Ich wollte bloß wissen, wie schlimm es ist.«

»Überlass das den Profis.« Murdo deutete auf den Ausgang. »Raus mit euch. Wir holen euch nachher.«

Ihnen blieb nichts anderes übrig, als zurückzufahren. Lachlan parkte vor dem Hofladen und ging hinein. Harry folgte ihm zögernd.

»Ach Gott, da hast du uns allen aber einen Schreck eingejagt«, sagte Dolina. Zu seiner Überraschung gab sie ihren Platz in der Kaffeeschlange auf, eilte durchs Café und umarmte ihn fest. »Ich bin froh, dich hier heil und gesund zu sehen. Jede Menge Gerüchte. Unsere Facebook-Gruppe ist schon voll davon.«

»Und die meisten hast du selbst in die Welt gesetzt«, murmelte Lachlan, lachte aber dabei. Dolina, die nichts gehört hatte, entließ Harry aus ihrer Umarmung und sah ihn streng an.

»Ich wette, du hast noch nicht mal mit deinen Eltern telefoniert und ihnen gesagt, dass dir nichts passiert ist.«

»Ich war ja gar nicht im Hotel, als es anfing zu brennen«, protestierte Harry, aber er zog sein Handy aus der Jeanstasche. »Ich rufe sie jetzt sofort an. Zufrieden?«

Dolina strahlte. »Allerdings. Und wenn du dich jetzt auch noch auf deine vier Buchstaben setzt und mal Pause machst, bin ich richtig glücklich.« Mit beiden Armen scheuchte sie ihn zu einem Tisch am Fenster.

»Was wollen denn die Leute alle schon so früh hier oben?« Harry rieb sich verwirrt das Gesicht.

»Tom und Gavin haben sich gedacht, dass es heute wesentlich mehr Klatsch und Tratsch gibt als sonst, deswegen haben sie schon geöffnet, während Polly ihre Lieferung eingeräumt hat«, erklärte Lachlan. Er hängte seinen Mantel über die Stuhllehne und ging zur Theke, um Kaffee zu bestellen.

Im Café war tatsächlich überraschend viel Betrieb. Ständig kamen weitere Dorfbewohner herein, traten an Harrys Tisch, erklärten, wie froh sie seien, dass ihm nichts passiert war, und fragten, wie groß der entstandene Schaden am Hotel sei.

»Ich wette, du bist erleichtert, dass das Hotel nicht völlig abgebrannt ist«, sagte Murdos Frau Greta, als sie mit einem Einkaufskorb am Arm erschien.

»Logisch.« Harry bemerkte Polly, die aus dem Hofladen zu ihnen herübersah. Sie winkte.

»Und vermutlich hat Polly dir mit einem Bett für die Nacht ausgeholfen?«

Harry sah Greta an, die seinen Blick erwiderte. War da ein Funkeln in ihren grauen Augen?

»Ja, sie ist ein guter Kumpel.«

Ein leises Lächeln umspielte Gretas Lippen. »Mmm.« Sie nickte. »Joan und ich haben uns neulich darüber unterhalten, wie gut ihr befreundet seid. Sie ist eine sympathische junge Frau.«

»Das stimmt.«

»Wer ist was?« Beth kam herein, warm eingepackt gegen die morgendliche Kühle.

»Ich habe gerade zu Harry gesagt, dass Polly sehr sympathisch ist. Es ist so schade, dass sie noch keinen netten Mann gefunden hat.«

Beth warf Harry einen vielsagenden Blick zu. »Na, vielleicht klappt das ja irgendwann demnächst.«

»Das kann sein.« Greta nickte. »Aber ich will nicht den ganzen Tag hier rumstehen und schwatzen. Ich wollte nur im Hofladen ein paar Würstchen besorgen. Nach der schweren Arbeit gestern Abend hat Murdo heute sein Lieblingsessen verdient.«

Beth hob eine Augenbraue. »Das ist natürlich das Letzte, was Greta tun würde – den ganzen Tag rumstehen und schwatzen. Offenbar ist das ganze Dorf in einem schrecklichen Inferno bis auf die Grundmauern abgebrannt. Oder so geht jedenfalls das Gerücht.«

»Und soll ich jetzt ein schlechtes Gewissen haben, weil es nur ein Kurzschluss in einem Heizlüfter war?« Harry lachte und rückte ein Stück, damit Beth sich neben ihn setzen konnte. Sie schüttelte den Kopf.

»Ich kann mich nicht hinsetzen, hab in der Gärtnerei zu tun. Ich muss nämlich über eine Hochzeit nachdenken.«

»Hast du dich deshalb in fünfzehn Schichten Fleece eingepackt?«

Beth nickte. »Ich probiere etwas Neues aus, aber das bedeutet, dass ich im Wald Zweige schneiden muss, und da draußen ist es saukalt.«

Lachlan kam mit Kaffee zurück, gefolgt von Rob und Charlotte, die während des Gesprächs mit Greta unbemerkt hereingekommen waren. Gleich darauf erschienen auch Ivy und Ben. Mit roten Wangen zogen sie Schals und Handschuhe aus. Sie wirkten unglaublich verliebt und glücklich.

»Die ganze Bande ist jetzt versammelt«, sagte Harry trocken. »Ist das eine Art Invasion, oder habt ihr eine Versammlung angesetzt, und kein Schwein hat mich informiert?«

Rob grinste. »Ich sag nichts.« Er blickte zu Charlotte hinüber, die ihr schönstes Engelsgesicht aufsetzte.

»Seid ihr etwa zu Fuß gekommen?«, fragte Beth und musterte Ivys und Bens rote Wangen und ihre geröteten Nasenspitzen.

»Ja«, sagte Charlotte und zog einen Stuhl heran. »Wir haben ihnen angeboten, sie mitzunehmen.« Sie stibitzte den Keks, der neben Lachlans Kaffee auf der Untertasse lag, und knabberte daran.

»Aber wir haben abgelehnt«, sagte Ivy. »Wir fanden, so eine kleine Morgenwanderung würde Laune machen. Außerdem hab ich eine Menge tolle Fotos geschossen, die werden in der Werbung für das Hotel richtig gut aussehen.«

Harry verzog das Gesicht. Hatten die beiden die Neuigkeit noch gar nicht gehört?

»Ich meine, das wird sich natürlich alles ein bisschen verzögern«, sagte Ivy ruhig, »aber das ist nicht schlimm, bloß ein kleiner Aufschub.«

»Und die …« Harry zögerte, seine Frage zu beenden, »eure Hochzeit?«

»Alles gut.« Ben nahm Ivys Hand. Sie sahen sich einen Moment in die Augen, bevor sie sich wieder den anderen zuwandten.

»Echt?« Harry war erstaunt. Dieses Paar, das da so lässig

Hand in Hand vor ihm stand, war meilenweit entfernt von den beiden jungen Leuten, die er bei ihrem Einchecken im Applemore Hotel kennengelernt hatte. Mit entspanntem Lächeln ließen sie sich ihm gegenüber nieder. Ivy winkte Polly zu, die gerade die ersten Kundinnen des Tages bediente.

»Ich hab ihnen von Lachlans Angebot erzählt«, sagte Charlotte.

»Wenn wir unseren Kaffee getrunken haben, gehen wir ins Applemore House hoch und sehen uns dort um.«

»Während wir uns hier unterhalten, räumt Rilla in Windeseile auf.« Lachlan schmunzelte.

»Oh, hoffentlich nicht«, sagte Ivy. »Ich möchte nicht, dass ihr euch unseretwegen Mühe macht.«

»Das ist überhaupt keine Mühe«, erwiderte Lachlan. »Wirklich nicht, es ist uns ein Vergnügen.«

»Danke«, sagte Harry bewegt.

»Ja«, sagte Rob. »Toll, dass ihr das angeboten habt.«

Lachlan zuckte die Achseln. »Nicht der Rede wert. Egal, jetzt reicht's mit der Dankbarkeit. Wir müssen eine Hochzeit neu organisieren.«

Achtundzwanzigstes Kapitel

»Das ist ja ein Schloss!« Ivy staunte mit offenem Mund. Ben zog sie an sich und drückte ihr einen Kuss auf die Schläfe.

Rilla warf Polly einen Blick zu. Polly hatte Jenny den Hofladen überlassen und sich für ein halbes Stündchen verdrückt, um Ivys Gesicht zu sehen, wenn sie begriff, was ihnen als Alternative zum Applemore Hotel angeboten wurde.

»Nicht ganz.« Lachlan lachte. »Wegen der Türmchen sieht es imposanter aus, als es ist.«

Polly blickte an dem Haus hinauf, in dem sie aufgewachsen war, und betrachtete es mit Ivys Augen. Seit es renoviert worden war, war es wirklich schön. Zu beiden Seiten standen hohe Pappeln Wache, und der geräumige Wintergarten mit dem Glasdach war wieder aufgebaut worden. Beth hatte alle möglichen Kletterpflanzen an die Mauern gesetzt, die dem Gebäude ein exotisches Aussehen verliehen. Über der großen Eingangstür hing ein prächtiger Kranz aus Ilex und anderem Grün mit einer Schleife aus rotem Band. Durch die beiden Lorbeerbüsche, die in Kübeln rechts und links von der Eingangstreppe standen, wanden sich blinkende Lichterketten. Der Kies auf der großzügigen Auffahrt war geharkt, es war kein Vergleich mit dem von Unkraut überwachsenen Weg, den Polly aus ihren Kindertagen in Erinnerung hatte. In der Ferne, auf der anderen Seite des Rasens, entdeckte Polly zwei äsende Rehe. Sie berührte Ivy am Arm und legte den Zeigefinger auf die Lippen.

»Guck mal.« Polly deutete auf die Tiere.

»Oh wow«, flüsterte Ivy. »Sind die schön!«

Zwei Sekunden später gab es ein Krachen und ein wildes Pfotenscharren, weil Rilla nichtsahnend die Haustür öffnete und alle drei Spaniels aus dem Haus stürzten. Als sie die Rehe sahen, bellten sie begeistert und rasten wie die wilde Jagd über den Rasen.

Rilla schüttelte in gespielter Verzweiflung den Kopf. »Hugh, Mabel, Martha – hierher!«

Alle beobachteten, wie die Hunde einmal um die weite Rasenfläche herumrannten und dann – zufrieden, dass sie die Eindringlinge verjagt hatten – mit hoch erhobenen Schwänzen zurückkehrten. Ihre dunkelbraunen Augen waren auf ihr Frauchen gerichtet, und Rilla beugte sich zu ihnen hinunter und tätschelte sie alle drei.

»Ach, sind die süß«, sagte Ivy.

Ben schüttelte den Kopf. »Nein, wir nehmen keinen Spaniel mit nach Hause. Komm bloß nicht auf dumme Gedanken.« Er lachte.

»Also, wir haben uns gedacht, dass ihr hier im Applemore House heiraten könnt.« Rilla öffnete die Tür zum früheren Salon, der jetzt als zweites Wohnzimmer diente und kaum genutzt wurde. In alter Zeit, als Pollys Großeltern auf Applemore gelebt hatten, waren hier die Gäste bewirtet worden – sie hatte viele alte Fotos aus dieser Zeit gesehen. Als ihr Vater noch gelebt hatte, hatte die Familie hier alles abgestellt, was sonst nirgends Platz fand, und Rilla und Lachlan hatten Ewigkeiten – und einen Container – gebraucht, um die Sachen auszuräumen. Anschließend war der Salon in einem schönen Dunkelgrün gestrichen worden, und jetzt standen große weiche Sofas und Sessel und ein Flügel aus schimmerndem Nussbaum darin. Rilla hatte Feuer im Kamin gemacht, das ein warmes, einladendes Licht verbreitete.

»Wenn wir die Sofas wegschieben, ist neben dem Baum Platz für den Standesbeamten – ich meine, neben dem Weihnachtsbaum, der soll dort stehen.« Rilla deutete mit dem Arm in eine leere Ecke.

Ivy wischte sich mit dem Handrücken über die Augen.

»Alles in Ordnung?« Polly legte ihr behutsam die Hand auf den Arm.

Ivy nickte. »Es ist einfach so wunderschön, und ihr seid so wahnsinnig nett. Ich kann noch gar nicht glauben, dass ihr das für uns tun wollt.«

Rilla lächelte. »Vielleicht liegt es daran, dass wir selbst auch alle schon Kummer durchlebt haben? Ich glaube, wenn man weiß, wie das ist, kann man andere Menschen besser verstehen. Wisst ihr, was ich meine?«

Polly nickte und lächelte ihrer inoffiziellen Schwägerin zu.

»Ja, da hast du recht.« Auch Ben nickte.

»Und wir haben wirklich Glück, dass wir dieses Haus bewohnen dürfen. Das ist für uns nicht selbstverständlich«, fügte Rilla hinzu. Polly strich mit der Hand über den alten Flügel, der seit Generationen in der Familie war.

»Das ist witzig, ich hab immer gedacht, wer in solchen fantastischen Häusern lebt, muss eingebildet und arrogant sein.« Ivy zog die Nase kraus. »Aber ihr seid alle ganz normal.«

»Ich glaube, wenn du mal nachfragen würdest, würden die meisten Leute sagen, dass sie auch Influencerinnen gegenüber Vorurteile hatten«, sagte Polly.

Ben sah Ivy an und lachte. »Da ist was dran. Da gibt's wohl was zu lernen, oder?«

»Ganz bestimmt.« Rilla öffnete die Küchentür. »Kommt rein, ich mache uns Kaffee, und dann können wir alles besprechen. Ich habe gestern einen Zitronenkuchen gebacken, vielleicht möchtet ihr ein Stück?«

»Sehr gerne.« Ivy folgte ihr. »Nach unserer kleinen Wanderung vorhin hab ich einen Riesenhunger.«

Polly verließ den Salon als Letzte und schloss die Tür hinter sich. Sie ging kurz ins Bad, und als sie zurückkam, stand die Kaffeekanne auf dem großen Eichentisch in der Küche, und alle saßen drum herum und schmiedeten Pläne.

»Wenn wir wieder in Manchester sind, machen wir ein großes Fest«, erklärte Ivy. »Aber hier – wir möchten die eigentliche Hochzeit ganz für uns feiern.«

»Ich finde es toll, dass ihr dabei nur zu zweit sein wollt. Falls ich jemals heiraten sollte, würde ich es ganz genauso machen«, sagte Rilla.

Polly warf ihr einen erstaunten Blick zu. »Muss ich mir demnächst einen Hut zulegen?«

Rilla kicherte. »Nein, wir sind glücklich unverheiratet, und ich vermute, dass das auch so bleiben wird. Für uns beide stimmt das so.«

Vom Flur her war Gepolter zu hören, und dann betrat Lachlan die Küche. Er brachte einen kalten Luftschwall mit, war voller Nadeln und roch nach Kiefernwald.

»Wir sprechen gerade über eure Hochzeit«, neckte Polly ihn. Lachlan blieb wie angewurzelt stehen und sah Rilla an. Immer noch lachend, schüttelte Rilla den Kopf.

»Hab ich irgendwas nicht mitgekriegt?« Er zupfte sich Kiefernnadeln vom Pullover.

»Überhaupt nicht.« Rilla gab ihm einen Kuss. »Aber wir machen gerade Pläne für Ivy und Ben.«

Ben stand auf und schüttelte Lachlan kräftig die Hand. »Danke noch mal. Ich kann dir gar nicht sagen, wie viel uns das bedeutet.«

»Kein Wort mehr.« Lachlan erwiderte das Händeschütteln, dann ging er zur Spüle hinüber, um sich die Hände zu waschen. »Es sei denn, das Wort heißt Kuchen.«

»Das ist der nächste Programmpunkt.«

»Wenn ihr im ganz kleinen Kreis feiert, wollt ihr dann überhaupt eine Hochzeitstorte haben?« Polly setzte sich neben den Herd auf die Arbeitsplatte, schlug die Beine übereinander und sah das Brautpaar an.

Ivy warf Ben einen Blick zu. »Also, wir hatten gehofft, dass wir ein paar Schokobrownies bekommen können, dann brauchen wir keine große Torte.«

»Annas Brownies sind zum Niederknien«, stimmte Polly zu. »Ich wette, sie könnte daraus eine Art Kuchen basteln? Das kann doch nicht so schwer sein.«

»Fragt bloß nicht Polly um Rat, wenn es ums Catering geht.« Lachlan grinste. »Sie ist die schlechteste Köchin in der Familie.«

»Müsst ihr mir das denn immer wieder aufs Brot schmieren?« Polly stöhnte. Sie sah zu, wie Rilla eine altmodische Kuchenform aus Metall vom Regal nahm. Schon als sie den Deckel abhob, duftete es köstlich. Rilla kippte den Zitronenkuchen heraus und schnitt dicke Scheiben davon ab.

»Wer Harry um den kleinen Finger wickeln kann, muss nicht kochen können. Er ist selbst ein spitzenmäßiger Koch, und außerdem hat er Conor.« Lachlan gluckste in sich hinein.

»Was meinst du damit?« Polly spürte, wie sie rot wurde. Sie zog sich einen Vorhang aus Haaren vor das Gesicht und schob ihn wieder zurück. Rilla und Lachlan sahen sie mit gespielt ausdruckslosen Mienen an, und beide zuckten gleichzeitig mit den Schultern.

»Nichts Bestimmtes«, sagte Lachlan.

»Keine Ahnung«, fügte Rilla hinzu.

»Wenn sie erst in Manchester lebt, braucht sie keinen Koch«, sagte Ben. Er trank einen Schluck Kaffee und stellte den Becher wieder auf den Tisch.

Alle sahen erst ihn an und wandten sich dann Polly zu. Die Verwirrung stand ihnen in die Gesichter geschrieben.

»Manchester?«

Polly fuhr mit den Händen durch die Luft. »Nein, nein. Oder vielleicht doch. Keine Ahnung.«

Ivy warf Ben einen Blick zu.

»Jedenfalls«, sagte Rilla, die wie immer als Vermittlerin agierte, »wollen wir jetzt weiter planen?«

Lachlan stimmte zu.

»Ich gehe lieber zurück in den Laden.« Polly warf einen Blick auf die Wanduhr. »Ich bin schon länger weg, als ich gesagt hatte. Jenny kriegt sonst einen Anfall – erst recht, wenn wieder so viel los ist wie gestern.«

Sie verabschiedete sich und flitzte zurück in den Hofladen, wo die Arbeit sie so auf Trab hielt, dass der Tag wie im Flug verging. Ehe sie sich's versah, war es Zeit zu schließen. Während sie

Kasse machte, hörte sie nicht, dass Lachlan hereinkam. Sie bemerkte ihn erst, als er in der Tür stand.

»Hallo, Schwesterchen.«

Polly blickte auf und lächelte. »Wie läuft's?«

Er zuckte mit der Schulter. »Gut. Da gibt's nicht viel zu berichten. Wie steht's um deine Einnahmen?«

Polly blickte auf einen Stapel Münzen hinunter. »Hervorragend. Wir haben deutlich mehr erwirtschaftet als letztes Jahr. Ich glaube, der Weihnachtsmarkt hat den Laden richtig bekannt gemacht. Seitdem kommt viel mehr Kundschaft von weiter weg, die Leute nehmen sich einen ganzen Nachmittag Zeit, essen bei Tom und Gavin und besuchen dann den Laden und die Galerie und so weiter.«

»Und du hast das alles aus dem Nichts aufgebaut, Polly. Ganz schön beeindruckend.«

Polly senkte verlegen den Kopf. Ein derartig überschwängliches Lob von Lachlan war ungewöhnlich.

»Jedenfalls«, fuhr er fort, »vermutlich weißt du, worauf ich hinauswill?«

Sie verzog das Gesicht. »Manchester?«

»Manchester.« Lachlan nickte. »Was soll das denn jetzt?«

Polly stieß einen langen Seufzer aus. »Ben hat da unten einen Freund, der expandieren will. Einzelhandel. Wir haben einfach darüber gesprochen, am Rennabend, als ich schon ein paar Gläser Wein intus hatte.«

»Und du hast ihm nicht klipp und klar gesagt, dass du daran kein Interesse hast?«

Beide blickten auf und winkten, als Tom und Gavin ihnen schon von der Tür her zum Abschied einen schönen Abend wünschten. Dann wandte Lachlan sich wieder Polly zu. Gespannt sah er sie an.

Wieder zog Polly eine Grimasse. »Es ist nicht – ich meine, ich bin wahnsinnig gerne hier. Es ist einfach – inzwischen ist alles so anders. Ihr habt euch alle häuslich niedergelassen, ich bin single. Manchmal glaube ich, wenn ich in zwanzig Jahren eines Morgens aufwache, wird mir klar, dass ich alt geworden bin, ohne dass sich bei mir irgendwas geändert hätte.«

»Wie meinst du das?«

»Ich liebe meinen Laden, und ich liebe Applemore. Aber vielleicht gibt es noch mehr im Leben. Ich möchte nichts verpassen.«

»Hat das vielleicht mit einem bestimmten Menschen zu tun?«

Polly schüttelte den Kopf. »Warum fragst du?«

»Ich will mich nicht einmischen, Polly. Aber mach nicht den gleichen Fehler, den ich beinahe gemacht hätte.«

»Als du ...« Sie sah Lachlan an, der leicht die Augenbrauen hob.

»Manchmal muss man sich dafür entscheiden, sein Glück beim Schopf zu packen, und das kann bedeuten, dass man ein Wagnis eingehen muss. Aber es ist das Risiko immer wert.«

Polly dachte an den kalten Januartag, als Lachlan nach Paris geflogen war, um Rilla zu suchen und ihr zu sagen, dass er sie liebte. Die Schwestern hatten ihn dazu angespornt, und jetzt – Lachlan und Rilla hätten glücklicher nicht sein können.

Ihr Bruder zuckte die Achseln. »Ich sage dir nicht, was du tun sollst. Ich sage bloß, denk mal darüber nach.«

Neunundzwanzigstes Kapitel

»Wenn man sich überlegt, was alles hätte passieren können, dann bist du ziemlich glimpflich davongekommen.«

Harry, Rob und Conor standen im Restaurant und blickten zur rußgeschwärzten Decke hinauf.

Conor schüttelte den Kopf. »Nicht zu glauben, dass eine undichte Stelle den Brand verursacht hat. Das begreife ich nicht.«

»Diese Dusche in Zimmer neun. Erinnerst du dich, dass sie an dem Abend, als du dir das Handgelenk verletzt hast, übergelaufen ist?« Harry hob ein Stück durchgeweichten Gipskarton auf und sah es bestürzt an. »Es gab einen Kurzschluss, und mehr war gar nicht nötig. Als Nächstes dann … wusch! Ein Glück, dass der Brand so schnell gelöscht wurde.«

»Und dass du eine gute Alarmanlage hattest.« Rob verschränkte die Arme und sah sich im Raum um. Die Wände waren voller Ruß- und Wasserstreifen. »Das wird uns nur ein paar Wochen zurückwerfen, weiter nichts. In diesem Teil des Hotels muss die Elektrik sowieso neu gemacht werden, und ja, wir haben wirklich Glück gehabt.«

»Stellt euch mal vor, das wäre nach der Renovierung passiert.« Bei diesem Gedanken zog Harry eine Grimasse.

Conor schob seine Armschlinge zurecht. »Also, wir wollen froh sein, dass alle heil davongekommen sind. Aber was wird aus dieser Hochzeit? Wann treffen die vielen Gäste ein? Ich hatte gehofft, dass die Braut eine Menge Freundinnen einlädt und ich vielleicht Glück habe.«

Rob und Harry sahen ihn gleichermaßen missbilligend an.

»Erstens«, Harry schüttelte den Kopf, »haben die beiden keine Gäste eingeladen. Und selbst wenn sie das hätten, kämen, zweitens, die Freundinnen wohl kaum in der Hoffnung, mit einem herumstromernden Highlander anzubändeln.«

»Keine Gäste?« Conor machte große Augen.

»Nein, nur das Brautpaar und zwei Trauzeugen – das kriegen wir hin – und die Frau vom Standesamt.«

»Das ist etwas merkwürdig, oder?«

»Ich finde es super«, mischte Rob sich ein. »Nicht alle wollen ein protziges Fest, und schon gar nicht, wenn die Eltern nicht dabei sind.«

Harry sah Conor an, der offenbar begriffen hatte. Rob hatte sich von seinen Eltern entfremdet, und weil Applemore eben Applemore war, wusste das ganze Dorf darüber Bescheid.

»Egal.« Conor wischte sich mit seiner gesunden Hand Staub von seinen nicht vorhandenen Revers. »Ihr sollt bloß wissen, dass ich kein schlechter Fang bin. Ich kann nämlich Eggs Benedict machen, das sind pochierte Eier auf Toast mit gebratenem Frühstücksspeck und meiner speziellen Sauce.«

»Machst du dich mit dem Spruch an die Mädchen ran?« Rob sah zu Harry hinüber und grinste. »Vielleicht hätte ich das auch mal versuchen sollen, statt ihnen anzubieten, beim Lieferdienst Bacon & Egg-McMuffins zu bestellen.«

»Aber bei Charlotte hat das funktioniert, oder?« Harry zog sein Handy aus der Tasche und überflog beim Sprechen rasch seine Nachrichten. Nichts von Polly, registrierte er bestürzt.

»Witzig, nein, bei ihr hab ich das nicht probiert. Aber ich hatte trotzdem Glück, und jetzt hat sie mich am Hals.«

»Sieht ganz so aus, als würde ich noch länger single bleiben. Wenigstens leistest du mir dabei Gesellschaft.« Lachend gab Conor Harry einen Rippenstoß.

Harry zuckte zusammen. Es war nicht so sehr der Stups in die Seite, der ihn erschreckt hatte, sondern eher die düstere Realität. Er musste akzeptieren, dass zwischen Polly und ihm nichts laufen würde.

Die beiden anderen verschwanden. Rob wollte nach Charlotte sehen, die an diesem Vormittag in ihrem Büro Verwaltungskram erledigte, und Conor wollte mit einem Freund nach Inverness fahren, um die Speisekarte eines Restaurants zu begutachten, das am Fluss neu eröffnet hatte.

»Klopf, klopf«, rief eine vertraute Stimme eine halbe Stunde später, als Kenny und die anderen Handwerker, die nach Kräften bemüht waren, die verlorene Zeit wieder aufzuholen, gerade einmal nicht so laut ratterten und klapperten. Harry stieg über einen Haufen Schutt und suchte sich einen Weg zur Eingangstür. Da stand Beth mit einem Zwilling an jeder Hand.

»Harry, rate mal, wer heute in die Schule gekommen ist.« Edward grinste mit seiner Zahnlücke zu ihm hoch. Er hielt ein Weihnachtsgeschenk in der Hand, das er Harry stolz präsentierte. An einer Ecke war das Geschenkpapier schon aufgerissen.

»Der Weihnachtsmann!« Lucy strahlte. »Aber Edward wollte sein Geschenk schon aufmachen, und Mummy hat gesagt, das dürfen wir erst, wenn Weihnachten ist. Glaubst du, dass der Weihnachtsmann ihn jetzt in sein Buch schreibt?«

Beth verdrehte lachend die Augen.

»Nein, das glaube ich eigentlich nicht«, antwortete Harry

und verwuschelte Edward das Haar. »Was kann ich für euch tun? Oder wolltet ihr einfach mal sehen, wie Kenny hier vorankommt?«

Kenny sah herüber und winkte Beth zu. »Wie geht's?«, rief er.

»So toll ich Kennys Arbeit auch finde«, sagte Beth, »aber ich möchte zu dir. Wir kommen gerade vom Weihnachtsliederkonzert, heute war ja der letzte Schultag, und wir wollten mal hören, wie es dir nach der ganzen Sache hier geht.« Beth sah ihn direkt an und kniff dabei ganz leicht die Augen zusammen.

»Mir geht's gut.« Harry zupfte am Kragen seines Hoodies herum. »Lachlan und Rilla haben mich gerettet. Ivy und Ben greifen mir gratis in den Social Media unter die Arme, und die Leute von der Versicherung meinen, dass das hier ein klarer Fall ist.«

»Dann ist ja alles in trockenen Tüchern, oder? Bis auf das, was du direkt vor der Nase hast.«

Harry zuckte die Achseln. »Keine Ahnung, was du damit meinst.«

Beth betrachtete ihn prüfend. Sie kannten sich schon ewig – und manche Leute hatten sich früher sogar gefragt, ob ihre gute Freundschaft vielleicht zu mehr führen würde, doch sosehr Harry Beth auch schätzte, sie waren nie weitergegangen. Aber Beth kannte ihn einfach viel zu gut. Er trat von einem Fuß auf den anderen.

»Du weißt, dass Polly eine Einladung zu einem Vorstellungsgespräch unten im Süden bekommen hat?«

Harry machte so hastig einen Schritt zurück, dass er mit der Schulter gegen den Türrahmen prallte. »Wie bitte?«

Beth nickte. »In Manchester. Anscheinend bei einem Kumpel von Ben.«

Die Zwillinge hatten sich auf die Tische neben dem Hotel gesetzt, und jetzt fingen sie an, sich zu zanken. »Er hat mein Papier zerfetzt«, rief Lucy empört.

»Stimmt gar nicht«, nuschelte Edward.

Beth hob warnend den Zeigefinger. »Ich will nicht, dass ihr zwei euch streitet. Ihr wisst doch, dass der Weihnachtsmann euch beobachtet.«

Edward und Lucy sahen sich mit großen Augen an und setzten sich sofort ordentlich hin, brav wie kleine Engel.

»Seit die zwei auf der Welt sind, konnte ich mich noch kein einziges Mal ungestört unterhalten.« Beth stöhnte. »Aber wie auch immer, ich sag's ja bloß. Ich wusste nicht, ob du das mitgekriegt hast.«

Sie erzählte noch ein Weilchen von ihren Plänen für den Blumenschmuck bei der Hochzeit, aber Harry nahm kein einziges Wort davon auf.

Später am Nachmittag fuhr er zum Hofladen hoch, unter dem etwas fadenscheinigen Vorwand, dass er Lebensmittel für sein Abendessen kaufen wolle. Als er den Laden betrat, war von Polly nichts zu sehen. Jenny und einige andere Mitarbeiterinnen waren eifrig damit beschäftigt, Kundinnen zu bedienen und Regale aufzuräumen, und wie immer funktionierte der Laden wie ein Uhrwerk.

»Wie geht's?« Gavin winkte ihn zu sich.

»Nicht schlecht. Wird schon wieder.« Harry wandte sich um. Die Tische im Café waren fast alle voll besetzt, und Geplauder erfüllte den Raum. »Das Geschäft scheint ja bombig zu laufen. Wo ist Tom?«

»Der ist mit Polly draußen, sie wollen irgendwas in Ordnung

bringen. Er brauchte jemanden zum Helfen, und ich habe gesagt, dass mich bei diesem Wetter keine zehn Pferde vor die Tür kriegen. Es ist so kalt, da würde ich mir ja wer weiß was abfrieren.«

Harry schmunzelte. Aber er konnte wohl kaum noch länger hier herumhängen und hoffen, dass Polly bald wiederkommen würde – und selbst falls sie bald käme, hatte er keine Ahnung, was er ihr sagen sollte. Die Nacht mit ihr war wunderschön gewesen, und seitdem hatte er sie kein einziges Mal zu Gesicht bekommen – obwohl sie ihm versprochen hatte, dass sie ins Dorf kommen und ihn besuchen würde. Sie hatten sich so fröhlich gegenseitig versichert, dass sich zwischen ihnen nichts ändern würde, doch mittlerweile schien es Harry, als hätte diese Nacht ihre Beziehung kaputtgemacht.

»Also, was darf's denn sein?« Gavin sah ihn erwartungsvoll an.

»Eigentlich …« Harry zog bewusst umständlich sein Handy heraus und sah aufs Display, als wäre dort etwas Lebenswichtiges aufgetaucht. »Ich muss zurück. Den Kaffee spare ich mir für später auf. Grüße Tom von mir.«

»Mach ich«, sagte Gavin gut gelaunt und lächelte einem Paar zu, das gerade auf die Kaffeetheke zukam.

Mit knirschenden Schritten stapfte Harry über den Kies zu seinem Auto. Er war niedergeschlagen und schimpfte mit sich selbst. Nimm dich zusammen, Mann, murmelte er, das ist doch bescheuert.

Jemand hatte so dicht neben seinem Wagen geparkt, dass er sich seitwärts zur Fahrertür hätte durchquetschen müssen, und er überlegte gerade, ob es nicht einfacher war, auf der Beifahrerseite einzusteigen, als jemand ihn an der Schulter berührte. Er drehte sich um. Es war Polly. Sie hatte das Haar zu zwei langen Zöpfen geflochten, ihre Wangen waren rosig vor Kälte, und ihre Augen waren noch nie so blau gewesen. Sie lächelte ihn an.

»Hey.«

»Gavin hat gesagt, ich hätte dich ganz knapp verpasst. Da bin ich schnell rausgerannt, um hallo zu sagen.« Sie trat von einem Bein aufs andere.

»Ja, hallo, Polly«, sagte Harry. Das war aber auch zu blöd. Er war ein erwachsener Mann und stotterte herum wie ein Teenager, der seinem Schulschwarm gegenüberstand.

»Sorry, ich hab's nicht runter zum Hotel geschafft. Diese ganze Woche war total verrückt. Und jetzt helfe ich Rilla nach der Arbeit immer, das Haus aufzuräumen. Sie hat sich in den Kopf gesetzt, dass sie es für die Hochzeit tadellos in Schuss haben will.«

»Eigentlich müsste ich rübergehen und ihr meine Hilfe anbieten. Der Plan war ja schließlich, dass das Ganze im Hotel stattfindet. Da kann ich die Verantwortung nicht einfach abgeben.« Harry war nach dem Brand so mit der ganzen Organisation und dem Papierkram beschäftigt gewesen, dass er alle Gedanken an Ivys und Bens Hochzeit beiseitegeschoben und Rob alle übrigen Arbeiten überlassen hatte. Rob schien diese Aufgaben nur allzu gern zu übernehmen, und Harry war es entgegengekommen, die Familie Fraser ein paar Tage zu meiden, während er überlegt hatte, was er bloß tun sollte. Bis heute …

»Beth ist vorhin im Hotel vorbeigekommen.« Harry sah Polly an und fragte sich, ob sie etwas sagen würde.

»Oh, schön. Heute war der letzte Schultag vor den Ferien.«

»Ja, sie hatte die Zwillinge bei sich. Lucy hat Eddie gewarnt, dass der Weihnachtsmann ihn in sein großes Buch schreiben würde, weil er sein Geschenk schon an einer Ecke aufgerissen hatte.«

Polly lachte. »Also alles wie immer.«

»Mehr oder weniger.«

Eine lange Pause entstand. Eine Elster sprang auf den Dachfirst und schwatzte ärgerlich auf sie hinunter. Eine Elster bedeutet Kummer, dachte Harry, und er nickte dem Vogel zu, um dem alten Aberglauben Genüge zu tun und die Gefahr abzuwenden. Normalerweise fühlten Polly und er sich wohl miteinander, und mit diesem eigenartigen, peinlichen Schweigen konnten sie anscheinend beide nicht umgehen.

»Rate mal, was passiert ist«, sagte Polly mit etwas zu fröhlicher Stimme. »Wusstest du, dass Ivy ihre Hochzeit ursprünglich ganz allein mit Ben feiern wollte?«

»Ach ja?« Harry legte den Kopf schräg und wartete auf die Neuigkeit. Er hatte den Verdacht, dass Ivy es sich wegen der Verlegung der Zeremonie ins Applemore House wohl anders überlegt hatte. Der Verlockung, ihren Followern stolz ein Haus wie das Gutshaus zu präsentieren, würde sie kaum widerstehen können.

»Also, sie hat es sich anders überlegt.«

»Hab mir so was schon gedacht.« Harry war merkwürdig enttäuscht. In den vergangenen Wochen hatte er den Eindruck gehabt, dass Applemores besonderer dörflicher Charme seine Wirkung getan hatte. Ivy hatte sich entspannt, und auch Ben wirkte viel gelöster, doch letzten Endes blieb wohl jeder sich selbst treu.

»Ja, wir hatten ein richtig gutes Gespräch darüber, und jetzt hat Ivy alle Dorfbewohner, die Lust haben zu kommen, zur Hochzeit eingeladen.«

Harry öffnete den Mund und schloss ihn wieder. Er war sprachlos. Schließlich sagte er: »Sie hat was?«

»Die beiden haben gesagt, sie finden es so lieb, dass das Dorf sie mit offenen Armen aufgenommen hat, und Ivy glaubt, dass diese Einladung ganz im Sinne ihrer Oma wäre.«

Harry verzog das Gesicht.

»Was ist denn?«

»Ach, ich komme mir total mies vor. Ich hatte erwartet, dass Ivy beschlossen hat, die richtigen Leute einzuladen, um zu sehen und gesehen zu werden.«

»Ts, ts, ts«, sagte Polly. »Du alter Zyniker.«

»Vielleicht war mein Urteil nicht ganz unbeeinflusst.«

»Wie meinst du das?«

Harry schüttelte den Kopf. Jetzt war nicht der richtige Zeitpunkt, um die Sache mit Manchester anzusprechen. Außerdem hatte er nicht das Recht dazu. Wenn Polly darüber sprechen wollte, würde sie schon den richtigen Zeitpunkt finden. Zerstreut spielte er mit seinem Autoschlüssel.

»Ach«, sagte er und winkte dem Autofahrer zu, der ihn zugeparkt hatte und gerade mit entschuldigender Miene herbeieilte, »weißt du was? Ausnahmsweise bin ich mal richtig froh, dass ich mich geirrt habe.«

Dreißigstes Kapitel

Bei den Vorbereitungen für die Hochzeit mochte einiges schiefgelaufen sein, aber der Tag selbst war märchenhaft. Die frische Winterkälte war zurückgekehrt, und beim Erwachen wurden die Bewohner von Applemore von einem Schneeteppich begrüßt, so tief, wie sie jahrelang keinen mehr gesehen hatten.

Kirsty, die den Reitstall außerhalb des Dorfes besaß, hatte ihre altertümliche Kutsche herausgeholt und Puzzle, ein großes, schwarzweiß geschecktes Pony, zwischen die Deichseln gespannt. Zaumzeug und Wagen waren mit Grün und leuchtend roten Beeren geschmückt, und auf der Sitzbank lag eine weiße Decke aus Kunstfell. Polly streichelte Puzzle die Nase, während sie darauf warteten, dass Ivy aus dem Auto stieg, das gerade vor dem Hofladen gehalten hatte. Murdo öffnete die Wagentür, und Ivy erschien. Sie trug ein langes, cremefarbenes Kleid aus schwerem Seidendamast und sah sich gespannt und mit vor Aufregung glänzenden Augen um.

»Bist du so weit, meine Liebe?« Murdo strich sein schwarzes Jackett glatt und nahm Ivy an der Hand. Als Kirsty die Kutsche angeboten hatte, hatte er unverzüglich die Gelegenheit ergriffen, Ivy zu fahren.

»Ich habe ja selbst keine Tochter, für die ich Brautführer sein könnte, und es wäre mir eine Ehre, eine so schöne junge Frau an der Seite zu haben«, hatte er gesagt. Greta hatte ihm einen prüfenden Blick zugeworfen, woraufhin er eilig hinzugefügt hatte: »Natürlich habe ich das Glück, dass ich bei so vielen Gelegenheiten meine liebe Gattin an der Seite habe«, und alle hatten lachen müssen.

»Ich bin bereit.« Ivy kicherte nervös und kletterte in die Kutsche. Sie ließ sich auf der Sitzbank nieder und zog ihre flauschige Strickjacke fester um die Schultern.

»Wir haben ein Heizkissen unter die Felldecke gelegt, damit du nicht erfrierst, und –«, Polly reichte ihr eine mit Fell bezogene Wärmflasche, »hier sind außerdem drei Wärmflaschen, und diese Decke ziehst du dir über die Beine.«

»Drei?« Ivy nahm die erste Wärmflasche entgegen und legte sie sich auf die Knie.

»Es ist doch schweinekalt. Wir möchten nicht, dass du als Eiszapfen im Gutshaus ankommst.«

»Deswegen wirst du jetzt warm eingepackt«, sagte Murdo eifrig – er nahm seine Rolle sehr ernst. Dann stieg auch er in die Kutsche, setzte sich neben Ivy und nahm von der etwas besorgt wirkenden Kirsty die langen Fahrzügel entgegen.

»Puzzle wird ganz brav sein«, Kirsty sah das Pony streng an. »Und ich fahre im Auto hinter euch her – falls es Probleme gibt, sehe ich das sofort.«

»Du könntest die Kutsche doch auch selbst hochfahren und vor dem Haus dann mit Murdo tauschen«, sagte Polly. Sie beobachtete, wie Murdo, der eine Probefahrt entschieden abgelehnt hatte, mit den Fahrleinen herumhantierte und es irgendwie schaffte, sich das Ende um einen Fuß zu wickeln. Vor ihrem inneren Auge sah sie, wie er sich ganz und gar in die Leinen verwickelte und der behäbige, ausgesprochen vernünftige Puzzle im Galopp davonschoss. Sie musste ein Kichern unterdrücken.

»Danke, Polly, ich komme schon klar«, erklärte Murdo und

zog sich ebenfalls die Decke über die Knie. »Nachher ist mein Kilt bestimmt voller weißer Flusen.«

»Also los«, sagte Kirsty. »Polly, fährst du schon mal vor und sagst Bescheid, dass wir in höchstens zehn Minuten da sind?«

Polly nahm ihre Tasche, sprang in ihren Wagen und fuhr langsam an der Ponykutsche vorbei. Dann gab sie Gas und brauste den Fahrweg hinauf zum Applemore House.

Rob und Lachlan hatten die Köpfe zusammengesteckt und beschlossen, wenn sie im Applemore House eine Hochzeit ausrichten würden, sollte das stilvoll geschehen. Aber zu verhindern, dass die Dorfbewohner etwas verrieten, hatte fast übermenschliche Anstrengung gekostet.

Polly parkte in der Auffahrt. Die weiten Rasenflächen rings um das Haus waren schneebedeckt, aber der Vorplatz war geräumt worden. Alle hatten mit angepackt, um die Marktstände wieder aufzubauen. Unter anderem gab es eine Marshmallow-Schmelzerei und einen Kakao-Ausschank, wo große Kessel mit heißer Schokolade dampften und Schüsseln mit Schokostreuseln warteten, die man oben auf die wolkenweiße Schlagsahne streuen konnte. Auch die Band war wieder da und spielte gerade eine jazzige Version von »*Jingle Bell Rock*«.

Rob hatte seine Beziehungen zu einem Eventmanager spielen lassen, und am Vortag waren im Schneetreiben eine große Jahrmarktrutsche und ein Dosenwurfspiel aufgebaut worden. Polly hatte zwischen den Ständen Lichterketten gespannt, sodass die Atmosphäre eines altertümlichen Weihnachtsmarktes entstanden war.

»Und alles für ein Mädel, das nicht mal aus dem Dorf stammt«, hatte Dolina sich als einzige ablehnende Stimme beschwert.

»Manchmal ist es schön, etwas einfach um der Sache willen zu tun«, hatte Joan gesagt und ein Tablett mit ihren noch warmen kleinen Pfannkuchen ins Gutshaus getragen. »Und guck dir mal die Leute an: Sie sehen alle fröhlich und zufrieden aus, oder?«

Ben stand im Eingang von Applemore House und sprach mit Jack, der Lucy in den Armen hielt. Ivys Hündchen Felicity lief aufgeregt im Kreis herum und kläffte schrill. Jemand hatte ihr eine rote Samtschleife um den Hals gebunden.

Das alte Gutshaus sah wunderschön aus – Polly und Charlotte hatten überall Lichterketten angebracht, und die großen Kiefern waren tief verschneit.

Polly blickte sich um. Sie hatte noch nichts von Harry gesehen und versuchte sich einzureden, dass ihr das nichts ausmachte. In jeder freien Sekunde hatte sie dafür gearbeitet, dass Ivys Hochzeit schön wurde, und das ganze Ambiente war wirklich traumhaft geworden. Haus und Vorplatz wirkten wie eine Filmkulisse – nur dass die Einzigen, die das alles zu sehen bekommen würden, die Dorfbewohner und Ivy und Ben waren. Alle waren sich einig gewesen, dass nichts davon in den sozialen Medien auftauchen sollte – selbst Gavin und Tom, die darauf brannten, vor ihren Freunden in Wales damit anzugeben, hatten widerstrebend versprochen, alles für sich zu behalten.

Lachlan hatte die Standesbeamtin ins Haus geführt, sie willkommen geheißen und ihr das Trauzimmer gezeigt. Polly konnte durchs Fenster sehen, dass sie jetzt am Kamin standen und sich unterhielten. Joan sprintete gerade hinter Edward her, der in den Schnee gefallen war und das mit empörtem Geschrei quittierte.

»Komm, wir trocknen dich ab, Kleiner«, sagte sie, hob Edward auf und schloss ihn in ihre warmen Arme.

Und dann war Hufgeklapper zu hören, und alle versammelten sich vor der Haustür und beobachteten, wie Ivy und Murdo heranrollten.

»Ihr solltet alle im Haus sein«, grummelte Dolina, blieb aber bei den anderen stehen.

»Und das hier verpassen?« Gavin nickte zu dem gescheckten Pony hinüber, das jetzt um die Auffahrt herumtrabte. Als Puzzle die vielen wartenden Menschen sah, spitzte er die Ohren, denn irgendjemand hatte doch bestimmt eine Möhre oder ein Pfefferminzbonbon für ihn in der Tasche. Er legte einen Endspurt hin, und Ivy kicherte, als die Kutsche immer schneller wurde, während Murdo erschrocken an den Leinen zog.

»Ruhig, Puzzle, ruhig«, sagte er, aber da blieb das Pony schon von selbst stehen, so ruckartig, dass Ivy und Murdo unter großem Gelächter nach vorn flogen.

»Eine stilvolle Ankunft«, sagte Ivy und hob die Decke von den Knien.

»Geht alle rein«, sagte Joan und winkte. »Macht den Eingang für Ivy frei.«

Ivy sah atemberaubend aus, als sie nun das Trauzimmer betrat. Sie hatte ihr Haar zum Teil hochgesteckt, und der Rest fiel ihr in weichen Wellen über den Rücken. Zwischen ihren goldenen Locken steckten Kämme aus Wintergrün und Beeren, die Beth angefertigt hatte. Das Kleid, das Ivy bestellt hatte, war so rechtzeitig angekommen, dass Greta genügend Zeit gehabt hatte, die Taille enger zu machen. Jetzt betonte es Ivys zierliche Gestalt und ihre schönen Formen.

Als Polly sah, wie Ben seine zukünftige Frau anschaute, überkam sie plötzlich heftiges Bedauern. Würde ein Mann *sie* jemals mit diesem Blick ansehen? Sie wandte sich zur Tür. Wo blieb Harry denn bloß?

»Meine Damen und Herren«, begann die Standesbeamtin.

*

»Das ist der Hammer«, sagte Ben anschließend. Das Brautpaar stand Hand in Hand in der Eingangstür und betrachtete die märchenhafte Szenerie auf dem Vorplatz. »Wir hatten überhaupt keine Ahnung. Ich fand es schon megacool, dass du gesagt hast, wir dürften in eurem Haus heiraten.«

Lachlan zuckte die Schultern. »Das ganze Dorf hat mitgemacht. Tut mir leid, ursprünglich hattet ihr euch ja eine Hochzeit in aller Stille gewünscht.«

Rilla stellte sich neben ihn und verschränkte die Finger mit seinen. »Aber es ist euch doch recht so, oder?« Sie sah Ivy an, und ihr Gesicht drückte liebevolle Besorgnis aus.

Ivy nickte. »Es ist magisch. Ich bin hergekommen, weil ich mich mit der Vergangenheit verbinden wollte, und jetzt haben wir einen Schritt in die Zukunft gemacht.«

Draußen im Schnee standen die Leute aus dem Dorf, sie trugen warme Mäntel und hielten Becher mit heißer Schokolade in den Händen, lauschten der Band und lachten und unterhielten sich. Kinder quietschten vor Vergnügen, während sie die Rutsche hinuntersausten, und überboten sich lauthals bei ihren Versuchen, einen Preis beim Dosenwerfen zu gewinnen. Beth und Jack gaben sich verstohlen einen Kuss. Die Zwillinge trugen jetzt wattierte Schneeanzüge und wälzten sich begeistert im Schnee am Rand der Rasenfläche. Die Spaniels und Jacks Terrier Archie jagten sich bellend über die schneebedeckte Wiese. Sogar die kleine Felicity, selbst so weiß wie der Schnee, raste los und stürzte sich aufgeregt in die Hundeschar, so als habe auch sie sich mit dem Dorfleben in den Highlands angefreundet. Durchs Fenster konnte Polly sehen, wie Charlotte und Rob sich am Kamin umarmten. Sie liebte das alles an Applemore, und ihr Herz schmerzte so sehr, dass sie fürchtete, es könnte zerspringen. Sie wandte sich ab, weil ihr Tränen in die Augen stiegen, und brachte als Entschuldigung vor, dass sie Joan ihre Hilfe in der Küche anbieten wolle.

Während sie mit gesenktem Kopf durch den Flur ging, überfielen sie ihre Müdigkeit und ihr Kummer. Sie hatte sich so sehr angestrengt, um eine Katastrophe in etwas Wundervolles für Ivy und Ben zu verwandeln, und der einzige Mensch, den sie sehen wollte, war –

»Pass auf«, sagte die vertraute Stimme, doch schon prallte sie gegen einen Mann im Anzug. Sie blickte auf.

»Wo warst du denn bloß?«

»Ich freu mich auch, dich zu sehen.« Harry umfasste ihre Handgelenke, trat einen Schritt zurück und musterte sie. »Du siehst toll aus.«

Pollys Herz hämmerte. »Du hast die Trauung verpasst.«

Harry nickte. »Ich war schon unterwegs, da rief der Sachverständige an. Sie mussten ein paar Dinge klären, und ich hing ewig am Telefon. Als ich dann auflegte, hatte die Trauung schon angefangen, und ich wollte nicht mittendrin erscheinen und dem Brautpaar die Schau stehlen.«

»Ich hatte schon gedacht, es wäre dir nicht wichtig.«

»Du dachtest, ich würde mir das alles hier entgehen lassen?« Harry hob die Augenbrauen und lächelte. »Ich weiß nicht, wie du das gemacht hast, aber du hast es wieder mal geschafft. Charlotte hat mir erzählt, dass das im Grunde alles dein Werk ist.«

Polly schüttelte den Kopf. »Rob hat sich um die Rutschbahn gekümmert, und Rilla hat das Trauzimmer vorbereitet, und –«

Harry ließ ihr rechtes Handgelenk kurz los und legte ihr einen Finger auf die Lippen. »Pscht. Du bist wunderbar, Polly Fraser. Du kannst zaubern, und du bringst Freude in das Leben anderer Menschen.«

Polly spürte, wie die Tränen, die sich in ihren Augen gesammelt hatten, ihr jetzt über die Wangen rollten.

»Was ist denn?«

Sie schüttelte den Kopf. »Nichts.«

Harry sah sie an. In seiner Wange zuckte ein Muskel. »Weißt du, ich habe von dem Jobangebot gehört.«

Polly trat einen Schritt zurück. »Was hast du denn gehört?«

»Manchester. Bens Kumpel. Ist doch toll.« Er sprach in einem merkwürdigen Stakkato, das gar nicht zu ihm passte.

»Ach, das.«

»Ja, das.«

»Ich –«

»Du –« Er legte den Kopf schräg.

Polly stieß einen Seufzer aus. »Verdammt, ich will doch gar nicht nach Manchester.«

»Das ist eine verdammte Erleichterung.« Harry grinste.

»Wie bitte?« Er hielt sie immer noch fest. Polly blickte kurz auf seine Hände hinunter und dann wieder in sein Gesicht. Es war so sanft und jetzt irgendwie verlegen –

»Harry, was ist denn?«

»Der Film.«

»Welcher Film?«

»*Harry und Sally.* ›Wenn man begriffen hat, dass man den Rest des Lebens zusammen verbringen will, dann will man, dass der Rest des Lebens so schnell wie möglich beginnt.‹ Ich hatte damals das Ende nicht mitbekommen, weil ich eingeschlafen war. Also hab ich mir den Film gestern Abend angesehen und erkannt, dass es mir egal ist, wenn ich mich zum Idioten mache. Ich liebe dich.«

»Wirklich?«

»Wirklich.« Harry zog sie an sich. »Und wenn du doch nach Manchester willst, dann kriegen wir das hin. Ja, wenn du möchtest, ziehe ich dann auch nach Manchester. Das ist unwichtig. Du tust dein Leben lang Gutes für andere, wenn ich dich also damit glücklich machen kann, ziehe ich hier weg.«

Polly schüttelte verwundert den Kopf. »Ich will wirklich nicht nach Manchester ziehen.«

»Bestimmt nicht?«

Sie schüttelte wieder den Kopf, dieses Mal heftiger. »Nein, ganz bestimmt nicht.«

»Was willst du denn dann?«

Pollys Erwiderung auf diese Frage war wortlos. Sie legte Harry die Hand in den Nacken und hob ihm den Mund zum Kuss entgegen. Er zog sie an sich, und als sie sich schließlich wieder trennten, waren sie atemlos. Beide mussten lachen.

»Dich«, sagte Polly schlicht. »Dich will ich.«

»Das will ich auch meinen«, ertönte eine Stimme vom anderen Ende des Flurs her, und das Licht ging an. Mehrere Stimmen flüsterten, und die Küchentür, die nur einen Spaltbreit offen gewesen war, ging ganz auf. Gleich darauf gab es lautes Gelächter, und aus der Küche erklang kräftiger Applaus. »Aber nicht hier im Flur, ihr beiden, sucht euch ein stilles Plätzchen. Hier wollen wir heute eine Hochzeit feiern!«

Epilog
Ein Jahr später

Es war am Weihnachtsmorgen im Hotel Applemore. Die Theke war mit Immergrün bekränzt, in dem goldene und silberne Sterne hingen, und im Hintergrund liefen klassische Weihnachtsmelodien. Aus der Küche drangen Geräusche von fleißiger Arbeit, und es duftete nach den köstlichsten Speisen. Conor und sein Team bereiteten das festliche Weihnachtsessen vor, das in einigen Stunden im Restaurant serviert werden würde. Das Frühstück war vorbei, sodass Harry gerade eine Pause hatte.

Polly lugte ihm über die Schulter, während er eine Doppelseite der *Press and Journal* vom Heiligen Abend glattstrich. Darauf war ein großes Foto von ihm selbst, Rob und Conor, dem Koch, zu sehen, wie sie im Eingang vom Lochinver House standen. Das Haus wurde gerade im Eiltempo renoviert, denn endlich hatten sie die Baugenehmigung erhalten. Rob hatte den Landsitz erworben, und das alte, im Schottischen Baroniestil erbaute Gebäude sollte in ein Spitzenrestaurant mit Gästezimmern umgewandelt werden.

»Rob ist ja kaum zu erkennen.«

»Er hasst es, wenn er fotografiert wird, du weißt doch, wie er ist.« Harry prustete belustigt.

»Man könnte glauben, er würde gefoltert, dabei verwirklicht er gerade seinen Traum.« Polly kicherte über den Gesichtsausdruck ihres Schwagers. »Aber schließlich macht er auf seinen

Hochzeitsfotos auch so ein Gesicht, und an dem Tag war er total glücklich.«

Ihre Gedanken wanderten zu dem herrlichen Junitag zurück, an dem Rob und Charlotte sie alle überrascht hatten. Charlotte, die früher ein Kontrollfreak gewesen war, hatte sich sehr verändert. Mit einem Trick hatte sie die Familie zum Midsummer House gelockt, zu einer Hochzeit unter dem Apfelbaum. Nur Beth, die einen wunderschönen Brautstrauß gebunden hatte, hatte davon gewusst. Es war eins der seltenen Wochenenden gewesen, an dem das Haus, das mittlerweile offiziell als Feriendomizil für Familien diente, nicht belegt gewesen war. Im vergangenen Jahr hatte es eine Reihe von Hochzeiten gegeben – angefangen mit der Hochzeit von Ivy und Ben, die sich jetzt glücklich in Manchester niedergelassen hatten und dort eine boomende Social-Media-Marketingfirma betrieben, und dann hatten auch Joan und George sich in der kleinen Kirche in Applemore das Jawort gegeben, und das gesamte Dorf war dabei gewesen und hatte mitgefeiert.

»Hiermit verspreche ich feierlich«, sagte Harry, indem er seine Finger mit Pollys verflocht und sich ihr zuwandte, »dass ich auf unseren Hochzeitsfotos nicht so aussehen werde.«

»Wollen wir denn heiraten?« Polly ging auf seinen Scherz ein.

Harry zuckte die Schultern, und seine Augen blitzten vor Vergnügen. »Kann sein. Wenn ich kein besseres Angebot kriege.«

»Ein besseres Angebot findest du nicht. Ich bin das ganze Paket.«

In den vergangenen Monaten hatten sie dieses Gespräch tausend Mal geführt, sie hatten ständig Pläne gemacht, in dem sicheren Wissen, dass sie ihr Glück gefunden hatten, und zwar direkt vor der Haustür.

Harry zog sie an sich. »Das ist wahr.« Er griff sanft in ihr Haar, sodass ihr Gesicht sich zu seinem hob, und küsste sie. Sie spürte seine rauen Bartstoppeln am Kinn und –

»Was ist denn hier los?« Murdo unterbrach sie mit Türenknallen und räusperte sich übertrieben laut.

»Murdo, dein Timing ist exzellent, wie immer.« Kopfschüttelnd richtete Harry sich auf.

Polly lächelte still vor sich hin. Es machte ihr nichts aus, Harry mit dem ganzen Dorf zu teilen – denn sie wusste, dass er am Ende des Tages, wenn das Hotel seine Türen geschlossen hatte, ihr gehören würde.

»Du hast gesagt, am Weihnachtstag ist die Bar ab mittags für Drinks geöffnet.« Murdo blickte vielsagend zur Wanduhr hinauf. Sie war mit einer Lichterkette geschmückt – Pollys Werk – und zeigte eindeutig eine Minute nach zwölf.

»Und bitte sehr.« Harry grinste Murdo an. »Du hast es vor dem Hochbetrieb zum Weihnachtsdinner heute Abend geschafft. Ein Pint vom Üblichen?«

»Ja, bitte. Ich habe Greta mit ihrer Mutter und ihrer Schwester zu Hause gelassen. Du könntest schon mal einen Gin Tonic für sie einschenken, denn nach dem Gezeter über den Truthahn zu schließen, das aus der Küche kam, wird sie mir gleich Gesellschaft leisten.«

»Familiäre Harmonie zu Weihnachten?« Harry lachte in sich hinein, während er ein Pint zapfte.

»Irgend so was. Nächstes Jahr machen wir eine Kreuzfahrt in die Karibik und schenken uns den Kram, das schwöre ich.«

»Und ihr wollt das alles hier verpassen?« Polly deutete mit dem Kopf auf die Fenster, und gemeinsam beobachteten sie, wie die Dorfbewohner einer nach dem anderen hereinkamen. Im Kamin brannte ein Feuer, und in einer Ecke funkelte ein großer Weihnachtsbaum, eine schottische Kiefer aus Lachlans Wald, und erfüllte den Raum mit ihrem Duft. Polly nahm das Glas Mimosa entgegen, das Phoebe ihr reichte, und bedankte sich.

»Na ja, da hast du auch wieder recht.« Murdo zuckte die Achseln und machte Platz, denn Ben, einer der Künstler von der Galerie, beugte sich gerade vor, um Polly ein Küsschen auf die Wange zu drücken, und wünschte ihr fröhliche Weihnachten.

»Wann willst du nach England fahren?«

Ben legte seine dicken Handschuhe neben seinen Hut auf die Theke und reckte den Hals, um das Foto in der Zeitung zu betrachten.

»Ich fahre morgen los und hole meine Tochter. Wird das das neue Restaurant, das Harry und Rob eröffnen wollen?«

Polly nickte. »Ja, mit den Renovierungen hier sind wir fertig, und der Seafood-Imbiss steht auch und läuft gut, und jetzt geht es an das nächste Projekt.«

»Du und Harry und Rob, ihr seid ein gutes Team.« Ben sah zu Harry hinüber und nickte, als der auf ein Glas und Bens übliche Biersorte zeigte.

»Und Charlotte gehört auch dazu.«

Die vier hatten das ganze Jahr lang geschuftet. Weil der Hofladen gut lief, war es für Polly naheliegend gewesen, sich an den Planungen für Lochinver zu beteiligen. Sie war offiziell als Beraterin eingestellt worden und arbeitete jetzt immer häufiger in dem schicken neuen Büro im Hotel, wo Rob und Harry meistens in der Nähe waren. Es gab so viel zu tun, und die Zeit, in der sie das Gefühl gehabt hatte, Applemore entwachsen zu sein, war lange vorbei. Jetzt lag eine Zukunft voller Versprechen und aufregender Projekte vor ihr. Das, was ihr gefehlt hatte, hatte sie die ganze Zeit direkt vor der Nase gehabt – sie sah auf, weil sie Harrys Blick spürte, und lächelte, als er ihr zuzwinkerte. Dann wandte er sich Rob und Charlotte zu, die gerade hereingekommen waren und sich mit vor Kälte roten Nasen aus Schals und Mänteln schälten.

»Du siehst aus, als würdest du dich da schon sehr wohlfühlen«, sagte Rob, als er das Zeitungsfoto entdeckte. Lachend faltete er das Blatt zusammen. »Kann das jetzt ins Feuer? Ich hab es gestern schon gesehen, und Charlotte zieht mich dauernd damit auf.«

»Ich verpetze dich nicht, wenn du es verbrennst.« Polly grinste. »Fahrt ihr anschließend zum Applemore House hoch?«

Rob nickte. »Lachlan macht für uns alle ein Buffet. Charlotte hat vorhin mit Beth gesprochen, und anscheinend haben sie in der letzten Nacht alle kaum Schlaf gekriegt, sämtliche Eltern werden also hundemüde sein.«

»Hoffentlich haben sie sich bis morgen wieder erholt, sonst können sie unser zweites Weihnachten nicht genießen.« Polly nippte an ihrer Mimosa. Sie wollte nicht viel trinken – heute war im Hotel viel los, und sie hatte ihre Hilfe angeboten, erst an der Bar, dann beim Weihnachtsdinner und auch noch beim Aufräumen danach. Morgen würde dann die ganze Familie zum Weihnachtsessen in Applemore House zusammenkommen, und die Erwachsenen, die heute zum Teil arbeiten mussten, würden endlich Zeit haben, ihre Geschenke auszupacken.

»Polly?« Harrys Stimme riss sie aus ihren Gedanken. Er stand an der Theke und nickte kurz zur Eingangstür hinüber. »Kannst du mir kurz draußen helfen?«

»Klar.« Sie stellte ihr Glas ab und drängte sich durch das Grüppchen von Dorfbewohnern, das plaudernd an der Bar stand.

Harry streckte die Hand aus und zog sie sanft durch die Tür nach draußen. Vor dem Hotel blieben sie stehen und schauten auf den kleinen Hafen und die Straße, die mit weihnachtlichen Lichtern geschmückt war. Der Himmel war dunstig blau, und im Schatten lag noch Raureif. Ihr Atem bildete Wolken in der Luft.

»Wobei brauchst du denn Hilfe?«, fragte Polly verdutzt.

Harry schüttelte lächelnd den Kopf, und seine Augen funkelten.

»Bei gar nichts.« Er zog sie an sich. »Ich wollte dir nur sagen, dass ich dich liebe.«

»Jetzt, wo gerade so viel los ist?« Polly lachte. »Deine Mitarbeiter werden protestieren, wenn du dich einfach so wegschleichst –«

»Und ich wollte dir den Kuss geben, den Murdo eben verhindert hat.« Er sah ihr in die Augen.

Kurz darauf trat er ein wenig atemlos einen Schritt zurück. »Schon besser.«

Polly schüttelte den Kopf. »Du bist unmöglich, Harry Robertson.«

»Stimmt«, sagte er und nahm ihre Hand. »Aber ich gehöre ganz und gar dir.«

Und damit gingen sie wieder hinein zur Bar, vor der sich die Dorfbewohner drängten, zu einem Festtag voller Familie und Liebe und in eine Zukunft voller Pläne.

Dank

Ein riesengroßes Dankeschön geht wie immer als Erstes an euch Leserinnen – denn es hat so viel Spaß gemacht, die Geschichten der vier Geschwister Fraser zu schreiben, und dabei mitzuerleben, wie sich alle in das Dorf und das Gutshaus Applemore verliebten, war wunderschön. Die Unterstützung durch meine Leserinnen führte ebenfalls dazu, dass Midsummer House dieses Jahr zu den fünf Finalisten im *Kindle Storyteller Award* gehörte, was eine wunderbare Überraschung war!

Ich danke insbesondere Sue und Fiona, die die Heidi-Swain-Bookgroup auf Facebook leiten, dass sie meine Geschichten so loben, und Heidi dafür, dass sie auch andere Autorinnen so großzügig und wunderbar unterstützt. Wir haben das Glück, beide von der Agentin Amanda Preston vertreten zu werden, die ebenfalls ein ganz großes Bravo für die harte Arbeit verdient, die sie und alle anderen bei LBA Books leisten, um mein Buch in diverse Länder auf der ganzen Welt zu verkaufen.

Ein Gruß und ein Dankeschön an unsere Freunde Ricki und Lisa Brown, die das Restaurant *The Mended Drum* in Huby in der Nähe von York betreiben. Als ich schilderte, wie Conor verschiedene neue Burger ausprobiert, habe ich schamlos ihre Burgerrezepte geklaut. Falls ihr diese Szene also lest und dabei Hunger bekommt, wisst ihr, wo es die Originale gibt (die noch besser schmecken, als ihr euch vorstellen könnt …) und dazu die herzlichste Begrüßung, die man sich erhoffen kann.

Danke und liebste Grüße an meine Freundinnen und Freunde

(ihr wisst alle, wer gemeint ist), die dafür sorgen, dass ich beim Schreiben nicht verrückt werde. Oder jedenfalls nicht völlig verrückt. Und alles Liebe auch an meine Freundinnen und Freunde, die sich fragen, ob ich vom Erdboden verschluckt worden bin, wenn ich schreibe – und die mir das nicht übelnehmen.

Ich danke auch den Hunden und den Kindern, ohne die ich wahrscheinlich zehn Bücher im Jahr schreiben könnte, aber dann wäre das Leben längst nicht so interessant. (Allerdings wäre ich viel reicher und nicht so voller Hundehaare, also … passt auf, was ihr tut.)

Und James – ich danke dir, mein Schatz, für alles.

Eine Bucht voller Bücher

Jess und Alison sind beste Freundinnen und kennen sich schon ein Leben lang. Sie sind zusammen auf Cape Cod aufgewachsen. Jetzt stehen sie mitten im Leben, Jess als Anwältin und Alison als Redakteurin, beide haben erwachsene Töchter. Plötzlich verlieren beide vertrauten Boden unter den Füßen: Alison verliert ihren Job und Jess findet heraus, dass ihr Mann sie betrügt. Kurz entschlossen ziehen sie zusammen. Als die Freundinnen erfahren, dass ihre kleine Lieblingsbuchhandlung am Hafen verkauft werden soll, steht die Entscheidung sofort fest: Zusammen mit ihren Töchtern werden sie die Buchhandlung übernehmen – und dieser Entschluss wird das Leben der vier Frauen für immer verändern.

Die kleine Buchhandlung am Meer erzählt von lebenslanger Freundschaft und von vier tatkräftigen Frauen, die sich den Traum der eigenen Buchhandlung erfüllen.

Pamela Kelley, Die kleine Buchhandlung am Meer. Roman. Aus dem amerikanischen Englisch von Annette Hahn. insel taschenbuch 5047. 371 Seiten. Auch als eBook erhältlich

NF 654/1/06.25

Auf Schatzsuche durch die Welt der Bücher

Die Bibliothekarin Chloe hat auf dem Flohmarkt einen kleinen Schatz gefunden: eine alte, seltene Ausgabe eines Buches von Henry Miller. Als sie nach Hause kommt, trifft sie zufällig auf ihren seltsamen Nachbarn Jaspar, der das Buch entdeckt und ihr einen astronomischen Preis dafür anbietet. Chloe lehnt ab, nun umso neugieriger auf den Inhalt. Sie fängt an zu lesen und entdeckt auf den Seiten handschriftliche Notizen zweier Personen, die sich offenbar sehr geliebt haben. Ihre Neugier ist geweckt: Chloe begibt sich auf eine literarische Schatz- und Spurensuche in ihrer Bibliothek und findet bald ein zweites Buch mit Notizen … Wer waren die Liebenden, und was hat ihr Nachbar Jasper damit zu tun?

Lucy Gilmore, Die Bibliothek der geborgten Herzen. Roman. Aus dem Englischen von Susann Urban. insel taschenbuch 5088. 463 Seiten. Auch als eBook erhältlich

NF 655/1/06.25

Liebe auf den zweiten Blick

An einem bezaubernden Abend in Stockholms Tivoli Gröna Lund lernen sich Ella und Ben kennen und verlieben sich auf den ersten Blick. Am nächsten Morgen steigt Ben zurück in den Zug nach Hause, aber beide sind sich sicher: Sie sehen sich wieder. Doch die Dinge entwickeln sich anders und plötzlich sind zwölf Jahre vergangen. Ella ist in einer glücklichen Beziehung und arbeitet als freie Autorin. Sie hat gerade den Auftrag bekommen, die Biografie der legendären Unternehmerin Fredrika Bergh zu schreiben. Da stellt Fredrika ihr einen neuen Kollegen vor: Ben. Sie beschließt, ihn zu ignorieren. Ein lang vergangener Abend wird ihr jetziges Leben nicht verändern. Oder doch? Denn je mehr sie über Fredrikas bewegtes Leben schreibt, desto mehr hinterfragt sie ihr eigenes ...
Wiedersehen in Stockholm ist eine warmherzige, gefühlvolle Geschichte über spontane Anziehung, verlorene Liebe und zweite Chancen.

»Wie wenige andere in Schweden schreibt Lönnqvist über Liebe, Familie und Beziehungen.« *Breakfast Book Club*

Anna Lönnqvist, Wiedersehen in Stockholm. Roman. Aus dem Schwedischen von Regine Elsässer. insel taschenbuch 5016. 411 Seiten. Auch als eBook erhältlich

NF 656/1/06.25